中国多民族文学丛书 / 第二辑

岸 边

巴兰华/著

作家出版社

巴兰华　男，1968年生于山东垦利。山东省作家协会会员，中国散文学会会员。山东省首届作家研究生班学员，鲁迅文学院第二十一期少数民族文学创作培训班学员。

作品散见于《散文选刊》《山花》《山东文学》《时代文学》《散文百家》《百花园》《当代小说》等期刊，曾获第六届"冰心散文奖"、中国首届网络文学大奖赛散文奖、"2012年度中国散文排行榜"前十名、《山东文学》2011年度散文奖、首届"齐鲁散文奖"。入选第二届山东省十佳青年散文家、第三批"齐鲁文化之星"。

作者近照

编 委 会

主　任：吉狄马加

副主任：李一鸣　邱华栋　王　璇

编　委：王　冰　郭　艳　孙吉民　赵兴红　王　祥

　　　　宿风阵　司丽平　纪彩霞　聂　梦　谭　杰

　　　　赵　飞　赵俊颖　严迎春　李蔚超　张俊平

　　　　赵　依　王锦方

目　录

岸
边

第三辑　天使告白

第一辑
黄河岸边

茵　陈

　　每一个殷红的荚里都包裹着一粒墨黑晶亮的种子，圆而小，小米粒的样子，然而却泛着晶莹的黑宝石似的微光，学名叫作翅碱蓬，我们黄河滩人家则唤它"种子"。

　　望不到边的退海之地，辽阔而平坦，种子声势浩大，粘连一片，殷红的荚梢，如无垠的火焰一样鲜艳，凄美。此时，姐也许正收拢地上一撮撮斩割的种子头梢，用镰刀勾拉到一起，沉着地把包袱展开，一层一层压实，直到四个包袱带子刚刚挽起疙瘩……一大包种子被夕阳映过，西边的火苗燃烧得灿烂，背阴处却黑暗如铁，地平线刚刚凸出一座小山。

　　姐用粉色的的确良衣袖擦下被汗水蒙住的眼睛，把镰刀扎到松软的黄河滩上，双手扶膝，无力地瘫倒在"小山"上，眼睛凝视着欲坠的夕阳，慢慢喘息着，恢复体力……我家跟所有黄河滩人家一样，都养猪。养猪，年关时可以出圈卖钱；猪，日夜拉尿踩圈可以给土地里的庄稼以最好的给养，一举两得。苦的是我们这些半大孩子。每天下午下课，我跟姐放下书包，我挎着竹篮，她背上包袱，就急急火火地往村外跑。一点工夫耽误不得，否则，太阳一会就落山。黄河大坝下的土泥院落里，一群生灵正张着嘴等我们呢！

　　姐，在等我。当我们会合后，她把镰刀柳木的长柄穿过包袱带子，身子仰面躺倒在"小山"上，镰刀往前，木柄夹到胳肢窝里。当包袱带子勒进肩头时，姐会"嘿"，低沉地吼一声。我仿佛接到冲锋的命令，两手死死抠住"小山"的底部，攒出吃奶的劲头往上提溜。姐，借着我的力，一下子坐起来，再慢慢往起站，两条腿在肥大的军绿色棉布筒子里打摆，我的心一下提到嗓子眼……我曾多少次担心这两条秫秸般瘦弱的腿，总有一天会被"小山"压垮而折断……尽管我胆战心惊，却每每都幸运地错过。尽管她是那么的艰难。

每次，我们都竭尽全力，有一个人松懈，行动便告失败，没有第二次，气力此时已经全部流失给黄土地，饥饿像潮水一样劈头盖脸地向我们袭来。

姐，瘦弱的躯体托着一座红艳艳的"山"，慢慢往家的方向蠕动……我挎着黄绿相间的芦草叶梢以及苍红的苦菜的竹篮，周旋在"红山"的周围……

多少年过去了，我的记忆却永远停滞在八岁时跟姐一起去黄河滩割种子、挖野菜的情形，如不褪色的胶卷影像，无法抹平的印痕。一晃好多年过去了，仿佛就在昨天，那被斩去菜梢的种子芥子上还冒着淡淡的红水珠……刚被挖走野菜留下的小小坑穴周围，淡黄而贫瘠的土还是新鲜的……

姐，尽管学习好，但是，因为弟弟出生，她辍学了。她的人生又重新分工：早上晚上看孩子；正午时间干农活。那个时候我体会不到父母的疾苦，却总为姐抱不平。姐，总是笑笑，拍拍我稚嫩的肩头，说，家里出来一个大学生就够了！在说这话的空当，我分明捕捉到姐那明亮的眸子里一星泪光在闪现。为了掩饰或者别的原因，姐捋一下刘海，端着洗衣盆无言地走开。

眼睛涩涩的，心里酸酸的，想哭，可是，我没那个胆量。

暑假，我跟姐去黄河滩上的高粱地锄地。姐已经是大姑娘了，即使穿着普通的衣裤，那高挑匀称的腰身也那么俊俏飘逸……我说，姐真美！姐就笑了，整洁的牙齿闪着晶莹的光泽。姐在地头折了一截植物凑到鼻子上嗅。然后，就闭起眼睛，脸向上慢慢仰起，对着太阳……瞬间，"阿嚏"，一个喷嚏打得惊天动地。我吓得一个趔趄，差点坐到草地上。姐，却笑得花枝乱颤。我问姐那是啥。姐说，是蒿。

蒿，三月叫茵陈，春暖花开时节，它在松软的黄沙土上最早绽放，颜色灰绿，闪着金属的光泽，样子酷似菊花，贴在地皮上，下面是隔年的尘土草屑，上面是暖暖的阳光。用镰尖剜下，回家择去枯叶水洗，拌上面粉锅蒸，蘸醋和的蒜泥，可谓佳肴，去火消炎，青嫩爽口，是大自然给予黄河人家不可多得的礼物。茵陈到了四月，就不叫茵陈了。此时，秸秆从菜心蹿出，已经一筷子高，就叫作蒿了。蒿，人不能吃，山羊倒是挺喜口的。蒿，到了十月，用最后的时光释放着独特的芬芳。姐说，我就喜欢蒿这苦的味道，薄荷一样清新的气息。我接过来闻闻，的确如姐所说，浓浓的薄荷气息夹带一丝淡淡的苦味道。

晚上，我睡到母亲为我搭建的临时住处，借着停放地排子车的简陋芦苇敞篷，两边各立起一张芦苇席子，大门用废弃的水淋布拉上，一侧剪开一道小门……我跟姐对视的一刻，可能我栖惶的眼神触动了什么。姐一笑，幽幽地说，弟你小时多好，姐还可以揽着你睡。切！我脸一下红了，不自觉地一撩手，像遮挡着什么，低头走开了。姐见状，反而唲唲地笑起来。看我愈加不作声，姐停了笑声，推我一把，说，晚上冷，姐把毛毯借你。我的心里暖暖的。

我忆起自己还是儿童的时候，白天姐是姐，晚上姐就像娘。给我洗脚，脱衣服，按到被窝里掖好被角，给我烤地瓜，有时也有胡萝卜，还用铁簸箕放上沙土在炉子上爆玉米花……我有晚上蹬被子的习惯，然而，冬天夜里我从来都没有感冒过，醒来时，总是卧在姐温暖的怀里，小脚丫被姐用腿牢牢地夹着……姐是我童年的保护神。

母亲说起这些陈年往事来不是流泪，就是连连叹息。

姐，在没有任何讯息的提示下就消失了，消失得无影无踪。

我接到电话，向学校请了半个月的假，鞋子都跑破了，也没有寻到姐的踪影。我垂着头难受地撕扯着头发，跟同样抽泣的母亲无言以对。母亲说，你姐再也不会回来了，即使死在外头。原来姐喜欢上村东头的君，家里人因为辈分和属相不合没有同意。姐就一直没有再找对象。君跟邻村一个女孩结婚的当天夜里，母亲发现姐不见了……我理解姐。一个女孩子没有权利选择出生的家庭；一个女孩为了父母可以任劳任怨为家操劳；一个女孩可以为了自己的哥哥、弟弟牺牲学业……但是，作为一个人，不会永远为别人活着。特别是自由被别人无端剥夺的时候……这就是姐，一个逆来顺受默默无闻的黄土地上的女孩子。

......

听着妻儿细微的鼾声，我披上外套轻轻合上门，步出小弟的新房。外面月光如水，月亮拖着我的影子诱惑着我，竟然向南面老宅子而去。拆迁得七零八碎的老土屋，被月光照得参差不齐，突兀的山墙背处阴阴的，一种荒凉和恐怖的气息如升腾的雾凇，慢慢侵袭而来。我深一脚浅一脚寻着久远的记忆，嗅着那丝丝缕缕的蒿的气息，摸到最西头残破的已经没有了顶子的房间——是姐原来的闺房。

触摸到土炕上布满灰尘的榆木炕沿，现实的冷意与回忆的炙手的温度一起传送到我的手指，关节神经质地在颤动，在探索。立在阴影里，我想姐一定站在月色下望着我，不远不近，若即若离……没有被破坏的土炕，席子还完好无损地铺在那儿，我坐到炕沿上，轻轻把身子放倒，泪，就这样不知不觉淌下来，凝成一片冰凉。姐，轻盈地飘过来。她还是多少年前的样子，一手捏着蒿，一手轻抚我的额头……一股巨大的悲伤捶打着我久远的记忆。

姐背负种子的景象又一次闪现在我眼前：那托着一座"红山"的坚韧而挺直的脊梁，以及面对大千世界的淡然而无畏的眼神！

我静卧在寒冷的月华里，杂乱无章的梦中，我看到初生在荒凉的黄河滩上楚楚可怜的茵陈，嗅到十月蒿的浓浓薄荷气息以及夹杂的淡淡的苦味，我却怎么抓也抓不到它了……

我与冬天有个约会

今天是星期天。

我们一家人尽情享受暴风雪带来的安逸，蜷缩在暖暖的被窝里，不管不顾地睡到九点多。我拉开窗帘的一瞬间，强烈的阳光射进房间，精神为之一振。楼顶和街道铺着皑皑积雪，天空洗过一般透彻澄净……这是风雪莅临后的第一个大晴天，是农历 2015 年 12 月 15 日，离过年还有十五天。

前天的大雪，出乎人们的意料，零下十六度更是创下渤海沿海地区近十五年来最低。我在微信上看到，同学所在的呼伦贝尔温度骤然降至零下四十八度，这还是官方报道的数据。这条消息使我的脑海里一片空白。我不知道零下四十八度是一个什么概念，在我们这个地方不会发生，如果有的话，将无法预料会出现什么状况。

起床，我的第一件事就是刷朋友圈，关注我的微信。

出现在朋友圈最上面的是鲁院同学达子——我的师姐，发的一组呼伦贝尔的图片。第一张是一枚巨大的金色太阳，我想，也就是她那个地方的奇观吧！下面是鼓面似的草原的剪影，近处是两个牧马人，摄影者的艺术角度选得非常精准，虚、实、光线、取景都非常到位，人与马被包裹在金色的光晕里，而远处背阴的土地却呈一片深沉的底色，高处又被阳光照耀喷射出几许暖色。第二张是横截面的马群从黑暗中向着初升的旭日奔腾，朝阳弱弱的光仅仅表现自我的亮度和偶尔挥发到最前面几匹骏马的双耳和鬃毛，马群跟旭日之间相隔了一箭之地，氤氲起腾腾的红雾。第三张是几十匹马组成的群，排着横队踏雪而来。第四张是两个牧马人驱赶着马群驰骋在漫漫雪原的景象，宛若洁白的雪原上飘过一片不规则的彩霞，呼啸远

岸边

去……我就在微信上留言：气势恢宏，激动人心。可惜我看不到！

达子马上回复：这是我的家乡，欢迎！

我说：这样的话，我真的想去看看了。

达子：不来草原走一遭，真不知道啥叫辽阔，不曾骑马总以为世界跟我等高。来吧，师弟！我在呼伦贝尔等你，不见不散！不醉不归！哎妈呀！这是台词……

就在此刻，我下定决心，一定去一趟草原。师姐的家乡，呼伦贝尔。

近三十多年来，因了全球变暖效应，已经很少看到大雪封门的情景了。冬天一般在零度以上五六度的样子，三九腊月最冷也不过零下七八度，超过零下十度就冷得吓人。叫人过得春天不像春天，冬天不像冬天的，唉，简直让人没有了四季的明显意识。记得我七八岁的时候，也就是上世纪七十年代中期，冬季一交九，那水洼水塘无不一片冰冻。二九、三九天，大街土路都被冻得裂开大缝，宽的有十公分，我们小孩子贪玩不看脚底下，有时就会陷进去，大人连拖带拔才把腿脚弄出来，如果鞋子掉下面了，就算了，因为地缝深不见底，没有谁能把那坚硬如铁的冻土凿挖开。这条宽宽的裂口像一条冻僵的蟒蛇，竟然蜿蜒半里路长。

我们在谁家刚刚清扫出一块净地里，或天井，或街筒，去临近住户鸡舍旁偷几块青砖。如果被邻里叔叔大爷或者婶婶大娘发现，必遭呵斥。那我们就把脖子一拧，强词夺理地咕哝：使使，又不是不给您搬回来！大人佯装生气：使使？等你们使用完了，还不都碎喽？其实，在跟大人搭腔的时候就磨磨蹭蹭地往远处挪步，等大人明白过来，我们已经离得很远了，扭转身撒腿就跑。大人追到目的地的时候，我们已然把整砖两步一块，竖起，摆成一条线。对面十几米远，我们几个孩子一人一块半砖头别在棉裤腿下，用脚尖托着，开始"打关"的游戏了。大人不好拆局，就抄着手，一旁笑嘻嘻地观看。游戏的规则很简单，参加的所有伙伴剪子、包袱、锤抽签，赢的一伙先开局。从起跑线到终点单腿蹦四步，每一步都伴着参赛者的口号，第一步"拐一拐"；第二步"穿皮鞋"；第三步"钉上扣"，第四步"系鞋带"……最关键是这"系鞋带"，因为进行到第四步的时候，"口诀"结束的同时得把别着砖并一直蜷抬着的左脚甩出去，飞出的半头砖将对面属于自己的竖砖击倒为赢。

如果胜了，就进行第二轮比赛，动作口诀都变了，把半头砖夹在裆部，两腿并拢不许散，否则就属于违规出局。我把沉重冰凉的砖块夹到腔沟里，两腿起跳，第一步"蹲一档"；第二步"喝二俅"；第三步"三点水"；第四步（也是关键的一步）"灌蝼蛄"。这"灌蝼蛄"决定胜负。一般是到第四步的时候，瞄准各自的目标，跳起双脚还没有落地的时候尽力把屁股往后一撅，然后把肚子往前用力一挺，裆部一松，借力把砖块投出去……这一系列复杂的连贯动作都是在起跳的空中一气呵成，中与不中一是看技巧，二是看造化了。我们连赢两场，对方却一场也没有机会上。于是，他们就起哄，挑我们的刺。轮到对方上了，笑话是接二连三，把人都笑死了。首先是二民，你看他那鼓鼓囊囊的棉裤裆，别说游戏，平时跑两步都费劲，我为他没有分在我们组暗自庆幸。

二民光拧裤腿就花去了三分之一时间，团队好不容易等到他把砖别上了裤腿，就各自开始比赛了。人家都到"钉上扣"了，马上就迈向第四步，二民可好，还在第一步转磨磨。他背不过口诀，老叨唠：拐一拐钉、拐一拐钉……就是不跳第二步。人家都"系鞋带"打完回来了，他还那里重复着"拐一拐钉"，那条一直蹦跶在第一步位置的右腿累得跟筛糠似的，脸上的汗横七竖八，可恨嘴里就是转不过弯来……不管是我们团队，还是对方，人人笑得在地上打滚。大河笑得嘴里叫着"娘"就抽过去了！围观的大人笑得也岔了气，用手指点着二民，笑骂着，二民，你真是一个尿包！一个大人红着脸尴尬地挤出人群，看背影好像是二民他爹！

几十年后，就是这个被我们公认的尿包，竟然，在疾驰的卡车下救了两名儿童。他自己却被车轮碾掉一条腿。他蛰居在父亲遗留下的土屋院落里，百无聊赖的时候，就经常摆下场子，练习儿时的游戏。左腿依然蜷起，脚尖与裤腿把半头砖挽起，拐杖代替了右腿……他一次又一次地顿在"拐一拐钉"那个难以逾越的坎上，无法突破这个魔咒。汗水打湿了头发，腋下被拐杖的T柄磨得出了血，他依然固执地蹦跶在原地，地面上被拐杖戳出一个又一个的凹坑。家人实在不忍看下去，就各忙各的事情去了。

前年春节，因为老家移坟的事情，我回了趟老家，顺便探望下几十没见的发小。酒喝到兴头上，头发斑白的二民就忽然来了兴致，非要我们儿时的几个伙伴再比一次打关。我们面面相觑，呆若木鸡，还是二民的老婆尴尬地赔笑，说，二民，你看大家伙都四五十岁的人了，别叫小辈的笑话！要不，你们打麻将吧！二民就一口把酒给喝干，话也不说，举着拐杖自己蹒跚着来到天井。我们几个莫名其妙地跟了出去。二民，把几个"关"一一竖立，然后，又一拐一拐退后十几步，左腿支撑着全身，用拐杖画一条界线……做这些工作的时候，二民摔倒好几次，赌气似的把我们都推开，坚持自己做完。我把大衣脱下来，把西服裤腿一拧，把半头砖别在锃亮的皮鞋脚尖上，团结、大河、运动也不声不响地全部就位……还是按老规矩包袱、剪子、锤抽签，我第一个；运动第二个；大河第三个……平心而论，我们为了二民真是竭尽全力，但是，我们没有一个人能按照规定完成第一局的。

轮到二民，他昂起头，闭着眼顿了一顿，然后，拧裤腿别砖……拐一拐……穿皮鞋……钉上扣……系鞋带……"关"，应声倒地！二民仿佛回到了儿时，脸上泛上婴儿红潮，高兴地举起拐杖，一条腿在天井里蹦跶！我赢了！我赢了！我们一起围上去把二民抱在一起，大声高呼：二民赢了……二民赢了……我们这些在社会上打拼几十年，磕磕绊绊走到今天的男人，坚硬而冷漠的心，此刻热潮涌动，大家理不清什么来由，大年初三都哭得稀里哗啦！

冬天，一是打雪仗，再就是滑冰。打雪仗时间较短，滑冰却是延续一个冬天的游戏。从前农村孩子们的滑冰，八零后就已经很陌生了。此滑冰非彼滑冰。一提滑冰读者马上把国际花样滑冰比赛联系到一起，身着短裙的女单，或者男女混双，随着优美的音乐在场内池中花样百出，翩跹起舞！而我在此讲述的是，在冰天雪地的水渠、水湾，抑或水库的冰面上，农村孩子们演绎了百十年的儿时趣事。

说到滑冰，就不能不提到滑冰车，又名滑冰船。

滑冰，首要选择好时机。一九冰不牢，二九冰上溜，三九赛石桥。再就是要准备好装备：滑冰车和钢锥。滑冰车类似一个宽宽矮矮的脚踏，只是没有木腿，是两条并列的三角铁，平面钉在木板上，立面向下。钢轨一般规格是 4cm×4cm 以下，5cm×5cm 的一般就是附近油田子弟的高级工厂货了。滑冰车长四十公分到五十公分不等，四四方方加上钢轨大概有20公分高的样子，一般是平面，或跪或盘腿坐上面，带小座位的很少见，也不实用。钢锥原材料就是十号钢筋，长度根据持有者的身高比例而定，一般在六十五至七十五公分，顶端握手极像汉字"软耳"偏旁，末梢打磨得四棱锐利并在底端五公分处折成一百二十度的样子，这样扎在冰面上不容易滑脱，用力角度也恰到好处。操作者或跪或盘腿坐在上面，两条钢锥往冰面上一扎，胳膊用力往后一撑，滑冰车受力就向前滑动。这里有一个窍门，左右胳膊用力须匀称，否则，会向力小的一方倾斜。就这样，一锥紧似一锥，动作连贯起来，滑冰车便飞也似的向前面冲去。耳边带起了风声，尽管冻得鼻涕流到了下巴，但是，滑翔的速度给人带来的刺激和快感淹没了一切。遇到紧急情况，比如，前面突然发现一个塌陷或者人为凿的饮牲口的水坑，不能心慌。因为，慌的结果只有两个，要么人仰马翻，摔得鼻青脸肿；要么直接冲入冰窟，那就有生命危险了。钢锥有多个用途，既能给予滑冰车动力，也可以做急刹车用，把左钢锥收起，右钢锥放置滑冰船前正中探到冰面，以滑冰车前沿做支撑点，钢锥锐利的锋芒把冰面毕毕剥剥削出一条冰片飞舞的彩带。受到阻力的车就慢慢停了，但是，这个技术一般人掌握不了。钢锥稍偏些，车会猛然撇向受力小的那方，人会一下摔下去的；下锥太猛也会直接导致车翻人摔；下锥轻了又不起作用，总之，没有真功夫是不能够操纵好一台滑冰车的。小到七八岁，大到十二三岁的小子，家里无不藏有自己的滑冰车。春夏秋三个季节从没有看到滑冰车的影子，一旦到了冰封的季节，一台台滑冰车无一不出现在家乡的冰面上。你追我赶，横冲直撞，气势恢宏，热火朝天。

苟去是我们那个群体滑冰车的高手，当然也是我们的"头领"。已经上四年级的头领，个头比一般青年人都高一头，身材魁梧，大概他家生活条件好，不缺油水和营养充足的缘故吧。他爹是退伍军人，又是党员，在村里很吃得开。头领学习不中用，可是除了这点都很出人头地，比如打群架，曾经率领我们几个小喽啰，把石巴村几十个人的团队打得哭爹喊娘抱头鼠窜……比如，用子弹壳捶上鞭炮药用长长的药捻子连接，然后刨开梁小道屋后基塞进去点燃，"轰——"一声，虽然没有把鬼子的炮楼端掉，可把正在吃饭的老梁吓得尿了一裤筒……每次出行，都是小铃铛通知每一个团队成员，然后，大家各自背着滑冰车去苟去家大门楼集合，然后，浩浩荡荡奔赴村东头的大湾滑冰。就是三九最冷的那天，苟去做了一件令其终生自豪的大事情。小铃铛的弟弟小当啷成就了他。小铃铛八岁，弟弟小当啷四岁，爹娘的命令是看孩子，要么带弟弟一起去玩，要么都关在家。小铃铛一开始抱着弟弟滑滑冰车，可是，别别扭扭地老落后面，就骗弟弟去一边等，说给他讨糖吃。小当啷等不到哥哥就自己在冰上玩，不远处一个人凿的饮牲口的大洞吸引了他……就在小当啷跌倒小小的身体滑向洞口的时候，斜刺里飞驰过一台滑冰车，临近冰窟咫尺之遥时，一个急刹车，钢锥激起纷飞的冰片，如年五更的烟火……苟去扔掉左钢锥腾出手一把薅住小孩的裤腰，右手往外一撑，滑冰车的外轨贴着冰窟的边缘猛地折转，被轨道斜刺里激起的水柱喷出好远……几个惊险动作有条不紊，一蹴而就，在我们这辈滑冰历史进程中，书上浓墨重彩的一笔。

之后，再也没出过这样的高手。这种场景从上世纪八十年代没了踪影，甚至更偏远的农村也销声匿迹，水面少多了。

冰天雪地，一片落寞。昨日辉煌不再，大自然的冬天已经完全被孩子们抛弃并集体遗忘。

昨天，我彳亍在黄河大堤与古柳老槐为伍，低头怀念着四十多年前的冬天趣事，独自黯然神伤。于恍惚中发现，黄河已经被无边的白色覆盖，消逝了涌动的浑黄，大概结冰了吧！这也是十几年没见的景象。先前，一到凌期厚冰阻碍大水的下行，预防水漫大堤，一天到晚传来轰轰的爆炸声，把学校的门窗玻璃震得嗡嗡直响。老师安抚我们不要害怕，说，那是人民空军的飞机炸黄河的冰面呢！可是，我们张望了半晌，空中连一只鸟的毛都没发现。

我上初中·年级的时候，黄河大桥还没有建成。有一年黄河断流，我们直接走在河床上，平坦的河床上是细细的沙土，分布着鱼鳞似的水印，很难想象发水时的浩瀚与湍急，以及临河的敬畏之感，一行走得有点漫不经心，看得叫人茫然，隐隐还有点伤心。

2015年11月的北京雾霾沉沉，我记得一个月只晴了两天，还是两个半天。好在下旬一场中雪多少给了北京人和外来人些许安慰。鲁院的一个月培训，我的课外时间大多用在写作以及和同学喝酒聊文学了。全班五十二个人，能叫上名字来的却只有一半，一是我不够用心，另外兄弟民族同学名字确实太长。跟达子师姐基本上没有交流，课间食堂偶尔点个头而已，同学一场，说起来心存愧疚。

前天的微信中，冯中云发了一组家乡图片，蓝天白云，青山碧水，红艳艳的攀枝花叫我们好一个嫉妒。这场腊月的雪，跟中国的股市一样铺天盖地，那叫一个冷。然而，只有这样寒冷寡淡的日子里，人们才能沉寂下来，有了心思去彼此关注，窝在斗室里抚着合影思念着那些曾经相处的日子。外面的空气新鲜得叫五脏六腑都颤抖，大可不必像往日一样，尽可放心摘下口罩，深深呼吸几口凉丝丝的雪的滋味。

我曾在达子的一个视频里看到，呼伦贝尔草原完全被暴雪征服，驮着主人的马儿在无边无际的雪原上是怎样地行走？它是在做游泳状，身子往前一纵一纵，用胸膛把齐背的积雪撞开一条生路……其场面叫人唏嘘，令人感动，十分悲壮又豪气冲天！我对马儿的认识又有了新的进展，对明年的约定就有了那么一点点渴望。

排除其他，我倒觉得，其实，冷一点才像冬天。

要不，冬天成什么样子？

岸
边

最后一匹军马

凡是军马场的人都知道，老范有两个宝贝，任谁也动不得，当面说不得，哪怕是军马场的大校。因为，那是老范的命根子——一个叫小驹子，另一个叫黑孩。小驹子不是牲口，是老范的儿子；黑孩不是人名，是军马首领"东方"的马驹子。

天蒙蒙亮，一望无际的芦苇顶着一头的露珠，千军万马般肃穆地挺立在黄河三角洲的大地上，横刀立枪，阵容庞大，仿佛正在等待首长的检阅。此刻，黄河三角洲万顷草原，宛如怀里揽着婴儿还在微睡的母亲，偶尔从茂密的芦苇丛里传出三两声咕咕鸟鸣，愈加浸透着原野的寂寥。突然，远方传来了马的嘶鸣以及如海涛般的马蹄声浪，此刻，它正以飞快的速度向这里涌动，箭也似的射来……马蹄的声浪一波淹没一波，如同黄河决堤的怒吼，令人振聋发聩，热血沸腾，甚至叫人胆战心惊。近了，更近了……旭日，猛然惊醒，似乎蓄意要配合这团无拘无束，桀骜不驯的流云，清凉娇艳的晨光泼洒下来，顿时，大地流光溢彩，那团不规则的"流云"瞬间变成生命的流体，五彩斑斓，光芒四射。在这流动的"彩云"中首领脱颖而出，那是一匹燃烧着火焰般的枣红马，四蹄翻腾，目光犀利，前胸的肌肉滚动着，似几只牛蛙困在红布袋子里横冲直撞……策马狂奔的牧马人，褪色的军衣像蝴蝶的翅膀展飞起来，背着的钢枪军刺闪着耀眼的光芒。紧跟其后是一匹墨黑的小马，上面卧趴着一个八九岁的小孩，那个黑呀，趴到马背上，如果不是衣服的颜色，还真就辨不出哪是马哪是人！

这是军马场放牧员老范跟儿子小驹子最为快乐、最为得意，也最为神圣的时刻。

老范不是军马放牧班的第一组成员，他是随着军马数量任务的增加后来入队的。老范心眼好脾气倔，小的时候跟爷爷学过拳脚，两三个战士近不了身。老范工作肯卖力又认真，尽管来得晚，却深受同志们的尊重和信赖。老范引以为豪的是胯下的军马匹匹身健体壮，精精神神，团长每次见了都想跨上一匹奔两圈。当初"东方"生产"黑孩"的时候，正逢年三十的夜里，其他没有任务的同志有的回基地过年去了，有的回团部搞联欢，饲养员老张家在基地，他给所有的牲口喂上草料，打个招呼骑着自行车歪歪扭扭摸黑赶回家里吃饺子去了。渤海湾的风，遐迩闻名，特别是在这滴水成冰的严寒季节。槐木杆子上扯到连部的钢丝电话线，把风切割成悍妇尖利的哭吼，寒风像刀子一样剥刮着黑黝黝的墙壁和波浪似的瓦檐。储存草料车间的铁皮棚顶，仿佛擂起来一面面战鼓……老范提着钢枪围着院落巡逻，前往揣着驹的军马"东方"的槽子前，原想巴一眼就回宿舍的。这鬼天气，出来一趟半个小时暖不过身来的。不看则罢，一看则把老范吓了一跳。"东方"也瞭到了老范，大眼睛忽闪着，猛地掉过屁股。老范"妈呀"一声，咬住了手指，眼见着一个黑乎乎的脑袋已经探出了母体……军马是战士最忠诚的战友，"东方"见到老范如同见到救兵，用这种决绝的方式求援了。老范倒拖着钢枪跟鬼撵着似的跑回连部，摇把子快摇断了也没有接通团部，不知道是风刮断了电线还是那头电话出了故障！老范一咬牙抱起自己的被褥急火火返回"东方"身边，靠墙边燃起火堆，把眼睛闭上冷静了一会，挽挽袖子义无反顾地动了手……面对跟屠宰场一样凌乱不堪的血腥场面，巡夜的连长除了蹦出一声"乖乖——！"再没有吐出第三个字，舌头吐出老半天没有缩回去。老范真行，在几十双亮闪闪湿润润的眼睛监督下，手忙脚乱地把马驹捯饬下来，把棉被披到"东方"背上，然后把小马驹推到火堆旁，用褥单子擦拭着它湿漉漉的皮毛。不愧是名门之后，将门虎子，小马驹在火苗的烘烤和老范的照料下，一会的工夫精神起来，蹦蹦跳跳地撞着母亲寻奶吃，柔嫩的毛发闪着油亮亮的光泽……连长向团长汇报的时候，还带着一脸的懵懂表情：乖乖，要不是睎到活蹦乱跳的小马驹，俺那个娘哎！俺还误以为老范被坏人捅刀子哩……

全身都是血啊、浆啊、水啊……

"东方"下小马驹的第二年，老范奉命去帮当地生产队抢麦收。老范赶着三套车，上面的麦捆垛成了山。"东方"驾辕，生产队的两头骡子拉边套。天到晌午，人困马乏，车下黄河大坝。"东方"四蹄用力地向后顿着，老范也拉紧了制动手刹，猛然间"嘎巴"一声，手刹的绳索断了！"东方"受不了下冲的惯性，失控地向前跌步，满载的大车剧烈地摇晃。事出意外，老范冷不防地被缰绳带倒。老范眼睛一闭，心想：蛋（儿）了！试想，承载几千斤重量的车辘轳从身上轧过去，什么后果？即使侥幸逃过车轮这一劫，承重的铁蹄也会把人再次带入鬼门关！千钧一发之际，一声长啸，马车停在了原地，雪白的巨蹄宛如四只铁犁深深扎入地里，由于坐力过猛，把两匹拉边套的骡子生生拽了一个趔趄……老范总算是捡了一条命！

有些落难的名人，与军马场往往有着某种渊源。也因了这些名人，小小渤海湾，绵绵入海口声名鹊起。1969 年秋，蒙冤的刘少奇主席的女儿刘平平被分配到军马场糕点酱菜厂，当地好多老百姓都认识她。据传，刘平平扎着麻花辫子，穿着没有领章帽徽的军装，骑着高头大马……当时，正是刘少奇同志被迫害时期，刘平平在单位的工作任务其实很繁重。

2014 年春，我查阅有关档案资料终于寻到了那张传奇的珍贵照片，情景跟当地老百姓传说的基本吻合，只是照片是黑白的，辨不出衣服和军马的颜色。从神情上看，她没有深陷逆境中的忧郁颓废，眼神里反而昂扬着一股子不屈不挠的坚韧气魄。与这真实的历史记录互相凝视的一瞬间，我心中不免生发出对世事变化无常的感叹和对沧海桑田时光飞逝的唏嘘。

她在以后给同事好友的通信中，曾提到"山东人很厚道"的话，这是对军马场全体职工的首肯，同时也是对淳朴善良的山东人民的高度评价。

那个时期，虽然条件艰苦，却是军马场名副其实的鼎盛时期。

忘了告诉读者，老范不老，当年 24 岁，女性，济南知青。"儿子"小驹子是军马分场罗场长的侄子，因天然气中毒大脑缺氧患有轻度痴呆症。

随着全球军事机械化突飞猛进的发展，骑兵除了极少数的山区草地范围作业外，已经渐渐淡出军事家的视野。当初，跃马挥刀，红旗猎猎的雄风不再，这不能不说是一种遗憾，一种无可奈何的终结，当然这也是社会发展的必然趋势。战马作为冷兵器时期的宠儿，沦落为马戏团的主角、旅游点的闲散点缀，以及游牧民族的生计资产，千百年来与战士相濡以沫生死与共建立起来的忠诚互信，今天却从残酷的杀戮战场上单方退出，不知该为它们庆幸还是悲哀？

那些策马挥刀威武矫健的骑兵，那团清晨溅落在墨绿草原上的"流云"，那片驰骋在广袤无垠的黄河三角洲大地上的彩练，已经凝固成一帧图腾的画卷，深深镌刻在曾经见证过的人们心底深处，无法复制，无法自拔，融进身体、流入血脉，伴随岁月与生命，与这个喧嚣的世界渐行渐远……

岸

边

蒙尘的书信

阴雨连绵，天空一连三天不开晴。爱人带着孩子回娘家了，十天半月回不来，为打发无聊，我拾掇着好多年没有动过的书橱，忽然一本《中篇小说选刊》引起我的注意，那是我上初中时借同学的一本杂志，里面有路遥的爱情小说《人生》。这时一个耀眼的闪电过后，紧接着跟过一个巨大的霹雳，我惊得手一抖，差点把书扔掉，一片灰白的纸片如落叶从书籍里飘飘然跌落到地上……这是一张老式横格信纸，折叠成大雁的样子，我疑惑地展开——熟悉的字迹一下子跃入我的眼睑，记忆宛如刚才的闪电，照亮了我……

时光一下退回到二十几年前，一个十五岁女孩散乱的影子慢慢重叠在一起，清晰地跳在我眼前。她叫"阿纹"，坐在我的课桌左前侧，粉红的粗线毛衣，外罩一件褐色的条绒上衣，高高竖起的毛衣领子把光洁的脸颊映上了红霞……这个印象仿佛一下在我懵懂的心坎上打上烙印，几十年都无法抹去。纹是那种不善言语又温顺俊俏的女孩，十五岁如同刚开的花朵，是人生最富有幻想、最美的年龄，发辫散发出那个年代洗发膏的香味，白玉兰般光洁的脸颊，颀长的身材，以及说话时那浅浅的笑靥，无不漫沁着青春最初的芳香和诱惑。无疑，纹是好多男生暗恋的对象。我跟班长第一次决斗是在晚自习下课后进行的——这都是缘于纹。

八十年代的裤子跟现在的有很大区别，那个时候男女式裤子最大的区别不是颜色，也不是质地，而是开口位置的不同，女式开口是在右胯上。不知道什么原因，纹的裤子开口处里面没有穿内裤，也没有系扣子，上衣下摆下一截胴体暴露了，灯光下纹的皮肤像牙一样白，激起后座的许多男生贪婪的眼睛……看着几个大男生的指指点点，我毅然走到纹面前，借口借橡皮，低声委婉地提醒她。纹一愣，旋即脸一下红到耳根，赶紧拽起衣襟，右手死死压住衣服遮挡住胯部，埋下头去好久没有抬起来。

因为我的告密，破坏了班长的好事，下课铃声一响，班长在拥挤的教室门口找碴，我们便扭打在了一起……班长被捣掉两颗门牙，我也鼻血满面，这场战争以平局而宣告结束。我悲壮地把书包往后背上一甩，旁若无人地径自挤出人群，在女同学敬佩的目光中，我捕捉到了纹的感激、敬佩和隐隐略显自责的眼神，我的胸口像海上航行的船帆鼓得满满的，一丝温情缓缓流入心坎，一种从未有过的、说不清道不明的感情升腾起来！

不记得是什么时候，纹的影子就时常出现在我眼前，打乱我一向平静的心。纹的如桃花般的脸颊，沉静如水的眼神，诱人的笑靥……不时出现在我的梦里，醒来时我又激动又新奇又有点恼怒，仿佛一下失去了原来单纯而简单的自己，烦恼与纹如期而至。自从为纹跟班长大打出手之后，我受到同学的普遍尊重，班长后来也主动讲和，用他的话说：不打不相识。在以后的日子里，我的课桌抽屉里经常被人偷偷放了炒花生、金黄的地瓜干，还有那浑身泛着白霜似的面醭的柿饼子，每当这个时候，我总从侧面看到纹脸庞泛上一抹红晕和不易察觉的微笑……

因为家庭的不幸影响了我的性格，扭曲的心灵使我的自尊心很强，即使喜欢别人也不轻易表露出来。那个年代，村里吃水都到集体的自来水管去用水桶担，我总是舍近求远多跑一公里路程去邻村担水，因为邻村的水管就在纹家门口。每当看到纹走进走出的身影，我心里有一种踏实满足的感觉，纹偶尔走过来的时候我却不由自主地把头埋在膝下，生怕被发现，坐在扁担上的腿会很不自觉地颤抖，脑里一片空白……

在渴望与冷漠的煎熬中度过了三年，毕业前夕，我想把我心底的话掏出来，不管纹什么态度，总算给自己一个交代。在一个乱哄哄的晚自习上，我借口还课本的空当把一封早写好的"情书"夹在书页里……我眼看着纹把书塞到书包里，心里激动得像敲着小鼓！接下来的日子，我在期望中绝望，又在绝望中心存侥幸。三天过去了，我看不出纹有任何变化，只是言语更少了，也不再一个人在教室里，好像故意躲着我似的！我的心凉了。毕业的当天，纹一改往日的忧郁，把前一阵子从我这借的那本《中篇小说选刊》递给我，说：还给你！就在我接书的当口，我感觉到她的手有点抖，而且脸也奇怪地红了……

我大大咧咧地把书扔到书包里，心说：红什么红，不就一情书吗？不接受拉倒！我收拾起三年的书本，连毕业典礼也没有参加，捆好铺盖跟着邻居爬上胜利油田的敞篷车，告别我的学生时代加入到了最初的打工生涯……

我随大批的民工搭窝棚，挖地窖，用一把铁锹没白没黑地挖输油管线地沟，肩膀被烈日灼伤，慢慢蜕皮，双手磨起了老茧……我只有用劳动来填充空虚，安慰自己，来迫使自己忘记纹。晚上，我跟同窝棚的民工躺在寂静的柏油路上，听成年人讲着女人，在大家开心的笑声里我暗自喟叹，泪不知不觉涌出来，弄得柏油路浸湿一片……面对无尽的长夜，我忍不住如狼一般大号一声，惊得大家一骨碌全都坐起来……

十年过去了，我再也没有见到纹。听说她被做村长的父亲办了农转非户口，去大城市参加工作了。理智告诉自己，今生不会再见到纹了，我的少年时代，我可怜的初恋，连一句话都没有说、没有开始就已经结束的初恋！尽管已经到了谈婚论嫁的年龄，我却总是推诿，无法割舍那份压抑多少年的最初的纯真，无法接受另一个女孩的情感。我在各个行业各个角落打拼流浪，十几年过去仍孑身一人。看到弟、妹都已成家，母亲急得不成样子，然而，她老人家又怎么知道儿子心里的苦楚呢？经过第一次短暂而失败的婚姻后的第四年，我拥有了我现在的妻，不久，儿子也呱呱坠地，满足和责任写在我那已不再年轻的额头上……

我忍住钻心地疼痛，打开这封蒙尘的信笺——

晓：

　　我早就知道你的心，我对你就像你对我一样的！我一直等你，我现在终于等到你了。毕业后的第一天晚上七点，学校操场第七棵白杨树旁，不见不散！

　　　　　　　　　　　　　　　　　　　　　　爱你的纹
　　　　　　　　　　　　　　　　　　　　1986 年 5 月 16 日

不知道过了多久，我终于安静下来。雨停了，天完全暗下来，屋里没有一点光亮。我黯然推开房门，摇摇晃晃撞入黑暗中……尽管学校早在十几年前就夷为平地，但是那排白杨树还在，它依然忠诚而顽强地屹立在空旷的庄稼地里。额头抵在老杨树饱经沧桑的树干上，我终于在有生之年奔赴到二十四年前的约会地点……

岸
边

燃烧的棉袄

　　枯木牺牲自己的身躯企图逼退积雪的惨白，煤炭献身浓烈的火光只想软化檐下冰凌的坚硬，在这个冰冷的冬天，谁家孩子的棉袄着火了？……捧着手中这件落满历史尘灰的棉袄，我伫立在萧条的冬日，面对苍茫大地，刹那间的转身，穿越生命的时空，回到荒芜的孩提时代。

　　大哥上四年级的时候，我刚上一年级，五岁的妹妹在家照看着仅有一岁的弟弟，母亲只身出去给四只乳燕打食吃。夏天，生产队牲口饲养室收青草，一分钱一斤，须是刚冒出水面的鲜嫩的芦草叶子。那个时候农村没有柏油路，水渠沟塘也没有石桥，水深的地方人们就在岸两边架上几根木杆子，浅的地方就蹚水过去。别人到了岸边把裤管挽到膝盖，手里举着脱下来的鞋子，缓缓蹚过去。母亲怕水，就只好多绕好几里路，往往别人都做完饭了，她才到家。为此，我们都为母亲耽误做饭愤愤不平，又为她的胆怯而不屑。母亲拢拢头发，一言不发，开始和面做饭……麦收时节我们要升年级了，放学后，我们就把老师交代的课本费、学杂费的数字一股脑儿地传达给母亲。母亲正在擀面条，猛地停下来，急火火地爬到炕上去掀开席子……我清清楚楚记得当时的情景：一张皱巴巴的粉色纸币——那是女司机开拖拉机图案的一块钱、三张有着绿色大桥图案的二角，还有四五个"小银元"。这就是我们全家的全部存款。那晚的面条很香，我跟弟妹每人吃了两碗，还偷了两调羹的猪大油。母亲的那碗面条没动，看着我们聚焦的目光，叹口气，默默地把碗推给了我们……

　　我们连着两个中午不见了母亲的踪影，问在家看孩子的妹妹。她说，娘去割水草了，留了晌午饭，你俩吃了就去上学屋（学校）。我跟哥哥没在意，也不信，知道娘是最怕水的，就骂妹妹是骗人的小狗。妹妹哭着坚持说：娘就是割水草去了嘛，二哥才是小狗！专门欺负好人的癞皮狗！

　　终于在交学费期限的最后一天，母亲从偏襟的蓝士林褂子布袋里掏出三个纸卷。她把它们放到饭桌上小心翼翼地展开，哇，我跟大哥惊喜地跳起来。一张五块的，两张一块的，我们交完学费还剩三毛钱呢！过后，我听邻居二姑说，母亲为了割这些水草差点被淹死。她壮着胆子在岸边割，可是岸边的草早就被人家抢先割了，遗漏下的草稀稀疏疏，割半天也卖不到五毛钱。因为割得少，还被过磅秤的会计笑话。第二天母亲就豁了命往深水蹚，深水的草可比岸边的密实多了，又高又嫩，一拢一大把，母亲忙得连擦汗水的工夫都没有。正当母亲斜挎的包袱兜子快填满的时候，不料她蹚到一个深坑里，水一下就没过了脖子，困在那里动弹不得，只有仰起头喘气，一低头就会往嘴里呛水。幸好被二姑和其他几个一起割草的妇女及时发现，几个人扯成一条线，拽着母亲的包袱带子连人带草一起拖到岸上。母亲浑身淌着水，趴在岸上的泥水里哭着：咋不让俺淹死啊，省得在这个世上活受罪……

　　过后我问母亲：娘，你真的舍得俺们去死啊？母亲瓢舀子轻轻磕着我的光头笑骂着说：要不为了你们几个讨命鬼，我早就去了，还用等到这时候啊?!

　　小时候我很淘气，不单是邻居这么说，看看我小时候的黑白相片就知道。我穿着母亲用织布机织出的方格粗布褂子，染布裤衩，剃个白萝卜蛋，也就是现在说的光头，一双小而晶亮的肉眼泡子，两颗大板牙龇龇着，一脸的坏笑。老婆曾经在饭桌上半开玩笑地问过母亲：娘，你家老二小的时候真的像邻居说的那么淘吗？母亲耷拉下眼皮，不悦地说：陈芝麻烂谷子的，俺早忘了！老婆闹个大红脸。

　　记得九岁的时候，我把邻居二姑家晒在鸡窝上的面酱盆里掺进了鸡屎。二姑从屋里跳出来，把我拖到大街上拧着耳朵骂我，说我头上生疮，脚下流脓——坏透了。其实，二姑平时挺疼我的，那次可能真的气坏了，话就说过了头。母亲跨过土墙，窜到二姑家不依不饶，气愤得脸都变了形。直到二姑千赔情、万作揖，并承诺如果是因为她的骂，我在村里找不上媳妇，就把自家的小娥嫁给我……

那年冬天，我忽然对火产生了浓厚的兴趣。第一次是把姥娘家的麦垛点着了，吓得我连滚带爬一个人逃回了五华里之外的家。母亲气咻咻地赶到姥娘家兴师问罪，看到我的两个舅舅为了救火，脸抹得成了黑脸包公，母亲憋着笑又偷偷跑回了家。她用食指点着我的额头，佯装生气的样子质问我：二，你是不是在姥娘家闯祸了？傻瓜才认账呢！我理直气壮地说，咱没放火，反正不是咱放的！母亲沉下脸悄悄挪到门后头，猛地抄起扫帚，我一看，"妈呀"一声跳出门槛，撒腿就跑……

第二次倒是没有给别人惹祸，却把自己烧了一回。上午下课，我在炭炉子里引燃了一截秸秆，在室外抢着玩，风把火星子吹到棉袄袖子里。那个时候没有拉链，全是棉布纳的老头疙瘩，我怎么解也解不开，待我脱下棉袄时，里面的棉花已经烧得无法控制。正当我光着脊梁围着冒烟的棉袄连跺脚带踩的时候，老师一桶水给浇灭了。我穿着老师的小大衣，像个戏袍子似的上了一上午课。下午第二节课的时候，母亲既不敲门也不喊报告就径自推门进到教室里。我在同学的面前窘得差点把脑袋拱到裤裆里，母亲把已经补好并且烘干了的棉袄给我穿上。我推着母亲的后背轰她快走，同学们都在看着呢，我的脸好烫。奇怪的是母亲在寒冬腊月里只穿着一个夹袄，回去后就受风寒病倒了，吃了好几服草药才慢慢好起来。原来母亲把她的棉袄拆了，把棉花匀出来，填到了我的烧得还剩一半的棉袄里。难怪我发觉棉袄里子改了颜色，也厚重许多。为此，大哥甩我两个大嘴巴，打得我鼻破血流。我没有像往常一样跟他撂跟头，也没有还手，看着大哥气得蹲到地上嗷嗷大哭。

我是第一次也是唯一一次没有反抗。我知道，我真的错了。

多年以后的一天，我已为人父。我发现自己珍藏的旅行包里，那件棉袄不见了。我跑出来问老婆。老婆寻思了好半天才说，你那件宝贝啊？我拆了给你儿子当尿布了！烂套子破铺陈，你还想穿咋的？

我一时语塞，气得把旅行包一下扔到了院外。老婆至今也没弄明白，我为什么发那么大的脾气。她还是从破布堆里收拾起已经支离破碎的棉袄面子和里子，用清水一遍又一遍地洗净上面的污渍，像我先前那样放在烈日下暴晒，然后小心翼翼地缝好折叠，放到旅行包里，置放到书橱的顶端……

　　我时常能够感觉到棉袄里面燃烧的火和暖暖的味道。

岸
边

冬天不冷

　　再有几天就是女儿的生日了，我在纷乱事务中的空暇时常提醒自己，而且在办公桌的台历上，从圈点的那页起连续往前翻了七八页，都注明了往后的注意事项，我这个人记性不太好，怕又忘了不该遗忘的日子！

　　女儿跟我在一起的时间很少。她小的时候，因为我刚开始创业，风餐露宿，三天两头不在家；稍大一点，这个家庭又出现了问题，终究造成了现在我跟女儿聚少分多的窘况。女儿小的时候跟我最亲，几个月的时候，我把襁褓里的她放在副驾驶座上，开车满世界跑。她从不害怕，好像知道身边这个人是最可靠的保护神，颠簸的吉普车海绵坐垫成了她开心的摇篮，每逢我按喇叭，她以为我在逗她，"咯咯"笑个不停……欢乐的气氛感染了我先前悲观的情绪，在我的心里曾经漫过一片又一片恬静而幸福的潮水！每当刹车的时候，我都是左手打方向盘，右手极力按住半躺着的女儿。一次，情况紧急，我一个急刹车，女儿被巨大的惯力从我按着的手下跌落到座位的下面……当我内疚地把她抱起来的时候，她小脸吓得发白，看到父亲的时候才慢慢转红，一双黑葡萄似的眼睛好像还没有从刚才的惊愕中醒过来似的，静静地望着我，瞬间，一层晶莹的液体包围了眼瞳，灰头土脸的一下扑到我的怀中，努力不哭，但还是忍不住委屈地抽泣起来……一股热流涌遍了全身，我感觉到做父亲的责任，体会到女儿对父亲无言的信任和天性依赖。

　　女儿从小就很讨人喜欢，聪明伶俐，整栋大楼的居民无不认识，"姥姥""姥爷"地叫，把这些老年人叫得心醉。她两岁半就上了托儿所，排队排在最后，大家叫她"小不点"，而这个"小不点"第二年就以一幅

"我帮妈妈洗衣服"的图画荣获全国少儿图画比赛的银奖，年底在社区春节演出节目的照片又荣登到《胜利报》上，才智初露锋芒，那个时候女儿才三岁。

女儿学电子琴，一个星期就一节课，而一节课两个半小时学的可是七天的课程，每天都得在家练习，于是，楼道里经常飘荡着稚嫩小手敲打出来的散乱的音符……女儿连跳两个学级，激动的小脸像一朵绽放的牵牛花，高兴地告诉我说：爸爸，我可以省下两个学年的学费，还有你少跑两个学年的路了……我拉着女儿的小手，父女两个高兴地向少年宫大门奔跑去……以后的日子，我因为谋生疲于奔命，有很长一段时间无法与孩子团聚。

一天，女儿打电话给我，通了却不说话，我以为发生什么事情，心里非常着急，也许女儿体会到我此时的心情，开始说话了，但是话未开口先抽噎了，我的心酸酸的，极力地昂起头，最后她才带着哭腔说：爸爸我想你！当我从滨州市驾车赶到东营市东城时，已是华灯初上……打开房门，见电子琴的电源没有关，指示灯还一闪一闪，课本凌乱地摊放到桌上，女儿此时和衣趴在床上，脸斜侧着睡着了，发辫散乱着，脸上的泪痕还没有干……这一幕深深刺伤了一个父亲的心，泪水顺着脸颊滑落下来，我为无法改变现实而愤懑，我为不能给予女儿安慰而伤痛！我一直默默地坐在床头，无言地凝视着我的孩子熟睡的样子，很久很久！加班的前妻看到我先是一惊，随后在我无言的注视下，显得很是无奈，我什么也没有说，默默地、艰难地离开了，跟我来一样，女儿在睡梦中什么也不知道——而这一幕却始终展现在我眼前，叫我辗转反侧，彻夜不眠……

父亲是女儿最初崇拜的对象。每当拿到好成绩需要开家长会的时候，女儿会马上跑到电话亭给我打电话：爸爸，你来开家长会吧！当她得到满意的答复后，会不失时机地补充：爸爸，你可要穿西服扎领带啊！我知道女儿的心理，她是叫她的同学们看看——我的爸爸可是很优秀而且很帅气的哦！为了换得父亲能在大众面前露一次脸，她不知道熬了多少个夜晚复习，跟尖子同学一分一分追赶，步步紧跟。也许，在她幼小的心灵深处，没有那些远大的理想，只有这个小小的愿望，就是能够在几百名学生中争取到被老师表扬的机会，叫自己父亲亲耳听到女儿的优秀……最纯真，最淳朴，也许是世界上最平凡的一个愿望，但是，现实又是多么可贵而又叫人潸然泪下的行动！我深深体会到女儿对父亲的崇拜，也体会到女儿幼小心灵因缺失了父亲关爱的空落……"幸福的家庭是一样的，不幸的家庭有着各自的不幸"——不是几句话就可以赎罪的，也不是凭几句话就可以解释清楚被人谅解的，现实是残酷的，爱情也不是纯洁的雪与高贵的血，能够简单地划分白与红……女儿小小的理想与父亲悠长的愧疚交织，亲情与家庭的背道而驰，也许会注释人间的悲欢离合。

再有几天女儿要过生日了，十三岁生日。光阴荏苒，在不知不觉中，在琐碎的、艰难的、忙忙碌碌的日子里，女儿已经由一个"小不点"渐渐成长成一个大孩子了。去年，我带着妻子、两岁的儿子还有女儿，一家四口郊游，也许是血缘的关系吧，从来没有谋过面的姐弟两个很亲，一路上，弟弟被姐姐追得咯咯地笑个不停！在一座凉亭子旁，我左手抱着幼子，右手挽着长女，年轻的妻子按动快门，我们一姓的两代人开心的笑脸，灿烂而自然……这张照片现在被妻子高高挂在客厅的正中，成为我的骄傲和精神依托。女孩的变化是无时无刻的。去年，女儿穿衣服不是很挑剔，苹果似的脸圆圆的、红红的，健康而逗人……今年却把我给她的买课外报刊读物的钱偷偷买了减肥药，坚持不吃肉，晚上贴墙站立看书，行为叛逆而乖戾！而她做这些的时候从来都不想叫我知道，怕被我批评，因为，女儿要把最好的一面留给父亲。我婉转地告诫，她有时默默地笑，有时，低头沉默……女儿已不是先前的"小不点"了，孩子大了，我就不好再说什么了。

天气预报说，内蒙古大雪，降温到零下四十五度；而山东大部分地区最冷也到了零下十几度了。妻子跟我多余地担心女儿去年的羽绒服是否还能抵御这严寒，当见到女儿时，我们简直是不敢相信自己的眼睛了——在学校的门口依次而出的清一色的灰色人流中，女儿在严寒的严冬腊月仅仅穿着灰蓝的校服以及薄薄的 T 恤，我一下明了，前妻对女儿"臭美"不穿棉衣的抱怨……一路上，妻子关切地问：冷不冷？女儿大都用手拢弄下遮到眼睛的头发，连连说不冷。我揶揄地说：哪能冷呢？人家穿的是火龙丹！女儿并不生气，笑笑，依旧去逗弟弟。尽管车外北风怒吼，白雪皑皑，女儿却穿着秋天的衣服过冬，在学校里、在社会上叛逆而勇敢的少男少女，她不是第一个也绝不是最后一个，从她的行为上我仿佛看到几十年前的我，穿着球裤球衣，在初中的操场雪地里翻滚着，打闹着，在教室的旮旯里瑟缩着，却挺着胸脯，粗毛线围脖像施洋大律师一样，做作地搭在前胸和后背……二十世纪八十年代，穿着红色喇叭裤，烫着爆炸头——农村的母亲当时气得一连几天不跟我说话，最后还是无奈地接受了我的"时代潮流"……我释然了，时代无论怎样转换，人都要从年轻走过，而那些与年轻有关的潮流是任何制度和偏见都无法阻挡的！

停下车，我也脱下大衣，在茫茫雪地上追逐着棉帽上缀着两个红绒球欢叫着疯跑的儿子，单衣迎风精神抖擞的女儿……我没有去理会后面拿着棉衣嗔怪的妻子，忘形地在雪地上翻了一个十几岁时练就的倒翻跟头，在孩子们惊喜的大叫声中，仿佛一团火正燃在胸中。雪，就像棉花，白白的、暖暖的。

岸
边

腊　月

腊月临近，农村的集市、村庄边蔓延着年的味道。一支支攒在草把上红宝珠炫人耳目的糖葫芦，小布口袋袒露着蒸年糕用的皮薄肉厚甘甜醇厚的北方小枣，红烛蜡台火纸，三两声清脆的二踢脚在空中炸开的炮鸣，无不在心底把年拉近了。

俗话说，腊月腊，冻死马。荒芜衰败的野坡上，狗尾草东倒西歪，袒露出土地灰白的冷色，水沟被杂草遮掩，白一块，黑一块，白的是冰，黑的是被火冒犯过黏附在冰面上的草灰。下垂的面条似的高压线，嗡嗡发着声响，切割着凛冽的北风，互相缠绕，作弄着下面心惊胆战的长耳兔。麦田里、沟渠岸、大路、小径，坚硬无比，封冻三尺，大地的裂纹有一寸多宽，深不见底，蜿蜿蜒蜒数华里。也许，鹅毛大雪忽然而至，漫天一片迷蒙，眨眼的工夫把草垛、房屋、小桥、林木盖上一层厚厚的绒绒雪被，推着独轮小车匆匆赶路的人像一座移动的小小山包……天井里北风怒吼，白雪飘飘，风吹得窗纸呼嗒呼嗒响，像极力要钻进来凑凑热闹。

屋里，炉火正旺，水开了，铝壶盖子被蒸汽顶得一上一下，壶嘴像奔跑着的火车头，突突地冒着蒸汽……墙角码的一人高的冬储大白菜，由于暖和裹着的大绿头微微有点干，泛着淡淡的草纸黄……水瓮地脚边堆积的白萝卜、胡萝卜、地瓜为了防冻，上面覆盖了华北地区特有的黄河细沙土，偶尔有一个半个的萝卜探出了头，有鹅黄翠绿的嫩芽突出来，绿个缨登的，煞是惹眼。这个时候在炉膛下面烘烤的地瓜熟了，那特有的芬芳飘在房子的上空，叫人喉咙眼里直痒痒……孩子们抹着鼻涕，去抢拨火棍，个人抢个人的，小的没有抢着就跺脚干号，幸好年龄稍大一点的怕又挨父母的说骂就折回头，把滚烫的略带糊皮的地瓜一掰两半，坏笑着把一截显然是比较小的那段往弟弟怀里一扔，抄起麻绳拧成的小鞭子，怀里揣着用木棍刚刚削的陀螺，一头撞开半掩着的芦苇席门子，径直冲向对面水湾的冰面上，去与对手一争高低去了……炕头上坐着纺线的中年妇女，像入定似的对刚才的吵闹无动于衷，也许是早已习惯了小孩子的吵闹，继续不紧不慢地摇着纺车，抽着线穗子，洁白的棉花瓤子在左手拇指与食指间，在有节奏的起落中，抽出均匀绵长的棉线来，简直是技术高超的魔术家，叫人匪夷所思！也许是北风鼓打的窗纸惊扰了她，她停下了纺车，疑惑地张望了一下窗外，似乎感觉到外面的大雪，一反常态利索地出溜下炕头，赶紧把开水沏到暖壶里，趿拉上棉鞋推开门子向外探头，却马上被强劲的寒风迎回来……她搓着手，思量了下，马上揭开连接炕头灶上的八印生铁大锅盖，添水，开始做饭，不用说，此时做好热汤热饭，是对风雪中又冷又饿的归来人，最好也是最淳朴的迎接。

雄鸡第二遍报晓的时候，窗纸已经发白，天提前亮了。被误导的人，推门看个究竟。然而，一夜的大雪早已封了门，一米多高的积雪把门子遮掩了大半截。原来是雪映白了天空和大地。庄户人并没有因为受骗而沮丧，面对一片晶莹厚实的积雪却像吃了饺子似的笑逐颜开，因为他们心里踏实了：瑞雪兆丰年。谚语说得好，腊月雪成堆，来年枕着馒头睡！农家动员全家人打扫天井的积雪，铁锨铲，木锨推，扫帚扫……全村呈现出热火朝天的自发劳动场面！这个时候是半大孩子最高兴的时候，在雪窝里打滚、打雪仗、堆雪人，任你怎么折腾大人都会宽容。等待了一个冬天的孩子们，玩得正欢，此刻又怎么能罢手？太阳，一跳，一跳，再一跳，涨红了脸。洁白的雪糅入了红，人就有了莫名的感慨，冷冷地思索着人生的不可知的失落。

旭日很矮，仿佛一跳脚就能够着，一点也不耀眼，像极了女人坐月子时染红皮的鸡蛋。只是，这个蛋要大得多，漂亮得很。

积雪水浪般翻卷到两边，中间是黑黄的土路。这条路四通八达，通到大街，扯到小户，像动物的神经脉络，被白色的毛皮覆盖包裹。

大路两边，屋山旁，小院里，雪人堆起来了。不用问，一看就知道哪个雪人是谁家孩子的作品。貌乃心生。堆得高大，勉强成形，头上扣一个没有了底的破铁碗的大汉，不用问，肯定是铁匠的儿子干的。小鼻子，大嘴巴，嘴角还插一截小木棍的烟民，除了烟鬼王二麻子的小子，不会有第二个人。手里握着一只"笔"，不用猜就知道是张秀才的独生子的图腾。不知道哪家的孩子更有心，把一根红红的胡萝卜，小头朝上做成雪人的鼻子，为这清冷的世界平添了一点俏皮和些许暖色。

在人们的观念中，腊月跟雪是两个要好的姊妹，尽管各有家室，偶尔的相聚是无法阻隔的。因了雪，人们知道快进入腊月或已经进入腊月。入腊月，一定想到该下雪，下大雪。事实，也正如人们预料的那样，从不诳人。

然而，随着全球日渐趋暖，约定俗成的自然规律屡屡被打破，也就不足为奇了。多少年过去了，在没有那些大雪陪伴的腊月，百无聊赖的日子里，我曾多少回双肘支撑着脑袋，闭着眼睛回味着先前的那些曾经叫我惊喜和无限快乐的美好时光。

那个坐在炕头上勤苦地纺线的妇女就是我的母亲，那些在田地上翻天覆地地踢蹬的就是我的兄弟姐妹，那个棉帽忽闪着两个耳翅的顽皮男孩就是当年的我。

时令进入腊月，不管年景怎样，年，还是要过的嘛。年嘛，北方伙食最重要的当属饺子。年夜饭的主食，城里人简单，只要把饺子馅准备好就行了，至于包饺子的白面，拿着粮本去国营粮站打好了。农村就不那么简单了，甚至是一件特别麻烦、煞费苦心的事情。

农民的粮囤里是精挑细选籽粒饱满的麦种，然而要把它变成"八一"面（当时我们都把精粉称作"八一"面，究其原因，现在也不得而知——猜测是一斤麦子出八两面粉的意思吧）可得费上好多周折，村里的电磨只能加工混合面，如豆子面、棒子面、高粱面、瓜干面，麦子加工出来的是面粉跟麸子混在一起的，也就是俗称的红面、全麸面。一家人面向黄土背朝天，在土地上起早贪黑刨扯了一年，年五更吃不上一碗白面饺子，那叫个白活，连灶王爷也会心有不甘的。

于是，人们就用独轮小车推着麦子，步行三十华里到九二三厂（胜利油田前身）的农副业公司的面粉加工厂，哀求着人家代加工。那个时候的工人兄弟比较体恤农民老大哥，上级竟然下达通知：进入腊月后，每天下午为附近的农民加工过年的"八一"面粉。当时工农的阶级感情由此可见一斑。记得七岁那年的腊月十五，我自告奋勇要去加工"八一"面，任谁劝也不听。最后，母亲无奈就嘱托邻居李大爷同行，当然，我因为小，自然不用推车，只须跟上负重的李大爷看管好自己的面口袋就行。

出了村庄我就后悔了，呼呼的北风吹得人东倒西歪，雪和着泥的土路叫人趔趔趄趄，回头看看村口大人都回去了，转而看看前面弓腰推车的李大爷，把心一横，步履蹒跚地紧紧追了上去。李大爷途中停了好几次，大都是因为我。我大张着口，心像要从胸腔子里蹦出来，挽腰棉裤里像是开了锅，热流顺着光裸的腿流到鞋袜里，头发都被汗水浸透打了绺子。

到了面粉加工厂时，加工面粉的独轮车子排了十几米远。等待，是世界上最叫人心烦的事情。嗡嗡的机器轰鸣一直轰炸着耳膜……电磨一直运转着，两条布面袋鼓鼓的，上面的木质储箱一直抖个不停。这样看久了，连自己的尿都给抖出来了。这户的加工完毕，机械手用布条子在膨胀的面带上游一系，把下面那截依次抖顺过去，然后把里面的面粉装入面口袋，麸子由主人自己去装口袋……下一户的麦子此时已经被投入电磨的漏泄口了，机械手连贯的动作，看得人眼花缭乱，熟练的程度如同摆弄自己的手指头。

等待的煎熬中，终于轮到我们。此时，天却暗下来。

突然，电磨的轰鸣一下停了，电机的余转，沙拉沙拉，叫人心里酸得不行。工人摘下大口罩，原来是一张美丽清纯的脸庞，下班了，明天再来吧！

我一听，顾不上一闪即逝的姑娘的脸了，"哇……"一声，把所有劳累、委屈、绝望一股脑儿从喉咙里倾泻出来。

那俊俏的姑娘吓了一跳，小朋友，不哭好吗？任凭一大堆人怎么劝，我只是大哭特哭。李大爷急闹得直转磨，不是我家孩子，是邻里的，是邻里的……他不停地嗫嚅着，仿佛做了见不得人的事情似的。正在僵持的时候，还是那个俊俏的工人阿姨用试探的口气说：张师傅，你看这小孩这么远跑来，挺可怜的，要不我们加个班，给他磨完？正准备锁门的张师傅把铁锁慢慢挂在门鼻上，咬了一下牙关缓缓直起腰，叹口气，好吧！机器又一次轰鸣起来了，那巨大的嗡嗡声比起整个下午的动听、亲切多了。

岸边

当我跟李大爷推着"八一"面和麸子往回走的时候，已经月上枝头。

风，停了。月光如水，天空灰蓝灰蓝的，几颗朦胧的星子，躲躲闪闪，大地上连成片的积雪被月光映照得白乎乎的，仿佛进入梦境，整个世界缥缥缈缈。

李大爷一路上热情高涨，一直为刚才的事情而庆幸，夸奖我："国，你真行！要不，咱今日是打水漂了！"

我嘴上不说话，对他却非常鄙视——去蛋吧，还真行？不是刚才怕连累你，把我往外推的时候了？尽管如此，心里还是蛮高兴的，因为毕竟没有人这样夸过我。那个漂亮阿姨的脸庞一直徘徊在我稚嫩的心头，亲亲的、暖暖的，不知道有多么感激她呢！

到家已经深夜了，我不知道母亲是怎么把我从李大爷的独轮小车上抱下来，又什么时候把我和"八一"面背回家的。

腊八这天，按风俗早上是要吃红枣饭的。我们这里流传着一个顺口溜：腊八腊八，有钱的腊八；没钱的哈撒。"哈撒"是当地土话，是晃动的意思。意思是：有钱的人家吃红枣饭过腊八节；穷人没有糯米和枣子，早上在天井里只有摇摇脑袋、晃晃腿，自娱自乐了事。

腊八蒜是北方农村庄户人家必备的调料品，也是平时就干粮的可口菜肴。一瓶瓶一罐罐的，摆在桌子上，锅台上，那白生生的蒜瓣奇迹般地全部变成蓝绿色，浸泡在褐黄色的醋里。开饭时，择几瓣放到小瓷碟里，往饭桌上一摆，肯定勾起人的食欲。腊八蒜可以一直吃到明年的夏天。腊八蒜腌制的技术没有什么特别，只是必须控制好腌制的时间——必须是腊月初八，顾名思义，才有了腊八蒜。据说，早一天或迟一天腌制的跟腊八那天腌制的颜色都不一样，味道也逊了不少——究其原因，无从考证。

腊月底，男人们去赶集采购过年的白菜、大葱、韭黄、山菇、八角、花椒、粉皮、海带……女人则忙碌着全家的新鞋赶制营生，以期年初一大家都能在同一时间里穿上新鞋。

做鞋，是农村妇女最辛苦，当然，也是最基本的工作。如果，一个女人不会做鞋子，那么，就像现在不会用手机一样，叫人匪夷所思。

上世纪六七十年代，农民没有去花钱买鞋的，例外的大概是那些学校的民办教师和高年级学生。做鞋的第一个工序是打"结百"。秋后，采摘的蒿子晒干打种，放置塑料袋里扎紧。用时，从门后或者房梁上取出，抓两把放盆里，然后添上一瓢水，把水烧开，像做粥一样把蒿子种子撒到开水里慢慢搅匀，呈粥状即可。那糨子冒着白气，蒿的清凉苦香挥发到极致。

有时，会激起几个喷嚏，叫胸中顺畅而清亮。

把一块木板或者干脆是小饭桌子，上面先涂抹一层糨子，贴一层攒存的旧报纸，抚平。涂抹一层糨子，贴一层碎旧布头。涂一层糨子再贴一层破布头……一般有五六层就够厚，把它搬到太阳底下暴晒，干了揭下来就成为"结百"。把它挂到屋里的旮旯，等待冬闲的时候括鞋底。

把纸样缝到结百上，用剪刀剪下一个样子，用这个样子比量着依法炮制，四层结百就够厚了，然后一层一层用糨子粘连，边缘用白色的沿条子封边。于是，穿针引线，用麻线密密匝匝地纳鞋底，俗称千层底。

纳鞋底是一门技术，心灵手巧的妇女纳的针脚横看横成线，竖看竖成行，且针脚饱满像一个个排列有序饱满的麦粒。每一个针脚都是用针锥子破孔，再运线，顶针顶着银针穿过，把洁白的麻线绕在腕子上用力勒紧，腕子上会勒出一圈圈深深的印痕……麻线在灵巧的手指与腕子间飞舞，麻线与鞋底摩擦发出的"吱吱"声不绝于耳，一针一线皆辛苦啊！难怪那个时候年轻恋人，女方都以油灯下，飞针走线亲手做的布鞋为定情物，充分体现出做鞋人的真心实意，殷殷心血，想说的话，都无言地传输给这千针万线。

几十年过去了，直到现在我也没有弄明白，每年的腊月最后一天也就是年三十晚上，母亲为什么那么忙。毋庸置疑，也是她老人家最辛苦最心烦的一天。

这个时候，我们姊妹四个的新鞋，总会有一两双没有做完。不管先前忙什么，反正，当前母亲是忙得连饭也顾不上吃一口。从中午忙到掌灯，晚饭任由六岁的妹妹瞎鼓捣，而她一直低头在昏暗的煤油灯下赶营生。

半夜了，终于把最后一只鞋后跟上完。她才如释重负地就着外面零星的鞭炮声，扯过棉被躺下。

天未明，母亲把我们一个个唤起来，首先试试个人的新鞋是否合适，如果没有吱声的，她会暗自吐口气，放心地去拾掇馅子包饺子去了；倘若，谁的挤脚或太大，母亲就会很生气。她马上利索地扯过鞋，赶紧改制，有时心烦了甚至暂时忘记过年的忌讳，粗鲁地骂人。我们都摸不着头脑，不知道我们姊妹几个，是谁招惹得她如此生气。

母亲，无论如何，一定在大家出门时把鞋子做好。她不会给邻居取笑的机会的。重要的是，她绝不允许成长的小脚，受到新鞋的磕挤和累赘。

我们兄弟姐妹跟村里的伙伴，会合一处，相拥欢笑，穿上过年的新衣服，蹬着崭新的年鞋，挨过漫长的冬天，跨过清冷的腊月，迎接新年的第一轮春天的日头。

千年香火（一）

　　清明日、七月十五、八月十五、过年，是千百年来流传的四大节日。清明日，给祖先添土上坟、除草扫墓、焚钱粮、供水酒；七月十五是给地下的亡灵上新麦子坟的日子；八月十五是人间合家团圆、共庆秋季丰收的合欢日；过年，则综合了三大节日的特点，是人间欢庆团聚与祭祀先祖的节日。四个节日，供奉祖宗就占了两个半，难怪历朝皇帝刚登基就修皇陵，国家大事放一边先准备自己的后事。可见，我们神州千千万万善良以及祖训遗风影响下的老百姓，对于自己先辈的尊重是至高无上的。斗殴或口角时，他人要对祖宗不敬，尽管"祖宗"早已化为腐朽，但儿孙们会把你打个半死，你甚至会为这一句粗口付出生命的代价。往小了说这就是宁愿舍弃一切，也不敢忘记自己的祖宗；往大了说就是宁死不屈，绝不背叛自己的信念……这也许是大部分炎黄子孙的写照。

　　年是庄户人普遍认同的词汇，城市人则叫春节，当然无论是"年"还是"春节"，所有人都明白是一回事。年，对于大部分人特别是儿童、少年具有特殊的吸引力——当然，这指的是多少年前的事情了。那时农村闹饥荒，家家户户生活拮据，终日是咸菜疙瘩就棒子面饼子，偶尔炖回大白菜，炝锅的时候用筷子在豆油瓶里戳两下，八印锅底有五分硬币大一点金黄的液体，于是，赶紧收起黑乎乎的豆油瓶，生怕放多了……

　　大年三十的中午，再穷的人家也要吃一顿大肉——不管是肥肉膘子、猪头下水、牛羊排骨，还是裹了面肷子的炸货，放进海带、粉条、豆腐炖成一锅，相当于现在的"乱炖"，吃得大家满嘴流油、肚皮溜圆、撑得直不起腰来的时候，才喘口气，仿佛此时有进了天堂的快乐与满足。

岸
边

　　大肉不是白吃的，得干活。下午两三点的光景，大人双手端一年代久远的长方形木盘子，盘子的油漆都剥落了，油垢尘土涂抹得也分不清红绿色来，讲究的大户人家上面放一香炉，里面装了金黄的小米；穷的大都放一茶碗，里面装的却是沙子……我们半大小子则举着挂了鞭炮的竹竿跟在后面，出了村庄，过了桥头，蜿蜿蜒蜒的羊肠小路奔着一群坟头而去，我左顾右盼，怎么看怎么像我在自家屋西山的沙土用铁碗扣的土馍馍！父亲见我不挪步，闷闷地往我屁股上踹一脚，一努嘴，意思是叫我快走，我疼得直想叫，但是知道此时万不能出声的规矩，于是，距离祖坟还有好远的地方就赌气甩过鞭炮芯子，用早已燃着的高粱葶秆火头点燃……噼里啪啦的鞭炮一响，冷不防吓得父亲一个趔趄，差点把端着的串盘扔了！在我得意得笑出声的时候，父亲顾不上跟我斗气，赶紧把串盘放在地上，左手闪开棉衣衣襟挡着风，右手打着火机将香点燃。用嘴吹吹，眼见得香燃得一团红点，因为离着祖坟有段距离，他须站起来紧赶几步，直奔到我爷爷奶奶的坟前，双手举香至齐眉，弯腰；再举香，再弯腰……如是三番，口中念念有词：老爹、老娘回家过年……老爹、老娘回家过年……三声过后，把香插在盛沙子的茶碗内，端起串盘头也不回地往回走！我此时正躺在草窝里觍着脸，翻着眼皮看着父亲做动作，笑得滚成一团，以至于父亲走到近前都没有发觉。他像没有看见我似的径自走，目不斜视，可是临了一脚踹到我屁股上，似乎是无意，我扛起竹竿忍俊不禁，把父亲和他的"老爹、老娘"甩得远远的……一个人连蹦带跳、一溜烟地跑回了家！

　　中国华北一带农村祭祖是在"年三十"下午开始，至大年初一下午结束。整个民族沉浸在欢乐的气氛中，天空也许正飘着雪花，洁白的精灵舞在千家万户烹炸炮年货的油香里，融化在孩子快乐的童音以及此起彼伏的鞭炮轰鸣中。大人用红纸盾子（春联）将所有门上、窗上贴满，有"风雨送春归，飞雪迎春到"；有"房外青山绿水，屋内白玉黄金"；有"福如东海长流水，寿比南山不老松"……吉祥祝福的文字，随着春节时刻的到来一起拥进了千家万户，盛况空前，简直是人间巨大无比的盛会。"主子"，是用剥去苇叶表皮、细密光洁的苇茎编织的长 1.5 米、宽 1 米样子的席子，用厚纸蒙贴，正面以金字塔样式用毛笔书写着曾祖父、祖父、先考；对称的是 XX 氏，第一个字是男姓，第二个姓才是本姓，至于"氏"

大概就是指对面那个男人老婆以及不在人世的家族成员（姑姑、女儿、孙女不在之列）。将"主子"高高挂在八仙桌上面的北墙上，桌上摆满了丰盛的供品：一尾挂了面糊油炸的大鲤鱼、一碗鸡块炸货、一方蒸熟的五花猪肉，上面撒了惹眼的翠绿的香菜叶子、两盘酥脆的点心……八仙桌与"主子"的连接点并排竖起好多双筷子。傍晚之前，野外用串盘端着点燃香的大人以及跟在后头扛竹竿的半大小子络绎不绝，仿佛是赶年集，大人因为重任在身，即使邻居碰了面也不言语，只顾各走各的路。孩子却管不住自己，见了，互相掏出"贪污"的零碎鞭炮交换和炫耀，勾肩搭背结帮成队往村里跑。父亲小心地把串盘放在八仙桌上，把香炉正正当当地放在"主子"和供品的正前方。香火因为一路的奔波被外面的风吹得正旺，红红的，燃出的缕缕紫烟在进门时打了一个旋，然后就径直地向上冒，由下到上升腾到"主子"上面，氤氲的屋顶上由这股神秘的烟雾慢慢散发到屋里的各个角落……父母的表情凝重，眼神平和而严肃，仿佛刚进门的新媳妇，面对围桌而坐的公公婆婆的第一顿进门饭，局促而恭敬。小孩子们此时也仿佛有了另种感觉，收敛起平时的娇惯和无赖习气，表现得敬畏而安静。此时，父亲放弃所有事物，一心一意守护在"老爹、老娘"的"主子"旁，坐在八仙椅子上，脸被剃头刀子刮得锃亮，穿了干净的衣裤，崭新的条绒三紧布鞋的白沿条子格外显眼。他抽着旱烟，轻轻品着茶水，眼睛却时不时瞄着香火。一旦一支香快要燃尽时，及时将燃着的新的香更换，但是不能拔原来的香火，否则就犯了"扒香渣滓"的大忌——传说会对子孙不利！也不能等香火燃尽再换——传说，这样断了香火，会出绝户！这样看来，父亲任重而道远，是本家以后繁荣昌盛子孙繁衍的守护神，可见这项工作的重要性了！

　　天完全黑下来，外面的鞭炮如同锅里煮的饺子，沸腾了。屋里比平时要亮堂多了，煤油灯的灯芯子提长了，玻璃罩内的灯火燃得格外旺，映照着墙壁上粘贴的崭新的年画。大肚子水缸上贴红底黑字的巨大"福"字，被灶中的火光照得一明一暗的，仿佛有了灵性。八仙桌上放了两支蜡烛，把桌上的供品照得清清楚楚，烛台上凝结了一溜溜的蜡挂，火苗中的蜡烛芯结着灯花，似乎是为迎接祖宗来家做客盛开的花朵！吃着年夜的饺子我还在想，做祖宗真好啊，死了也比人吃得好，灯都比人多一支。可是，年幼的我怎么知道：祖宗是靠子孙供奉的，如果没有了后代恐怕连坟墓都成了别人的垫脚土了，哪里还有年夜被隆重地请到厅堂中供奉的幸运？

半夜三更的就有人起来煮饺子，鞭炮炸裂的巨响不绝于耳。我跟弟妹被母亲一个个叫起来，慌慌乱乱地穿上过年的新衣新鞋，脸也不洗就忙活着出去放鞭炮，点燃了芯子就往屋里跑，鞭炮在身后炸开了，震得耳朵嗡嗡直响。端起碗吃饺子的时候，才发现父亲还坐在八仙椅上，他竟然一夜没有睡，兢兢业业地伺候着"主子"，这种精神着实令不太懂事的我费解。农村初一早上磕头是祖上传下来的规矩，按着血缘的远近、辈分的高低次序进行，然后是四邻，当这个仪式进行完，我们崭新的涤卡裤子膝盖处全是灰土了。从黎明一直奔波到日出……礼尚往来，别的人家也给我们的"主子"集体磕头——有邻里互相尊重、互相问候的味道。磕头的时候我碰上了叫我终生不能忘的一件事情。

当新年的第一轮太阳升起在华夏上空的时候，我们兄弟三人已经整装出发了。大哥背了包袱，里面包着笼子，白毛巾下面是年糕、馍馍、花卷，还有早上专门留的一碗饺子；二哥背了一个黄书包，里面就两个牛糕，其实，纯粹装样子，书包的盖布，随着他蹦跳的颠簸，鲜红的"为人民服务"几个用红漆书写的大字，特别眼热人。我因为出门时没有抢过二哥的书包，所以很消沉，跟在后面东踢踢西蹭蹭，惹得大哥在前面跟狼似的叫唤我的名字！给姥爷姥娘磕完头，二舅领着我们去给姥爷本家的长辈磕头——每年如此，周而复始。最后一家是本家血缘最远的点都姥爷家，只要这个头磕完，算是万事大吉了，回去可以摆下桌子，酒菜上来大喝二吃，成了我们年轻人的天下了！当走到一个熟悉的低矮的泥墙大门楼时，迎接我们的不是那个和蔼可亲的头戴黑毡帽的小老头，只有屋檐上被寒风吹得东倒西歪的衰草窸窸地呜咽着，仿佛诉说着凄惨的心事。推开了竹坯编制的栅栏门，院里静悄悄的，门楣窗框上也没有贴春联，地上连一片爆竹的纸片也没有，光光的……一股不祥的预兆袭上心头，二舅招呼一下外甥，大家一起拥过去，眼前的一幕把大伙惊呆了！首先进入视野的是一个老人佝偻的后背，黑色土粗布的老式棉袄。这种布料在市场上早已绝迹，是那种乡下人用纺车纺棉花抽的那种棉线，再用原始的以脚踩为动力的织布机，穿梭编制，然后印染的那种老土布……腰里围扎着褪了色的六七十年代流行的那种褐色线织围脖，双臂下垂，下颌垫在破旧的跟焦炭一样黑的八仙桌的桌沿上，样子酷像一个正在深思的顽童。八仙桌与土墙连接处立着好多双筷子，上面是供奉祖先的"主子"，下面是供奉的荤素烹炸、干鲜蔬果。木质香炉蒙裹着几十年甚至几百年的香灰，凝重并透着深沉，它见证了世世代代的兴旺发达和凋零落魄，像一个超脱的精灵不巴结强盛，也不懈怠衰颓，一如既往地每年的年三十至初一准时显现在宅子的最高位置——中堂的正中，八仙桌上！袅袅的烟雾是人丁绵延不断的图腾，它与灶间上方灶王爷香炉中飘摇的香雾慢慢融合在一起，象征着人与神的融合，天与地的通达，千百年来人性与神话的变迁。二舅小心翼翼地凑过去，我们也蹑手蹑脚地围上去，见点都姥爷翘着他那灰白的山羊胡，垂着长长的白眉毛，双眼紧闭，脸瘦得像一个灰核桃，黑毡帽歪向一边，露出泛黄的白发，样子像往日喝上二两老白干正在打瞌睡呢！"完了、完了，你姥爷'过去了'！"从来没有见过二舅这样惊慌，他边说边往外跑去招呼本家亲属。我们如梦方醒，像惊吓的麻雀"呼啦"一股风挤出了小屋……事后，经族里的长辈判断：点都姥爷是年三十下午先供养的"主子"，打算傍晚再贴盾子（春联），第一炷香即将燃完，探头向香炉内窥探究竟的时候，突然得了急症……于是，创下了站着去世的破天荒的"壮举"。

好多年过去了，每每我们表兄弟年初一踏进姥爷村庄的一刹那，心里就会无端地泛上一层难言的苦涩，点都姥爷临终的那幕真真切切地展现在眼前。点都姥爷一生没有成家，无儿无女，最后，还是二舅以远房侄子的身份代替"指路""送"走的，一领苇箔前后一捆，被四个劳力抬着径直去了祖坟……没有发丧，没有祭拜，就这样悄无声息地永远消失了！他活着的时候，兢兢业业地供奉着他的父母祖宗，然而，当他去的时候竟然去无声息，凄凄惨惨，引来围观者无数嘘唏和喟叹。我的姥爷坐在八仙椅上，猛抽两口旱烟，长长地吐出一缕烟雾，仿佛叹了一口长气，默默地垂下头，摘下黑毡帽，用另一只手摩挲着前秃的额头："这支子人家算结了！"姥爷仿佛自言自语又仿佛是对点都姥爷一生的总结。

大哥结婚那年，按照当地风俗习惯：外甥婚后第一件事情是去姥爷祖坟上压喜纸，也就是压红纸，上供养，焚钱粮……意思就是告慰地下的姥

41

岸
边

爷姥娘以及其他先辈：外孙成家立业了！姥爷姥娘的坟冢十分高大，旁边一棵柳树长得高大旺盛，这是下葬时儿孙插在坟冢上的哀杖——鲜柳棍，发芽成长起来的，预示着儿孙兴旺之相。不远处一个土菁葵，上面长着蓬乱的茅草，如果不是在坟茔地里的话，很可能被人误以为是一个小土堆——原来是点都姥爷的孤坟。二舅说，每年清明都为他扔几铁锹土，否则，早就被雨水冲平了。末了，二舅喃喃地自语：唉，再过几辈人，恐怕点都叔的坟找也找不到啰……

千年香火（二）

一声婴啼唤醒了黑夜，希望猛地撞入我的胸腔。

一个新的生命诞生了。

这是一个暖冬。已经记不清下没下雪。当时，我跟妻姐在产房走廊，妻子刚进去没有几分钟，婴儿的啼哭就从紧闭的门缝里钻出来。我激动地跳着脚从上面的玻璃上偷窥，只见妻子平静的笑脸以及在灯光下牙齿闪着的光洁。

过了大概二十多分钟，护士这才探出头，招手示意我们过去。妻姐奔向她的妹妹。护士最能体验此刻做父亲现在心里最想要的是什么，一下把襁褓中的婴儿塞到我的怀中。灯光下的婴儿脸上有着小老头似的皱纹，皮肤黑乎乎的没有一点光泽，眼睛闭着，头一直没有方向感地扭来扭去，似乎在寻找一个更舒服的巢穴，一截胸膛露出来。他的每一声微小的动静都牵扯着我的心。

我的胸膛里热乎乎的，头有点晕的感觉。那年我三十八，离三十九岁还差三个月。

因为工作的原因，我每天在外面忙忙碌碌，应酬一个接着一个。

我中午的酒还没有醒，晚上依然坐到了酒桌的主陪位置上。晚宴后，还得陪客人去歌吧唱歌，喝茶……有时，真是腻歪得要死。

这个时候，妻子也许正躺在沙发上，无聊地仰视着天花板，一脸茫然地空守着这个破旧的房子。有时，站起来用手抚摸着腹部，似笑又非笑，不知道是喜是忧，沉默得像窗台上备用的那根蜡烛。

深夜归来，跟跄的脚步，早把一到四楼的壁灯全部点亮。妻子斜倚在门框上，迎接我的是她满脸绽放的笑容。一桌子的菜都是凉的，没有动的样子。

我既愧疚，又无奈。我接过碗筷装装样子，不然，她就会马上收拾桌子。她会空腹到天明，唉！何苦呢。

那年妻子才二十一岁。她就是一个小女孩，除了做饭、洗衣服、打扫卫生，其他的比如人际关系、人情往来等，什么也不懂，像一张白纸，单纯得叫人又爱又恨。

五月的时候，公司的员工鼓噪着去爬云门山。到了山路险峻处，我会不自觉地去扶她一把。可她俨然没有事情的样子，一扭身闪开我，径自登上陡峭的台阶。肥大的运动服，把她微凸的小腹遮住了，那么些人没有一个发觉。我一直跟在她后面，怕有闪失，最后发现我纯粹多余。

她比我爬得都快，呼呼大喘的反而是我。中午，在山脚下一个农家开的小店打尖。我推开后窗，一袭绿色，一棵几十年树龄的核桃树，如巨大的华盖遮住了二楼的房顶。果实离成熟还早着呢，青青的，大概有一千多颗。妻子惊喜的叫声，像个孩子。

木柴炖柴鸡的美味，叫我们垂涎欲滴。她这次玩得特别高兴，也许很久没有出来的原因，眼睛看着什么都新奇，脸上一直洋溢着满足的笑容。

不久，她不便上班，白天就一个人守在空空的房子里。

我不知道她每天在做什么，反正，早上见她坐在楸木的沙发上，晚上回来的时候，她依然还坐在那个地方。我有时真的弄不明白，是时间颠倒了，还是我的记忆出了问题。

以后，我就尽量把应酬安排在中午，下午两点就关机，电话也不接，耗到下班就赶快回家。

我已经没有了父母以及可以托靠的亲人，把她一个人放到家里，我真的很担心。

一连几天下午都是早回家，她高兴得不能自己，心胸也开朗起来。晚上，我们肩并肩走在小区的花园小路上，她试探着挽着我的胳膊。我就一下搂着她的肩膀，月光下，我分明看到她脸上两道亮晶晶的水痕淌下来。我知道，这些日子我冷落了她，尽管身不由己，我还是很自责。

我理解一个怀孕的女孩，孤守空房的孤寂寥落。虽然她一直支持我的事业，也从来没有因为没有时间陪她而抱怨，但是，毕竟她才二十几岁，涉世不深，看到人家卿卿我我，心里肯定不好受，只是，勉强装着什么也不知道罢了。

于是，我就多了一份责任。我们围着假山转了一圈又一圈，谁也不说回家，直到半夜，也不觉得累。最后，她开怀大笑。

她缺失的是伴侣的陪伴和依偎。我心里知道的。我每天晚上牵着她的手在公园的假山旁踱步，她也终于挺起了胸脯（因为那个时候我们还没有正式结婚），不再怕碰见熟人躲躲闪闪，有了一个女人的娴静和些许成熟。

八岁，我失去了父亲。每年的清明，都是我陪着母亲上坟。母亲把一卷卷的烧纸平摊在桌上，用手心按在厚厚的纸层上面不停地捻，直到捻成莲花状，再一沓一沓地折成喇叭状。

祖坟在十里之外的老家，母亲左手挎着篮子，右手牵着我。

一出了村，我就看到母亲的脸色变了，不说一句话，步子也快了，带得我直跌跟头。

我学着把坟头碗（四四方方的烧纸）依次压在土坟的顶端。一个个高大的土坟变得像一个个人，上面的砖头是头，刚压的坟头碗就像围在脖子上的餐巾。母亲在一个新坟前把供养摆好，然后就把烧纸全部点着。

火焰伴着母亲的号啕一起飞扬起来，一边是火焰，一边是泪水，水火本来不相容，然而此时却为了一个目标，融合到了一起。母亲哭得撕心裂肺，头发被风吹得像蓬草，黑色的纸灰像千万只蝴蝶围着母亲纷飞……母亲的哭声像刀片一声声，一下下在我幼小的心上划得鲜血淋漓。

从那以后我最怕哭声，尤其是女人的哭声。

后来，我不叫母亲去上坟了，我实在不忍心再看到母亲那悲恸欲绝的样子。母亲上完三年坟后，也不再跟我争执。她说，你愿意自个儿去就去吧，你爹生你们不就是为了这个嘛！从此，母亲真的不去了，直到她去世。

我从八岁跟母亲上坟，十二岁独自去，算来已经四十年的历史了。我忠实地履行着做儿子的职责，父亲如果地下有知，也该瞑目了。

1976年的农村还是集体制，农民秋后分粮食、年底分红都是依据工分。我家无论分粮食还是分红都是生产队最后一家。

45

岸边

幸亏我父亲生前是生产队的副队长，平时带头苦干，从不欺软怕硬，是很有人缘和口碑的。最后，还是父亲生前的仇人大槐老爷提议，集体应该照顾孤儿寡母，决定按生产队中游阶层分发粮食和分红——这是我那倔强的父亲生前所想不到的。

母亲虽然把粮食领回家，但是，心里总也不落忍，把十二岁的哥哥、八岁的我集合到一起，鞭策我们：小子不吃十年闲饭。于是，每到暑假，我跟哥哥就自愿去生产队的玉米地看护庄稼；秋假就到小皂北边河沟岸上，看护地瓜……我们弟兄两个一年下来也能挣五百多个工分，顶半个劳力。乡亲们见了我母亲一边夸奖，一边安慰：小子不吃十年闲饭。

每到这个时候，母亲又是高兴又是忧伤，扭过的脸上笑容里含着心酸——本来是男人的担子，半路上却甩给了她一个妇道人家。

母亲是不幸的，父亲病逝把她一个人扔在了人生的半路。母亲是幸运的，她拥有三个儿子。儿子，是支撑她咬着牙活下去的唯一理由和最后的动力……再坚持十年八载她会拥有第一房媳妇；再后，第二房媳妇，第三房媳妇……儿子儿媳嘘寒问暖，孙子孙女环绕膝下……这是一个普通农村妇女终生的梦想。为了这个遥远的梦想，她们付出了毕生的心血，青春和生命任凭无情的岁月一天天、一点点消磨殆尽。母性的伟大，简直叫那些顶天立地的男人自惭形秽。

我这个人跟八字有着说不清的缘由。八岁，父亲离我而去。二十八岁，第一次婚姻的开始；三十八岁，作为一个边缘化的农民，将近不惑之年，我拥有了儿子……幸与不幸轮番在我一个人身上演绎，道尽了人间沧桑，揉浸了生活的酸甜苦辣。

在农村，男丁在现实生活中地位突出显现，红白婚丧公事，尤为显眼。

儿子娶媳妇，那是做父母的大事，其意义远比当事人重要。父母宁愿自己住进偏房，正房腾出来做喜屋，脸上没有任何委屈和不舍，喜气洋洋，甚至为自己的举动而自豪。

因为自己的儿子成家，人老了腾出大地方来养育儿孙是天经地义的，是没有人笑话的。迎娶的男方红花轿车，鞭炮齐鸣，欢天喜地。出嫁的却是依依不舍，哭哭啼啼。

进门的媳妇，一年能生个男娃，那做公公婆婆的真的就焚钱粮，敬天地，喜极而泣了。尽管，跟他们已经没有多大关系，然而，意识里是宗谱上又添了人丁。此时，即使叫他们当牛做马也毫无怨言，儿孙在他们世俗的思想里沉淀得太重太重。

当然，现在的儿孙没有当年孔融让梨的道义了，享受父母的恩泽，心安理得，无所顾忌了。当今的年轻人，思想开化了，收获的是自私享受，漠然的是孝顺贤惠，那些往昔的忠、孝、礼、义，既然被大家弃如敝屣，并早已踩在脚下，孳生的自然是垃圾和废墟。

父母的奉献，跟子孙的不肖，已经无法对接，大有礼坏乐崩的风险。

古时，君君臣臣，父母之命那套老皇历固然不可取，然而，目无尊长，唯我为中心，贪欲享受，欲壑难填，穷凶极恶之徒已屡见不鲜。看来，这家规还是要有的。

当今社会，养儿子，你得给他买房子，买车子，买结婚的所有家具。把你一生的家当折腾精光，甚至把骨髓都敲出来。一个儿子置你个半死，两个儿子会叫你生不如死。

婚后，儿子一般听媳妇的，那丈母娘老丈人，自然是小两口优先孝顺的对象。当初，娶媳妇的高兴劲头早被泪水和悔恨淹没掉了。嫁女的一方，却翻了身。这个世界真的很难看透，说不清，理还乱。

都知道养儿子不如养女儿。

可是，说归说，到了自己头上，却大不一样。其实，在我们这个国度，不管你嘴里承认不承认，每一个做父亲的心里，都有一个心结。这个心结，在某些场合是难于启齿的，甚至是不可触及。但是，这不能说是不存在。只是，农民表现得直白，其他的那些地位不同的人表现得隐晦。这你得承认。不承认，那真的是虚伪到家了。

真正意义上的农民，这份执迷不悟的执着情怀，倒浸透出一份历史苍凉的悲壮。

大多人只继承了孔夫子学说的皮毛，却没有理会他博大世界的精髓。没有规矩，不成方圆。我说。"砖"家说。政治家说。什么是规矩？怎么立这个规矩？谁去立这个规矩？这是一个问题。

孔夫子立了，历史也执行了。关键是现在。关键是当前。

岸
边

人性是不能随波逐流的，一味地放纵，它终究要迷失。一旦迷失，再寻找回来，就没有那么轻松容易。

天下的父母还是容忍了晚辈，以天性使然也罢，以当今潮流也罢，总之表现得非常之大度，自我牺牲精神，儿孙是无法比肩的。不过，也不尽然，前段时间在网上看到，做父亲的因为给儿子讨要更多的钱，竟然亲手屠了女儿和女婿，口口声声，不后悔。尽管是有悖常理，但究其根本，还是因为儿子而为之。悲哉！

如果，真正体会到这份无法承受之重的馈予，会压得你喘不过气来。只有这个时候，后怕了，才能警醒。父辈踉跄的脚步，不久，就是你的重复。儿子，也许不久也加入父辈的行程……每一个做了父母的人，体谅到自己父母的辛苦和博爱，尽管有点晚，但是毕竟反省了，对于儿子又有了父辈的关爱和责任。希望不要经过了才明白，将死时，却后悔。

死，是一切有生命的动物的归宿。人，特别是中国农村的老百姓的死，我觉得是比较公平的。一样地烧，一样的土地去埋葬，公平是给予逝者的。活着的人，是无法完全与死后的待遇相提并论的。这是现阶段，一个无法逾越的鸿沟。

我对那些所谓规范的事情，越来越持有怀疑性。

比如，追悼会。说白了，就是一场戏。戏里戏外，都是活人的。死人只是一个道具。活人才是表演的主角。

滑稽，可笑，更可悲。

还有农村发丧，越是不孝顺的子女，哭得越痛。平时，父母花一分钱都不给的主，为了面子却在丧葬费上一掷千金。

父辈生了我，我已然在这个世界上混迹了几十年，不久的将来会盖棺论定。下一代已然成长，是把握掌控还是任其发展，心里还真是没底！其实，社会这个大氛围早已经把他们包围，肆意的喧嚣把他们浸泡，父辈们对下一代的影响已经微乎其微。

我只有暗自祈祷，时间再慢一点，世俗再淡一点，名利再远一点，哪怕仅仅是为了我们自己的孩子。

橘红的霞光

很久没有回家了，其实，说家就是我母亲以前住的平原小村—— 一提到"家"，眼睛就发酸，泪充满了眶，于是，就昂起头，努力不让眼泪溢出来。

傍晚时分，每每从黄河大坝上经过，一个个土牛唰唰往后倒去，夕阳搅在翻滚的急流中，水面上熠熠生光，土红色的水流跟西天彩霞融为一体，分不清哪是天哪是河……这时，一股忧伤的情绪悄然袭上心头，莫名的惆怅笼罩了车内。河堤下是鳞次栉比的红瓦房脊，炊烟袅袅升上天空，最后连在一起，像青色的幕布从天空拉开！

每到这个时候，母亲那慈祥的面孔便浮现在眼前，那双慈祥的大眼睛望着蒸腾着蒸汽的锅盖，一绺灰白的鬓发滑落在一边，灶火正旺，火光把母亲本来已经苍老的脸庞映得红光满面，仿佛一下年轻了十几岁……这时锅里的白菜炖粉条的香味飘得满屋都是。

大概因了年龄的关系，常常在工作空隙，仿佛鬼使神差般地车儿飞奔回家，没有思想，没有意识，完全是在下意识地驾驶，等到家门口停车的一瞬间，心中猛然醒悟，我怎么到家了？其实，在家我最多也就是待半个小时，面对母亲，我没有多少话，在院子里转转，然后在屋间沙发坐下，给母亲一支香烟，自己一支，点上……母亲总是问现在活多不多，少喝酒，孩子好不好之类千篇一律的话题。

我有一搭没一搭地搭讪着。这个时候母亲显得特别高兴，手忙脚乱地在老虎灶里添柴点火，被烟熏火燎的黑得跟煤炭似的铝水壶，终于发出了水哨的声响……我赶忙去洗刷茶碗。

母亲像对待远路的客人一样，殷勤地把新沏的第一碗茶水端在我面前的茶几上。惶恐的我，每次推让，但是，母亲执意这样。我怕伤了母亲的心，于是，就接过来。暗红色的茶水，有点像很酽的红糖水，但是入喉是那么的苦，我知道：那是在乡下集市上那种叫作"大把抓"的茶叶。于是，我很惭愧——明明知道母亲是每天必喝茶的，可是，从没有在逛超市、商店的时候，能够想到在家的母亲。

大概是我十五六岁的光景，那个时候我对文学痴迷到了不可理喻的地步。尽管是乡村那种半吊子初中毕业生水平，甚至连封像样的信都写不好，但是狂热的激情竟使我在一个个严冬酷暑的晚上，写了几十万字的"书"，还标了"中篇"。凭着初生牛犊不怕虎的狂热和执着，我买了一张二十一块五角钱的车票，踏上去北京的旅途。《中国青年》《中国妇女》杂志社"拜访"了一个遍，编辑的热情接待和鼓励言辞……长城、故宫、天坛……一个人走累了、游够了。兜里的钱除了留的车票钱外，没有多少的时候，这才想起什么……我匆匆在沿街小摊上买了两包北京糖瓜，便踏上了归途。

也是一个彩霞满天，炊烟袅袅的黄昏，离了大道，远远望见村头有人站在那儿，一动不动，夕阳的橘红霞光把她包裹在光辉里，灰白的头发被风吹拂得飘扬着……我想叫，可是，怎么也喊不出来，我哽咽了，泪水一下涌了出来。我在北京忘我地游览的时候，感叹浓缩中国五千年文明伟大建筑的时候，站在好汉石上意气风发感慨万千的时候，怎能体谅到每一个这样的黄昏，在村头有一位白发的母亲，怀着一颗忐忑不安的心期盼游子的可怜父母心啊！

为了生活我每天都打拼在工地、宴桌上，像上满了发条的钟表，马不停蹄。六年前我有了自己的桑塔纳 2000 小轿车，早出晚归，辛苦辗转，为了一笔小小的贷款，陪人游山玩水；为了一个万八千的小工程，餐桌上一掷千金，扎金花，打麻将，钓鱼……尽管不情愿，但是又无可奈何，有时真的不知道现在到底是为谁活着。

为了贷款，为了还债，为了生存……忙忙碌碌，身不由己。忽有一天，家来电话叫我回去。母亲坐了好一阵，很为难的样子说："我知道你忙，可是，明天是你姥娘上坟的日子。以前都是你弟跟我去，他今在外面，路又远……"一时间我觉得脸热得发烫，惭愧得就像站在人面前的畜生，无地自容。

自己买了车已经六年，载过的人不计其数，而母亲从来也没有乘过，总以我忙为借口搪塞别人。2007 年伊始，在家跟母亲闲唠，我告诉母亲今年一定去杭州，叫她老人家也出去看看。有时回家，母亲不在，我等不及就把茶叶或者水果的提兜挂在门鼻上。我还在返回自己小家途中时，电话那边就传来母亲亲切而熟悉的声音！

5 月 7 日，生我养我的母亲，悄然而逝，去得那么匆忙，去得那么突然……我始终没有兑现自己对母亲的承诺。

早上六点许，大哥打来电话说母亲身体不好在医院，车不在，我打的赶去。慌乱中，我找了几层病房都没有找到，大哥急促的呼叫声再次响起时，我上楼已经力不从心……抢救室，母亲倚躺在四弟的身上，输着氧气，腕上打着点滴，双眼紧闭，喘着粗气……我两眼一黑就跪在了床前。我托着母亲的手，声泪俱下。我在她耳旁喊着我的乳名，告诉她，我到了。也许是回光返照，母亲呼吸稍微平稳了下来，好像努力睁开眼看看我的样子，但是终究没有成功。她刚才绵软无力的手，紧紧握着我的手不再放松，好像告诉我：娘终于等来你了！母亲脸上刚才的痛苦烟消云散，安详中带着微笑……

从我有了记忆，母亲没有享过什么福。

儿时的一些事情，模糊得无法成影像，一点一滴都那么咨啬。

我生来脾气暴躁，从小就惹是生非。今天，把东邻尿盆打破了；明天，把西邻鸡窝给扒了。大的孩子不欺负我，小的孩子躲着我走。她一天天、一年年不知道受人家多少气，给人家赔多少笑脸。

我从没有想过。

上初中的时候，我独自住南边的院子。每天早上，天蒙蒙亮，母亲就起床去唤我。第一次，我听到，却睡意正酣，哼一声，翻个身继续睡。

隔一会，就又听到敲打窗棂的声音。我就不耐烦地吼，知道了。三番五次，我觉得实在没有不起床的理由了，才胡乱穿上衣服，打开门。外面没有人。回到后院，洗脸水都打好，毛巾搭在椅子背上，母亲则去坡上割羊草去了。

51

岸

边

冬天的土屋里，冷得跟冰窖似的，滴水成棱。

母亲步行十几里地去供销社，给我买来一床电褥子。其实，农村那个时候用这个取暖的"奢侈品"的极少，没有经验，不得要领。我插上插头，却不见褥子热。我就吼，这肯定是残品。

母亲就寻思寻思，理亏似的分辩："不会啊，供销社的呢！"她的意思我明白，集体单位出售的商品哪能没有质量保证？！

可是，年轻气盛，蛮不讲理的我坚持说，电褥子有问题。于是，母亲把电褥子叠好装入塑料的包装袋子，急急火火地赶往供销社去调换。大半天的时间，母亲饭也没吃，赶回来就再插上电又试。可是，刚刚插上的电褥子哪能马上就热呢？我赌气地不再理会母亲了。她这次没有等到我说话，痛快地说，看来这电褥子质量是真不行啊。说着，她跟上次一样，小心翼翼地把电褥子装好，再次踏上去供销社的征途。

晚上，我回家吃饭的时候，母亲竟然笑眯眯地告诉我，说：哎呀，哪是电褥子质量有问题？是咱不会用！打开后，等一会就热了。而我一愣，忽然想起在我同学家是见过电褥子怎么用的，只是，当时只顾埋怨母亲，并没有好好思量，到底是不是质量问题。叫母亲白白跑了几十里路，我不好意思，就点点头，说，是哦。

做孩子的永远不能在那个岁月里理解母亲的心，有的只是埋怨，撒气和蛮横。母亲的宽容，像海一样宽广。付出的再多，也不会挂到嘴上。那个冬天冷到了极点，把水缸都冻破了，幸好有了这条电褥子，我的梦温馨而静谧。

多少年后一次闲聊，母亲说起那次电褥子的事情笑得不行，说，你这孩子，不识好歹吧，还老埋怨人，那天我把脚后跟都磨破，后来感染瘸了半个月呢。

我听了，心里酸酸的，嘴里却说，有那么严重啊！

母亲说，我吓唬你呢！但是，我知道，是真的。只是，母亲不想叫儿子后悔而已。

失去母亲的日子，心里的荒草疯长。人越到了中年，越依恋家，对家人也就格外关注和上心。

这跟风无关。这跟雨也无关。

大概跟年龄有关吧。

我的爷爷奶奶别说长的什么样子，就是脸上有没有疤瘌都没见过。我出生后见到的只有父母和母亲那边的亲人。八岁后，父亲又离我们而去。所以，我是一个孤独的人，是没有太多亲情缘的那种苦命人。母亲是生我、养我、疼我的最亲的人。这个世界上，男人并不像想象的那样坚强，特别是面对自己至亲的时候，除非是那种心如坚冰的冷酷无情之人。

我一下没了去处，没有了安放灵魂的老巢，空落落，如同失去家园的弃儿。

我的性格沉稳下来，不再冲着老婆发脾气，也不粗暴地训斥孩子了。我是一个失去父母的孤儿，心里充斥着悲伤和落寞。尽管我已经到了人生半山腰，但是，人称其为人，是跟一般动物有区别的，那就是感情和记忆。

文友说我性格改变是得益于学识。狗肉朋友说我命运的改变得益于操守。我说，狗屁。

只有我心底知道，是什么把我改变。

我是一个失去母亲的孤儿。

忧伤和孤独代替了母亲，萦绕我的心怀。

每当黄昏时分，每当节日，每当百忙偷闲，我总下意识地把车开得飞快。回家的路上，飞驰。

村口，戛然刹车，车外腾起的尘雾像当年的霞光，泪光中母亲站在橘红的光辉里，灰白的头发被风吹拂得飞扬起来！

黄河滩头的红柳

黄河从青海巴颜喀拉山的卡日曲，流经青海、四川、甘肃、宁夏、内蒙古、陕西、山西、河南、山东九省（区），长途奔袭5464公里，穿东营，在利津、垦利两县的空当岔开双臂，一个猛子扎到了渤海湾。黄河一路征程，汇集了35路诸侯，每年挟裹4480亿立方米流沙之众，造陆面积75.2万多平方公里。

这个古老的摇篮，孕育出了举世闻名的儒家鼻祖孔老夫子，战无不胜、决胜千里的兵圣孙膑，英姿飒爽，不输男儿的唐赛儿，积淀形成了独一无二的齐鲁文化。

黄河在渤海湾淤积并冲撞出的千沟万壑，随着潮涨潮落，盈漫或干涸，船帆点点，咿咿呀呀的渔民的劳动号子声，应和天上排成"人"字的大雁队伍。

黄河水冲入大海，浩瀚的海水退了又退，早就被太阳凝视成了河滩，年久日远，沧海桑田。黄河逼退了大海，再用自己的膏腴加以涂抹，沉淀后就有了那么厚的好土，养活着两岸的黄河儿女。

几年后，土地会反碱，海不心甘地又从黄河的袍下钻出花白的脸。人们为了生存，常常人为地掘开黄河大堤漫水挂淤。几个甚至几十个村子扶老携幼，牵着牲口，赶着生灵，往高处搬家。等黄河水漫成一望无际的黄色世界的时候，老少爷们心里有着展望未来的憧憬，也有对当前处境的无奈。

不管怎样，两岸的人民就是这样轮番交替地劳作、搬家、决堤，然后，再重建家园，再耕作生息……周而复始了近千年。原先黄河滩上没有树木，以后就有了柳树，槐树，最普遍的是红荆条，学名红柳。

认识红柳倒不是在临近黄河的滩涂，而是，离黄河二十里的村庄。成年劳力在生产队劳动散工时，勤快的人就顺手在沟渠岸边割几把荆条。沟渠大坝边缘就爱长红柳，它跟马兰似的长得很嚣张，四散开来，红红的枝条上面布满苍绿的叶子，跟松柏的叶子差不多，只是柔软不扎人。

人们把割好的红柳条子放置在空地上，等到晒干后，一抖，干枯成灰黄的叶子籁籁地落到地上，红柳光溜溜的，用草要子扎成一个捆，被扛回家往猪圈角落里一扔，待到冬闲季节编制条筐或者篮子挑到集市上去卖钱。

十几岁的时候，去黄河坝里的河滩上割大豆。大人去割豆，我们这些孩子们就去撸野绿豆，去捡拾干柴烧水做饭。在一眼望不到边的黄河滩上，柴火是不缺，到处都是。我们专门去捡拾往年枯死的红柳，又干燥，又耐烧，火头硬，一会吊着的黑铁壶就响鼻。这些红柳的柴火，不是立着，是躺着的，被干燥的黄河沙埋着、掩着，搞不懂这些植物是怎样被风搬运得到处都是，就是不在它原来生长的地方。

红柳，生命力极其旺盛，耐旱耐碱。专门长在盐碱地里，当然，好地里也有。那些被当成柴火烧的红柳骨骼，肯定是被雨水或者涨潮的河水给淹灌了，因为，它最怕大水的，容易烂根子。跟父亲一样，属旱鸭子的。

红柳就像我们这些苦命的人，艰苦条件下，从来不会向命运低头。父亲就是这样一个跟红柳一模一样的人。父亲八岁时，一直瘸腿的爷爷就撒手人寰，他又不愿意跟母亲生活。

于是，他一个八岁的孩子，毅然决然地扛着瘪瘪的铺盖卷投靠他乡。

现在的人很难想象，上世纪四十年代，一个八岁的孩子能顶一个成年劳力用。他竟然指挥着牲口去耕地。两手抚把，吆喝一声：驾。黄牛就往前弓起背闷闷地往前拱，黄色的土像波浪似的翻向铧犁的外边。

每到地头，父亲吃力地用肩膀把沉重的铧犁扛着调头，有时，牲口不听话，不等犁着地就往前闯。父亲被带倒，一个跟头一个趔趄，膝盖都磕破了。他默默地咬紧牙关，从不出声。几遭地耕下来，小小的人儿就变成了小土人了。

生活的艰辛，还能挺得住，关键是人的欺生。其实，畜生是值得信赖

岸
边

的。你对它好，它就不辜负你，听你话；人才是这个世界上最凶残和最可恶的动物，欺软怕硬，是人类的本性，尔虞我诈，阴险狡诈才是对外来户构成的最大的威胁。

父亲跟红柳一样，每年受一刀的苦。

农村欺生是常有的事情，父亲生平第一次跟人决斗是跟本村家庭最大的大姥爷，对方人高马大实力强劲，决斗是在恶劣环境下进行的……大姥爷乜斜一眼瘦弱却从不服软的父亲，一个老鹰扑食，大手像钳子一样掐着只达到自己胸脯的父亲的脖子，众目睽睽下，大巴掌扇得父亲满脸是血，父亲被举到半空又被放下——就在人们的惊呼和大姥爷以胜利者姿态准备结束这场战斗的时候，父亲以大无畏的精神，一骨碌爬起来，顺手从旮旯里抄起一把镐子，以迅雷不及掩耳之势反扑上去，狠狠地向大姥爷的脚面子砸下去。

在农村叫三个二大爷不如叫个小舅子来得好使。

拳头要比理论现实得多，立竿见影得快，经此一战，血性汉子的性格确定了父亲在生产队中的地位，也教训了那些欺软怕硬的窝门汉。当两个月后大姥爷再上工的时候，父亲已然是庄稼活门门娴熟行行精通，戴苇笠扛锄头汉子中的佼佼者了。

俗话说人有三不幸：少时丧父；中年丧妻；老来丧子。这样说来，我算是这个不幸圈子成员之一了。

我八岁的时候父亲因病去世，悲惨的命运在我的身上重演。对父亲的记忆有点模糊。

一九七几年的时候，农村好像还是生产队集体生产模式，父亲是第二生产队的副队长。他跟大多数农民一样大都是文盲——当队长是生产实践经验和为人忠厚的回报，因为连自己的名字都不认识，就无法每天给上工的人考核、记录工分，所以，只有带头干活当副队长的命了。

我家有一驾三套马车，一匹高头大白马，还有两匹枣红的骡子。

每当春冬农闲季节，父亲就成了养车人供奉的神仙了。联系拉脚的活路，运费结算洽商，组织车马队伍……父亲弄得井井有条。当时，在九二三厂（胜利油田前身）揽活队伍中是首屈一指的，响当当的牌子，就像现在的9000认证，公认的。现在的八分厂残存的老建筑的青砖大多数是他们运输的。

早上天还黑魆魆的，母亲就已经起床做饭了。

一会，就听到父亲吆喝牲口的声音，一阵杂乱的马蹄和马儿喷嚏的声音过后，马铃的叮叮当当的声音渐渐消逝远去了……一队由牲口和赶车人组成的运输队伍，蜿蜒一华里，一辆跟一辆，延延绵绵，断断续续。

火红的朝阳洒在每一驾马车或地排子上，马儿、驴儿甩着耳朵，喷着响鼻。人们趴在车厢里，嚼着油条啃着烧饼，吸溜着自备的热茶水。父亲打头，大白马昂首阔步，雄赳赳气昂昂，铜铃闪耀着斑驳的耀眼的紫光，撞在健壮的肌肉上，发出欢快清脆的铃声，分外悦耳。两匹骡子，精神抖擞，立起尖尖的耳朵，头一攒一攒的，风似的扬蹄疾走。

这个时候，父亲点了烟斗，深深吸一口，闭上眼睛享受着尼古丁带来的麻醉。他偶尔扭过头，逗耍后面的车把式，"老秃，把脸挪开点，小心你的驴放屁崩着你。""聋的，你顿顿，我的驴大肚带好像松了……""那就列后面去，人熊驴赖还非排前头。""……后面去……后面去……"人们随声附和，起着哄。父亲右手腕子轻轻一摇，"啪！"清脆的鞭花在半空炸开，"嘚儿，驾……"接到口令的马儿猛地一蹿，三驾辕的头车像狂风一样飞驰起来……呵呵……人们粗犷淳朴的笑声回荡在土路的上空。

大家精神起来，纷纷甩着鞭儿抽打着自己的牲口紧张地跟上前面的车。牲口蹄子踏地的庞大混乱以及挟裹着秃叔那苍白无力的叫骂声，将那土泥路抛得远远的似遗弃的一条黄带子。

上面政策又变了，乡领导直接到村委会督促解散了父亲组织的拉脚队伍。父亲处理了自己的车辆跟三头牲口，一心一意在生产队里干自己的副队长了。

记得最后一次拉脚，带了我，那天风很大，父亲解开围腰把我揽在他的羊皮大衣里，我的脑袋探在外面，左顾右盼，弱小的后背贴在父亲那坚实温暖的胸脯上，幼小的心灵无畏而踏实。

中午，父亲特意为我买的肉火烧，那葱花肉的香味让当时的我感觉这是世界上最好吃的食物。多少年了，葱花肉的香味常常进入我的梦乡，滋润着我那贫瘠的心房。

父亲离开我已经整整四十年，他的音容笑貌已然模糊，然而，父亲那

57

岸
边

紧紧包裹着我的大衣散发着的羊皮和烟草味，以及厚实的胸膛的温暖，却常常诱惑着我，叫我梦魂牵梦绕。在我孤独无援的时候悄然而至，抚慰着我受伤的心灵。

我常常一个人跑到荒郊野外的黄河滩上，抚慰着松柏一样的挺拔的红柳，宛若依偎着久违的父亲，叫我安静，给我勇气。

那枯干却遒劲的枝干，幻化成黄河滩上扛着铁犁，倔强地挣扎在土浪里的汉子。

心中有杆秤

一缕阳光洒到身上，暖暖的很是惬意。

这时候的我，刚刚初中毕业，身体瘦弱，一米五五的样子，因为体格不好，家人就把我送到邻居学徒。

邻居是修木杆秤的，当时没有电子秤，卖油条、猪羊肉、豆腐、青菜的，做小买卖的大都是用这种秤，因为携带方便，磅秤除了集体的供销社一般很少用。国家政策已经稍微放开，集市上、大街里弄，走乡串村的小商贩多起来，修秤的生意自然就好。

我每天的任务是学徒。

师傅戴着老花镜，把秤杆子夹在腋下，左手食指与拇指捏着紫溜溜的檀木杆子，右手的小钻用得得心应手。收音机里播放着京剧，悠扬的二胡伴着马连良纯正的老生唱腔，把师徒两人都陶醉了。师傅的小钻用得出神入化，在笔直的铅笔线上快速起跳，单星四步，半斤。并排两颗星，二斤。一横并排的五个星上下各坠一颗星，五斤。并排五颗星两头各添四星组成的梅花形状，十斤。师傅的小钻竟然有灵性地跟着戏里的锣鼓韵律，有节奏地走读秤杆。一停，一顿，神了，仿佛艺术家在舞台上精湛的表演，游刃有余，悠然自得。

我呢，根据师傅的训导，先从匠人的基本功学起。

刨木杆。

我从储藏室里抱出一大捆小方木条，打开，抽出一根，往前一伸，闭上左眼睛，右眼睛吊线。扔掉。再捡起一根，吊线，再扔。

一捆，我快吊完了，择出三四根，我觉得是成材的。于是，我开始刨木杆。坐在脚踏上，把两腿岔开，木方前端顶在一个木鞋上，稳当后，把木楞向上，左手握紧顶端，右手握紧工具——圆刨子，开始刨杆子。

四个棱角都刨去，方方的木方就变成圆圆的擀面杖样子。吊线，再用刨子调直，再刨成大小头，秤杆子的雏形就出来了。

这刨子，看似底面是平的，其实，那是外行的眼光。它的底部是有一条不很明显的斜沟的，下刀印子时，低于四边钢底面，斜的沟，行家所谓的运道，刀印子就显现出来了。木杆子上刨去的是直线，刨子运行的角度始终是顺着运道，是斜的。这个动作看似简单，其实不然，很难掌握的。我有好几次刨子从木杆子上滑脱，把手背的皮磕去，鲜血直流，十几天才痊愈。

第一遍是刨四棱。

第二遍是刨大小头。

第三遍是成形。

第四遍是反印子。把刀印子退下，反上，调整出刃恰到好处。每推一下，刨去大概一头发丝的宽度，左手配合均匀轻轻地转动。人头直径一厘米的杆子，大概要推几十下甚至上百下，一刀压着一刀，不许错开或移位，丝丝相扣，一整圈刨完，最好是一气呵成，喘气都得憋着，怕腹部的蠕动影响刨线的均匀。合格的秤杆，第四道程序完成后，把木杆子虎口里一捻，木杆子像金属的轴承，溜光润滑，嗖嗖地旋转着，跟纺车上转动的线穗子相仿。用细细的砂纸，一串，可以称为"秤杆"了。

起初，师傅总是叫我刨枣木、楠木、榴桉，还有容易变形的杏木的木方。将方木的四棱用圆刨子刮去，再将圆柱刮成大小头，笔直顺溜，再用反刃细刮，砂纸打磨。

建国前，那些地主、大户人家几乎家家都有一杆大秤。

最大的有五百斤的，秤杆子有铁锹把那么粗，光秤钩子少说也得十斤沉，乌黑油亮的铁秤砣，悬在木杆下，就好像一座浓缩的小山，把整个世界都压得沉甸甸的。

收租、粜粮食、进货、出货，哪一样也离不开秤啊。

那些殷实的小户人家呢，也有一杆秤，有二百斤的、一百斤的。到了买卖人、生意人、散户的普通人，秤就小多了，没有那么大的家业，自然就没有那么大排场。不会去集市上买五斤小米、三斤大枣、一斤香油，扛一杆几十斤重的大秤，恐怕连定盘星都打不起来。

以农业为主的国家来说，秤，在当时的社会，是一种权力和身份的特征。

药铺抓药的小秤，一星、一钱，都关乎人的性命健康。有一钱药材，一钱金的东北千年参，也有几个铜钱的大把抓，草根树皮。人的生命被一截细细短短的小木杆读来读去，红丝线吊着的那个微小的秤砣悠来荡去。

称金银的戥子，其重要性那就毋庸置疑了。

农村妇女的线秤，一斤为十二两，六两为半斤。难怪就有了俗话说的，六两拨千金。这种特殊的度量衡，一般人是不太好懂的，而在闭塞的农村，称棉、纺线、织布，斗大字不识半升的老妪，却熟稔于心。

使用最最频繁的是二十斤、三十斤抑或五十斤的木杆秤，集市上比比皆是，成为社会经济发展不可或缺的主要买卖工具。

这秤杆的用料是有讲究的。

杆秤，最好的是紫檀。紫檀，用刨子反刃刮出的细木丝跟紫金丝一样，细细的、软软的，地上蓬松散落的全是，让人油然产生一种爱怜之情。然而，得到这种原料机会极少。紫檀这种昂贵材料，上世纪八十年代，在修秤这个行业内，几乎绝迹。红木已经随着社会经济的发展需要以及本身的稀缺性，身价高得叫人无法直视。六十年代还比较常见，那也只是老秤，因为时间的久远，秤已经钝，秤的刀子已经变成圆圆的形状，不再准确。主人就拿着到秤铺找师傅给重新加工。重新修秤，说白了就是舍弃不了那根紫檀的秤杆子。

有着几十年甚至上百年的秤龄，经过多少年的风风雨雨，多少代人的悲欢离合，几万次的月升日落，浸透着天地间的日月精华，累积着千百人的欢笑、惊喜、悲切、惆怅。把这根古老的紫檀掂量在手里，就像神话里的金箍棒，越来越沉，冰冰凉，冷飕飕，紫气回荡，真是一件农家难得的宝贝啊。

只有内行的匠人，才有从心底涌出的这种欣喜和感叹。

试想一下，当年，乡绅、地主的豪宅大院的正厅，迎面的墙壁上挂着这么一件物件，那是何等的门面，何等的自豪，那是权力的象征，是千万家佃户的衡量权杖，是同阶级交流的媒介，就如同古代文人须佩戴宝剑，小姐佩戴手帕一样。其实，文人未必能杀死一条野狗，当然，小姐也不会用胸前的手帕去擦鼻涕。

一袭紫光缭绕的木杆，暗含着紫气东来的吉祥，上面金光点点，星星闪烁地载着的黄铜星子，更加预示黄金满屋，日月星辰圆满运行的美好意蕴。每当一线阳光透过窗纸的缝隙，流泻到紫微微的油光滑亮的紫檀杆子上的时候，它的饱满，它的圆润，它的高贵，它的深沉……就一一呈现出来。特别是那金灿灿的星子，一个个星辰，一盏盏夜灯，都活了，眨着眼睛，摇曳着辉煌，闪耀着奇异的光彩，叫人如痴如醉，心随神游。

静谧的夜里，伴着蟋蟀的嘶鸣，愈加透出紫檀的沉默。直到月上西梢，一挽月魂慢慢地，慢慢地飘过来。紫莹莹的檀仙，飞扬的紫衣缓缓携月魂起舞，似水乳交融，深沉无边的夜，则变得寂静而神秘。

芸芸众生。一个村，有三两杆小秤也就不少了。

有卖鸡的、卖鸭子的、卖大鹅的、卖蛋的，也就借来用。秤这个工具是可以出借的，而且，出借率很高，不用还人情的。只是，用时须小心，不要损坏了，否则，那是要赔偿的。真等到年关卖猪卖羊，更有甚者卖牛卖骡卖驴子的，那就只有去地主或者大户人家借大秤了。那种紫檀大秤，是大买卖，用了，是还人情的。多少是个念想，不给呢，那些大户人家也未必就缺你这点小意思，只是，从此找借口不会再借给你了。

那个时候紫檀在华东、华北一带基本绝迹，大都是用老秤来重新加工，才能一睹"木王"的风采，当然，这种活是由师傅亲自操刀的。师傅先把秤顶端的秤钩、刀子这些铁家伙去掉。他用尖嘴钳子把插销拔掉，拿起长柄的小锤叮当两下卸下前系后系的刀子，然后，用板锉把千斤坠的铆钉锉掉，用铳子一投，生锈的通天柱就脱离。鸡蛋粗细，紫莹莹，油腻腻的秤杆子，桎梏了百十年的累赘终于解脱，成光溜溜，赤裸裸，真切切的一根金箍棒了。

师傅把紫檀的秤杆子一顺，首先得吊一眼。这是他老人家的习惯。就像高手过招，先给对方抱拳施一礼的简习。然后，把那根粗重的杆子一捻，轴承般在干燥而厚重老茧的虎口旋转起来，这个功夫别说是刚刚出道的我，就是连已经出徒的前几任师兄们，也只能望洋兴叹。

好杆子！好杆子！师傅赞不绝口。我知道，我们遇到真家伙了。等到师傅把玩得差不多了，他沏上一壶浓浓的茉莉茶，一边端碗啜茗，眼睛却一直离不开那根紫色的木王。师傅对上乘的紫檀杆子，皆尊称为"木王"。

一直坐在炕沿上做针线的师娘，眼光从老花镜上溢出来，松弛的嘴角绽出浅浅的笑意，流溢出丝丝缕缕的嘲讽。她心里清楚，师傅这个时候，别说老婆，就是整个世界，都被这紫檀的木王占据了。

十四五岁的少年，被关在小小的院子里。终日，卧在两间干打垒的土房里，枯燥单调的生活，叫人忍无可忍。可是，又不得不忍。学不到手艺就得挨饿。出去打工，身体瘦小又不胜任。再说，母亲说了，只要学一门手艺，走遍天下也有窝头吃，有稀粥喝。意思就是生活无忧了呗！唉。

楠木、榴桉、枣木、杏木的木方，一上午，我一口气刨了十几根。当木丝埋起鞋的时候，日头正好洒在我的身上，仿佛脚下五彩的木丝变成了灿烂的火苗，冻得麻木的双脚暖和起来。抬起头，透过玻璃的木门，看到一群叽叽喳喳的麻雀，正在园里的尘土里蹿上蹿下地刨食。于是，暗叹口气，羡慕起阳光下鸟儿的自由来。

夏天，早晨六点以前须赶到秤铺去，门未开，就扛起扁担去水库挑水，浇园里的丝瓜。水源在村外，来回二里地的光景，村里当时人畜都吃这里的水。水，是从灌渠引来的黄河水，进时又稠又浑的黄泥浆子，隔一夜则湛清湛清的，一眼望到底，三两尾小鲢子摇头摆尾，惹人心动。

房后有水湾，极近。那是雨后的积水，但不能用，水碱，蔬菜不开旺的。师娘曾这样告诫过我。

当一轮红日升起时，东方是我心驰神往的地方。旭日还没有露头，周边的云彩边染上了红晕，镶嵌上金边，仿佛出生的婴儿，承受着挤压，积攒着力量，猛然间，豁然开朗，一下跃出了头。顿时，天地万物一下涂上了欢欣的红晕，殷红殷红的旭日，像一团火将天空点燃，像一阵风将阴霾吹散，像母亲哺育儿子喷薄而出的乳泉。我时常这样昂起头，仿佛被那片光吸提上去，向着那清新绚丽的东方飞去，飞去。

三个月后，我终于学校秤。

这个阶段，是杆秤制作的重要环节，一杆秤的准头好否全在这节骨眼上。把系好戥盘的木杆秤前系，屋梁垂下的铁钩挂了，杆上坠了秤砣。左手掳秤砣的系，右手持刀，直到秤杆呈水平状态，然后，再稍稍往后挪动一丝，叫秤杆子略抬一点头。因为秤杆上还要载黄铜条的钻星，如果是水平的话，铜条增加重量后，杆子就会低头的。

拇指与食指立刻将秤砣系捏住，用刀在它两边各拉一下，空间的中心即是定盘星的定位。

然后，放置砝码。

将秤系掳到水平的时候，恰好到秤杆的铜皮的镶头边缘。用刀在秤砣系两边拉上记号，从戥盘星的定位到砝码的平衡点，这段距离就是砝码的读数，也就是这杆秤的前系总读数。后系，依法炮制。

然后用步弓均开。步弓的样子似学生用的圆规模样。它是用弹性极好的钢条握成"V"形，两条腿末端用钢锉打磨成四棱的锐利的尖峰，每一个尖峰又必须是向里倾斜，呈一百二十度左右吧。两腿的中间部位用活动的小环套住，两个环用细铜丝连接，捏着两腿的末端，细铜丝就成了"掐腰"，掐腰上下挪动，可控制两脚之间的空间。一段距离，可以用步弓根据使用者的要求调节成几段，工艺尽管很原始，但是，精确得很。这不能不佩服，老祖宗的聪明智慧。

从木杆的定盘星到砝码标注的终点，用步弓均成十段，那么，每段的距离就是一斤，终点就是十斤。以此类推。

当光溜溜的秤杆子上，一旦有了步弓画的白线，那么，它不再叫作秤杆子，因为有了斤两，就像女人的怀胎，赋予了生命。等待的只是时间和制作的程序。

师傅意味深长地告诫我：人如秤，呱呱坠地之时，他有了生命，也就有了人生的定盘星。一步一个脚印，一步一颗星。决定重量是砝码，也就是立志，能否胜任这得看秤砣，也就是人的行动。砝码再大，秤砣不重也是枉然！也就是说纵有天大的志向，不付诸行动那也是白日做梦一样。

多少年过去了，师傅已经作古，坟头的柳树已经搭起野雀的窝巢……修秤这个行业，随着师傅逝去日子的久远也日渐衰落。

我早已经改弦易辙，干过装卸队、建筑队、临时工。师傅的教诲始终追随着我，抽打着我。每当我心灰意冷的时候，师傅在耳边会断喝一声，如一头钻秤星的小钻，尖尖的锐利把我唤醒。

我的案头放置一杆小小的紫檀小秤，这是师傅给人家改制老秤时，把截下的废料加工而成。几个行走江湖多少年的师兄无不嫉妒，因为，根据祖训，只有像我这样的关门弟子，才有幸得到这样的恩赐。

不言自明，师傅是把我指定为本门的接班人。

改行，是迫于无奈，然而，我心里每时每刻都把自己当作最后一代传人。人生得意之时，我轻抚紫魆魆的檀木秤杆，醒目的星子，时时凝视着我。每一个人总是从定盘星开始，向未来游走，当到达了人生的巅峰，其实，一次的衡量行将结束。一直自封在定盘星，人生总是不起波澜，但永远无法体验游走过程中的艰辛和快乐。

人生在世，好也罢，坏也罢，穷也罢，富也罢，得意也好，失意也罢，应该常常读读心里这杆秤，明白这个世界上，自己究竟几斤，几两。

岸
边

寻不回来的童年

当上午的喧嚣沉寂下来的时刻，我长嘘了一口气，头一昂，躺在皮椅上，燃一支香烟，在灿烂的阳光下，变成紫色的烟雾徐徐上升，缥缥缈缈……眯起眼睛，我的思绪被这纤细的紫色精灵带到久远的年代去了。

人是很奇怪的，拥有的不珍惜，失去的反而流连忘返。小时的一些片断，时不时就跳跃出来，挑逗一下现实中的自己。记得大概五六岁的光景，那是一个多雨的季节。我跟伙伴们穿着开裆裤，裤腿挽到大腿，在大街上的泥水里追逐从野外河渠逆流而上的泥鳅和小鱼。小脚丫踩得水花四溅，尖利的童声此起彼伏，欢快的气氛引得大人也驻足观望。

这段记忆有时清晰，有时模糊，我心里弄不明白，是曾经的记忆还是自己活跃的想象力杜撰的。有时，真的分不清是原来的生活，还是创作的虚构。

特别是闲下来，脑子里就又跟前天的记忆对接。

有了观众，我们表现得更欢了！我跟小光头脱离人群悄悄蹚过小水沟，趴在浅水里匍匐到李家的箐园里。小手摘着嫩嫩的箐饽饽往嘴里塞，味道清香带着麻酥酥的感觉。箐饽饽是蓖麻还没有成熟的种子。因为那个时候都跟吃有关系，也不知道是哪一辈人就给它起了这么一个好名字。饽饽，那谁不想吃啊。小孩子都知道，饽饽是用小麦面粉蒸的。窝头、饼子则是用玉米、高粱的面子做的，味道和口感相差十万八千里。

箐饽饽的样子还真有点像饽饽，只是，那得把它摘下来，反过来看才像。一棵蓖麻有一人多高，像一棵细细的梧桐树，叶子也像，比树叶绵软，柔柔的很讨孩子喜欢。箐饽饽看似密密匝匝胡乱挂满枝头叶下，其实，它的排列很有规则，疏密相间，互不重叠，充分利用各自的位置吮吸阳光，争先成熟。

不记得这是第几次偷渡到箐园。这个箐园跟旁边的水湾连着，只是，比水湾的水浅显而已。几颗小小的黑脑袋跟着前面那颗光光的小脑袋，排列着队形，肚皮贴着滑溜溜的水下的软泥，鱼贯而入。

我们各自围着一棵蓖麻，绕圈子。因为水深刚刚没过肚皮，被太阳晒得暖乎乎的，上面漂浮着蛤蟆被子，我们的脸恰恰跟它一个水平，一个个脸上就仿佛抹上伪装的野外陆战队战士。肚皮滑过软软滑滑，温热细腻的紫泥，小小的身体里血液奔突着，有种说不清道不明的快感。

这种游戏具有冒险性，一旦被发现，会被主人像轰鸭子似的把我们赶跑。末了，还会向父母告状，夸张地说，我们把她家的蓖麻弄倒一大片。这不是红口白牙地胡说嘛。不过，主人告我们一次，她的损失会跟着来一次。

我们会千方百计地把比我们高一头的蓖麻弄倒。大家一起躺倒，闭了眼睛，闭了气，有人喊着口号：预备，开始！排成一行的几个肉滚子一起在箐园里滚动，整整一大片蓖麻被压倒，像被摁到泥里的烂草。一次，几乎断送了箐园的半壁江山。主人就不留人话地骂，我们早逃之夭夭了。

再进入箐园时，我们就多了一个心眼。怕她报复，大家派一个侦察员去探路。侦察的结果是，箐园的主人在里面拉上了铁丝蒺藜。我们吐了吐舌头，转战战场，根据小光头的提议，大家准备端生产队养猪场里的马蜂窝。

我们光着屁股，有扛着竹竿的，有端着半盆水的，我却捏着一个布的兜子，听药铺的大老王说，马蜂窝可以卖钱，他就收，一个五分。我算是留了私心，没有告诉其他的战友。只是骗大家说，拿几个回去做战利品。

我们不知道马蜂的厉害，但是，根据经验，先观察敌情，再做作战部署。我们选了一号猪圈顶棚那个最大的马蜂窝，作为我们这次行动的第一仗。那个马蜂窝长得跟小盆子大，四处来来往往的马蜂，进进出出，络绎不绝。我好像听我小叔说过，马蜂这东西，是蜇人的。但是，到底多厉害，他没讲，我也没问。反正，我觉得这是个风险。几番考量，我就把跳进猪圈拣马蜂窝的光荣而艰巨的任务交给小光头。其实，我不是故意陷害他。这方面有他的优势，脑袋灵光，动作敏捷，关键是胆子大。有一回，我们捉迷藏，他掀开给他爷爷准备的棺材盖子钻进去，直到半夜我们也没找到他。你说，这样的人才不用不是可惜了。

我举着颤颤巍巍的竹竿，戳一下，再戳一下，外面的马蜂就不再往那些眼子里钻，里面的马蜂却往外一股绳地出。小光头急了，说，你娘的用点力！我就他娘地用力一戳，心说，爱咋地咋地。首先听到小光头杀猪似的哭号，然后，我就觉得脸上跟针扎似的疼痛。我大哭，但是，不耽误跑的速度，一溜烟向村里的方向跑。我一边逃跑，一边害怕地想，小光头是不是死了？我可从来没有听到他哭过，即使尿床被他娘用钳子夹屁股，也没有如此放弃尊严地恶号。

我不想小光头了，因为我都自顾不暇了。我后面的空中，正拖着一条麻麻点点的彩带，嗡嗡声讨着，猎杀着我。啊呀，我的头……啊呀呀，我的腚……啊啊啊，我的脖子……我一个猛子从石桥上跃入水渠，入水的瞬间还听到挑水的饲养员老张的夸赞，这个猛子扎得好。我到了水里，他的后话就听不到了，不过，我心里说，等着瞧，好的还在后头呢。等我憋的气用尽的时候，终于把脑袋露出水面。那叫我暂时忘记疼痛，破涕大笑。老张像一只捉鸡的黄鼬，东摇西摆，两只水桶水花四溅……他嘴里大骂，他娘的，谁招惹这么多马蜂？谁啊？谁！我大笑，一口水灌到嘴里，差点呛死。

现实没有像我担心的那样可怕，小光头没有光荣牺牲。但是，却被饲养员老张裹上布单子，直接用马车拉到乡医院。三天以后，我见到我们的英雄时，竟然冒了一身冷汗。小光头浑身上下没有一点好地方，脸肿得像个面盆，一双眼睛刚拉缝子，身上一个包，两个包，好多包，简直是伤痕累累。一低头，看到他的小鸡鸡肿得跟个大黄瓜似的，惨不忍睹。我吃着他递过来的冰糖时，他娘用和面的手，点着我的额头，骂着，你们这些狗蛋子，哪去玩不好？去捅马蜂窝，吃饱了撑的？活腻歪了！

我不服气，你不就是护犊子嘛！我把屁股一撅，委屈地说，你嘟嘟啥啊？就你家挨蜇了？你看我的腚，两天不敢拉屎了……

他娘笑得差点把面盆给扔了，跳过来，给我一巴掌。我嗷地大叫一声，还未消肿的屁股上，五个白白的指印清清楚楚。我搂着小光头的脖子，吃着他铁碗里的炒瞎豆，跟他小声商量着事情。

他娘那双吊眼，一直警惕地盯着我们两个小光腚。

事实证明我们被马蜂打得大败，尽管马蜂的老窝最终被我端掉。我们付出的代价是沉重的。我们被马蜂打得溃不成军，哭爹喊娘，一个个逃得比兔子都快，把脸面都丢到了猪圈。在我求爷爷告奶奶的万般哀求下，小叔终于答应给我们报仇。

小叔同样拿一根竹竿。不同的是，他的竹竿顶端缠绕一个棉球，并且蘸上洋油，对了，现在应该叫作煤油。到达伤心地的猪圈时，我跟同样穿得严严实实的小光头，心有余悸。看到我们这个熊样，小叔咧开嘴笑起来，说，就你们这几个小屁孩，除了惹事就是冒坏水，这次吃大亏了吧！

我跟小光头对视了一下，撇撇嘴，小声嘟囔，帮个忙，还带教训人的。

小叔把棉球点燃，然后，凑到马蜂窝上，那些想钻出来的马蜂一下又退回去，想进去的马蜂马上葬身火海。一会的工夫，大获全胜。小叔拍拍手，临走说，你们两个别再惹祸了，回家。

我和小光头商量如何报答小叔的大恩，想了好多都不好实现，最后，就不想了，反正是自己人，想多了反而显得生疏。

水湾一到夏天，那就是我们的天下。

我们几个孩子成天泡在水里。扎猛子，打水仗，捉蛤蟆，成了我们的乐园。晚上，女人们趁着夜色也加入我们的行列。我们会一个猛子扎到水底，从她们的两腿间钻过去，吓得女人嗷嗷大叫。我们早就游到远处，坐在岸边偷偷地看笑话。

白天，柳树下女人们有洗不完的衣服，踩蚊帐，涮床单。

大垂柳枝头的蝉叫得让人心烦，娘拿油布铺在潮湿的树荫下，呵斥着叫躺下，老老实实地睡觉。看着我极不情愿的样子，她从树杈上的布兜里摸出一个甜瓜，就着湾里的清水洗净扔给我。我惊喜的声音惹来坐满地的婶婶们的笑骂。

乡下赶集是我非常向往的日子，因为去了收获是一定的。不但有干枣吃，还有水煎包、爆米花、炒花生，那甜瓜、苦瓜、素瓜就更不用说了。

开始大人只顾买他们想买的家庭必需品，末了，你就赖着不走，一顿数落后，目的一定会实现，而且，大人也不再计较你的伎俩，像什么也没有发生一样。

不过事情总有那么一两次的意外发生。有一次却出乎意料，无论我怎样闹都没有得逞，心里就气得鼓鼓的，像面对仇敌似的一理不理，不管扛着一口袋粮食的娘，径自撒腿跑在被墨绿的庄稼挤得一条缝似的羊肠小路上。

娘一路小跑跟着我，生怕我跑丢了，我却越跑越快。不久，回头不见了娘，刚才赌气的情绪马上被恐惧笼罩，折回头往回跑，远远见娘蹲在地上用火烤着什么。娘把一个用红柳干枝穿起并烤好的玉米递给我，笑眯眯地说：咋不跑了？烤玉米的香味儿引得馋虫都快爬出来了，自知理亏，再也绷不住严肃的面孔了，厚着脸皮嘿嘿笑着去抢玉米。我狼吞虎咽的时候，娘却在路边庄稼地里薅起荒草来，看到我大惑不解的样子，娘笑了：傻样！白吃人家的棒子啊！哦哦哦……我若有所悟地鸡啄米似的点着头，逗得娘笑得直不起腰来。

我的淘气是远近闻名的，在家有娘看护着，尽管东一耙子西一扫帚地惹是生非，但也不会捅出多大的娄子。一旦离开娘的眼睛，那算是挣开缰绳的小马驹，任着性子胡跳乱尥蹶子！

我在姥娘家住过一天，也是唯一一次。上午看到姥娘斜歪在椅子上打盹，就轻轻地把她的手拿开，悄悄地出溜下炕沿来，蹑手蹑脚踮着脚尖跳出门槛来。外面的天真的好蓝，云彩像秋天的棉花高高地飘摇着，我兴奋得双手一举，跳起三尺高，一溜烟逃出了土墙禁锢的大院，像出笼的小鸟欢呼雀跃。

跑到大街上一看，一个人也没有，大概都睡晌午觉，我无聊地东张西望。我猛地发现一支青枝绿叶探出泥墙外，青青的桃子毛茸茸，水灵灵……那是放羊老汉点都姥爷家的院子。——咻，口水被馋得直淌，犹豫再三，丫的，摘了再说。于是，我从马圈出粪的洞孔里爬进去，越过栏马横杆，三步两步就窜到大桃树下，四下瞅瞅没有人，噌噌几下就骑在了大杈把上。我把背心掖在裤衩里，摘一个往脖子下丢一个，一会背心的前面凸起来了，活像二婶子快要生宝宝的大肚子。我扑哧笑出了声。咕咚，我跳下树来，撒腿就跑……刚爬出洞口，就听见墙内点都姥爷破口大骂：谁家的小崽子，王八羔子，糟蹋老子的青桃……我随手捡起一块半头砖，头也不回地扔进洞口内，阴阳怪气地还口：红军战士潘冬子，——手榴弹！我一口气跑回姥姥家，把大门闩上，爬上梯子坐在大门楼上的平顶上，手舞足蹈地清点着战利品。

啃了两个青桃子有点困，就着枣树的阴凉，我舒展下懒腰顺势躺在门楼的平顶上睡着了。不知道过了多久我听到院子里有吵闹的声音，睁开眼睛趴在门楼檐上往下一看，娘哎，心里咯噔一下，心说：坏了！见点都姥爷头上裹着白色的纱布，前额渗出了殷红的血迹，手里攥着已然蔫了吧唧的桃子，咋咋呼呼，一跳老高。

我心里虽然害怕，但看到六十岁年纪的老头竟然气急败坏成这个样子，实在滑稽可笑，忘却了身处的险境，竟然忍俊不禁，猛地站起来，翘起肚子，笑得都快岔气了。一院子的人一下无声息了，随着最先醒过神来的姥姥的叫骂声，看热闹的人"哗"地大笑起来，就连点都姥爷也忍不住笑了，把罪证桃子撒了一地！我蒙了，用手捋了下头皮，半个马粪蛋渣滓滚落下来。

姥娘的老实是全村公认的，外甥不但偷了人家的果子还大逆不道地给点都姥爷打破了头。尽管姥爷后来不再追究，但毕竟给姥娘那曾经光荣的历史抹了黑。姥娘着实生气了，扒开我的裤子实实在在地打了几巴掌。翌晨，觉得有熟悉的手抚摸着火辣辣疼的屁股，刚想睁眼，心想还是装睡吧！听见娘呜咽着埋怨姥娘：咋不等我来呢？你看五个手印子……我还没有舍得动一指头呢！我也是被这个小祖师气昏了……过会，你得去你点都叔那看看……缝了两针……你说一个吃屎的孩子哪来的那么大力气……这孩子将来恐怕是蹲禁闭室的货……

姥娘的话把我气恼了：你才是蹲禁闭室的货！我光着屁股一骨碌坐起来了。惹得娘破涕为笑，食指戳着我的额头，咋跟姥娘说话？姥娘把用烧水壶煮熟的鸡蛋放到我被窝边，踮起小脚气咻咻地往外走，快到门口时扭过头，扬扬拐杖，佯装生气地骂：白眼狼，以后再也别来了！

我和娘开心的笑声荡漾在历史久远的茅草屋子里。

71

岸
边

历史的误会

五月。

太阳大早上就发起威力，我脸上的汗水滴滴答答地落到饭碗里。白衬衣已经改变了颜色，灰黄。汗水的浸蚀，日头的炙烤，生活环境和地理条件造就，并不是农民天生就比城市人邋遢。

比衬衣颜色改变更快的当属眼前这喜人的麦田。

昨晚，麦穗还黄里沁着翠，一个上午，已然黄灿灿一片金色。一阵小风，平静的麦浪涌动起来，像广场上的歌迷，陶醉于偶像的痴迷和冲动。我掐几穗麦子，用手搓搓，撮起嘴一吹，麦皮小蝶般展开翅膀飞起来，闪出饱满的赤裸的麦子，看上去像女人的器官，饱满的上面给劈了一刀，愈加显得丰盈，诱人。我一把扔到嘴里，新麦子的馨香与筋道，一齐传给了我的牙齿和舌尖。

我坐到地埂上，把鞋子脱下来，磕磕里面的土坷垃，复又穿上。跺跺脚，又回头看看身后那一望无垠的金色希望，胸中鼓鼓的，蹽开腿大踏步向村里奔去。

季节从来不等人。尤其，是麦收。龙口夺粮。龙，这么多年了，从没有见过，暴雨却给我长了记性。那年，眼看着堆在场里的麦粒被水流冲走的情形，心仿佛被刀割一样的疼，一年的收成啊！那是全村人一年最主要的口粮和希望。三个霹雳，两道闪电，一场大雨，给搅得稀里哗啦，旺旺的火苗被一下浇灭。我想起来，就心里堵得慌。

我低头磨镰刀。撩到油石上水，镰刀就吱吱地跟石头合出了稠稠的白浆子。雪白的镰刀印子，泛着青魆魆的光。用指甲轻轻一碰，镰刀的锋利电一般传到身上。两把镰刀磨好，我抬头看看天，无奈地摇摇头，抄起一把镰刀，另一把放到那里没动。它没了去处。那是老婆的。可是，老婆无法跟我像往年一样，肩并肩地收获希望。因为，她有比割麦子这营生更重要的事情，肚子里的希望也要诞生了。

这些天，一直有希望鼓动着我的心田。麦子马上要开镰了。儿子，大概也要降生，就在这几天。这小家伙，真有福气，睁开眼睛，就吃上新麦子白馍馍了。我又笑，月孩子怎就能吃馍馍。怎不能？她妈妈吃了，就生奶，归根结底，我的孩子还是要吃新的麦子嘛。

还没等我走到院子中心，我家的破木门就被撞开。我就一皱眉，尽管老婆还没生孩子，可是，这种登门的方式，我还是无法接受。莽撞。首先出现在眼帘的是一个印着"为人民服务"红字的破草帽。

不用问，我就知道是谁。

啥事？我着急要去下坡，不用拐弯抹角。

小巴，哪都去不成了！张老汉满头大汗，周身一股子的腐朽的酸味道，就像提到眼前的一桶放置好几天的刷锅水。

咋？我一脸的诧异。

他说，咋？摘下破草帽扇着风，嘴里的烟卷灰抖落一地，郁闷地回答，牛，队里的牛病了！

生产队一共就三头牛。我知道。又是那头老黄牛。说起这头黄牛，我是愿意伺候它的。黄牛年龄不小了，我小叔赶过车，和它拉过红高粱秸秆。我的父亲也曾经套上它，耕种过西河岸边的麦地。我更没少跟它合作，哪一年的小槐树林的大豆，不是我跟老黄牛拉回来的？

老黄牛已经牵出饲养室，拴在南墙根的大柳树下，阴凉里似随意抛弃的一块黄布。老黄原来锦缎似的金色皮毛，仿佛被日月掺杂了干涩的灰尘，把鲜明的光泽深埋。两只犄角也形同摆设，失去了先前的豪迈。不变的是那双水汪汪的大眼睛，那湿漉漉的眼神，恐怕随时都会有液体要从那粉色的眼圈里滑落……

我蹲下身子，托起它的硕大的下颌，打开医疗箱，用牛角材质的板子撬开牙关，查看它的舌头。我的后背有了凉意。

牛这牲口，不管何时何地，它始终是倒嚼的，嘴里撒悠撒悠，缓慢而执着，舌头当然是沾着还未消化的草末的。但是，今天老黄的舌头黄黄的，表面却很干净，而且叫我不放心的是有点干燥。

我轻拍一下老黄的前额，站起来。老黄见我起来，它也想站起来，却没有成功，刚刚站起的后腿一打弯，迅疾又趴下了。真是一头懂事的好牛啊。我听到身后饲养员老张的感叹。

我随即调制了一服药剂，由张老汉配合着给黄牛灌下。我边整理药箱边跟饲养员吩咐，赶紧给队长说一声，叫他马上去大队部汇报，我看老黄够呛。

"四个现代化"之前，马、牛、骡、驴是农村社会主要生产工具，每一头牲口都是在册的。任何人都无权肆意宰杀。据说有一年，就有那么一个被娇惯坏了的孩子，过年时，竟然把爆仗塞到牛生殖器里燃放，结果导致母牛死亡。为此，生产队的饲养员受了乡里的处分，那个十一二岁的孩子被少管所劳教。每次游街的时候，这个小劳改犯脖子上挂的牌子罪名是：炮打母牛 X。叫人看了心生怜悯又哭笑不得。

苍天不睁眼啊。这样的事情怎就落到我的头上？那个小劳改犯年龄虽小，却是自作孽，而我则是治病救"牛"，没有反社会主义的狼子野心啊。可是，老黄牛喝完我配置的草药，晚上就毅然决然地彻底"革命"了。

老张不知所措，就把这个史无前例的事件汇报上去了。生产队保管员是我父亲的发小，听到风声不对，马上骑着生产队仅有的一辆大金鹿自行车，跑来送信，叫我快跑，晚了恐怕公安局的法绳就到了。

人在危难关头，越乱越没了主意。我索性就蹲在地下，抱着头，心里一片茫然。我搞不懂，老黄吃了我的药怎就不行了？有病是不错，也不至于那么快。据我的估计，起码三四天才出现现在的结果啊。

老婆看到我这副熊样，急得腆着大肚子给我拾掇包裹，一脸的不屑，对于我这种胆小怕事的人的那种狗屎抹不到墙上的无奈。我背上简单的行李，一步一回头，借着夜色的掩护，一溜烟逃出了村庄。

黄河滩头与渤海接壤的地界，有一片著名的人工森林。蔓延在黄河淤土沙地上是张扬的洋槐，疯狂的芦苇。洋槐树干皲裂，枝头刺针鲜明，枝条枯黑。我抬头向身后看了最后一眼，扭过头来，径直钻到芦苇丛生的槐树林。立刻，我匿迹在一片绿的汪洋大海中。

我佝偻着腰，头发被野草弄得乌七八糟，脸颊也被低矮的槐树枝子给拉了两道口子，心疼。背上的铺盖卷用两股麻绳勒得似一个葫芦，绳子头攥在手里，绳子搭在我的肩膀上，被树枝别得荡过来悠过去的，非常狼狈和疲惫。

我像一个逃犯，干吗像啊，就是。说我是逃犯我承认，但是说我是罪犯那可真是冤枉我了。我本来是一个兽医，因为生产队的一头牛病了，我给灌了草药，谁承想半夜就死了。

这片槐树林对于我这样身份复杂的人来说，也不是一个名正言顺的收留所在。这是革命军队当年千万大军挥汗劳动的硕果，令后人震撼的植树造林的浩瀚绿化工程。我一个逃犯，却躲在有着革命情怀的"红"树林，这算不算是自投罗网？不过，除了这个隐蔽的地方，我也实在没有去处了。再说，我的定性还没有最终敲定，暂且避一避也无可厚非，我这样逻辑混乱地安慰着自己。

第一顿饭我是啃着从家里带来的高粱窝头，没有水，差点把我噎死。附近没有水源，离黄河故道还有十几里地，再说，附近的渔民和马场的职工打鱼，我轻易不敢露头的。我的喉头艰难地咽了口唾沫，背倚在一棵歪脖子槐树上，闭着眼睛想打个盹。

迷迷糊糊中，我耳中有动物踩断枯枝的声音，我心里一阵窃喜。我的耳朵失聪多年，这声音传达的不仅仅是我听觉的器官恢复，我浑身起了一层鸡皮疙瘩，心缩成一团，恐惧袭击了我的大脑和心里的所有空间。

我马上翻身匍匐在地上，我分明听到枯叶发出的碎裂的呻吟。一百米开外，有两个人影一晃而过，大个刘！其中一个我看清了，是我们小队队长，我的冤家对头。完了。我心里说。他怎找到这个地方的呢？我的脑海里劈过一道闪电，迅疾垂下了头，愤愤地骂着我老婆：你个蠢猪！你个看见当官的就吓尿裤子的尿女人。

这下子完了。我心里刚才的恐惧被灰心替换。走。我心里刚划过这个念头，人业已跳起来，顾不上拿行李，徒手向相反的方向抱头鼠窜。

我跟野狗似的东一头西一头，直到劳累抽走了我最后一丝体力，才跟个麻袋包似的踉踉跄跄地歪倒在槐林边的麦田里。麦棵子青涩的味道跟马尿差不多，尽管清新却熏人。

我就势仰躺在地里，茂盛的庄稼把我包裹在金色的怀抱里。料定远处是发现不了的，大概高空的野鸟鸟瞰的时候，会误以为麦田里凭空被砸了一个不规则的黑坑，像一泡巨大的鸟屎。

天空蓝得出奇，偶尔几片白云飘过，成队的野鸟自由翱翔，简直就是一个虚幻的世界。我仿佛从来没有见过这个场景，如同从来没有见过大老刘他老婆那雪白的乳房似的。其实，谁知道他老婆的乳房是白是黑？反正，此时我的心里就是这样想的。想到乳房，我就想到我老婆的乳房，跟两个倒扣的饭碗，涨得上面都露出了青筋，我老婆快生了。

我想着想着，泪就不自觉地涌出来了，慢慢地我的喉咙里有了压抑的哭声，继而是号啕。我的老婆。我可怜的没有出生的儿子。我盼星星盼月亮，盼着儿子的出生。谁料想，一场飞来横祸，我亡命天涯。

我不止一次地把耳朵贴在老婆那挣得透亮的肚皮上，倾听着那个小小世界的动静。偶尔，儿子会调皮地踹我一脚，接着，好像被我的耳朵挠着痒处，咯咯笑着，翻着跟头，圆球似的肚子不规则地颤动。

我清闲的时候，给没有出世的孩子亲手制作了好几样玩具。用坚硬的槐木疙瘩削了一个陀螺，跑到集市自行车修理部，讨来一颗车轮里的钢珠，小心地把它砸进陀螺的木头顶端，这样，无论在冬天的冰面还是夏天的马路都能旋转起来，有了这颗光滑的珠子，陀螺就不只限于冬季玩耍了。转，永远地转下去。

我又从生产队的竹排上，拆下一截竹片，半个晚上的工夫，用镰刀削刮了一条迷迷转旋翅。到大队部的集体裁缝师傅那里讨了一个洋线轴子，锅台边取一根筷子，这样迷迷转的主要部件凑齐了。把麻线从筷子顶中心对折，插到竹片的旋翅中间的小孔里，再把筷子插到洋线轴子里，麻线缠绕在轴子外缘，准备完毕。左手捏着轴子，右手用力扯麻线，筷子就在轴子内径迅速地转起来，达到一定的力量，迷迷转的旋翅就一下脱离整体飞上天空……其原理，有点像直升机上面的螺旋桨。

老婆嘲笑我说，那是人家七八岁孩子的玩具，你儿子刚生下就会开"飞机"？这话惹得我哈哈大笑，对，将来就叫儿子去开飞机。

我挥了下手，仿佛为了把这些纷繁的杂念赶走。

在槐林与麦田接壤的地界有一个窝棚，大概是邻县的农民搭建的看守秋天庄稼的所在。好在，离秋天还早着呢，所以，一直空闲着。

我用自备的镰刀割芦苇，把那些被野兽破坏掉的缝隙修补好，把晒干的芦苇铺在地上，把洋油瓶子的盖子钻一个洞，又从被褥掏点棉絮拧成油绳，把它穿过瓶盖子，拧紧，一盏灯制作完成。我躺倒在铺盖卷上，环视着我的新居，自得的心情暂时忘记了恐惧和担忧。

三角石上的小砂锅里，煮的是从麦田里偷来的麦穗粒子，即将成熟，总算还能糊口。夜色如水，夜幕下麦田齐刷刷，一望无垠。月华里，黄乎乎，雾蒙蒙，似云如雾。我不由自主又想起了老婆，腆着那么个大肚子，不能挑水不能劈柴，这日子可怎么过啊？想到这里，我的胸腔又给堵上了。

我就恨那头该死的瘟牛。你早不死，晚不死，非他妈的等老子给你喂了药才死，这不是陷害好人吗？我哪辈子欠下的债哟！

大老刘跟我也算是世仇，我的爷爷是地主，他的爷爷在我家当长工。据说当年我爷爷这个老地主曾经为了粮囤没有封好，导致老鼠祸害了几百斤谷子，追查到老老刘。老老刘被开除，并罚没半年的工钱。本来爷爷们的恩怨跟相隔两代的孙子们屁事不沾。可谁又料到几千年的孔老二也被人从地下揪出来，批倒批臭……眼下农村成分闹得如火如荼。我这个地主羔子经常被根正苗红的穷小子戴上高帽游街，后面有挎枪的民兵押解着，尽管不是他大老刘亲自实施，我心里却跟明镜似的。队长，一队之长，我受人家管也是理所应当的事情。

我恨大老刘，你他妈的孬好也是识文断字的人，干吗老揪着我不放啊？我又没有抱你儿子跳井？没有同你老婆上床，给你戴绿帽子？妈的，你不叫我活，我跟你拼了，不就一条烂命吗？我这个菜面子，非换你个白馒头不行……他妈的，你等着瞧。我在愤懑的杂乱的思绪里，进入我逃难的第一个梦乡。

梦里我见到了爷爷。他也不理我，撅着个粪篮子，满世界地跑，去捡拾那些狗拉的粪便。衣服有些破，被风掀起来，像只大蝙蝠。满头的白发和雪白的胡须，被北风吹得飘摇着，一副仙风道骨的样子。

我梦见了父亲，正赶着黄牛犁地。广袤无垠的黄河滩，没有一棵树，一点遮挡物都没有，人在地里，就宛若站在海面上，空旷而孤寂。那黄牛还看了一眼，吧唧吧唧的厚嘴唇，明亮的涎滴下来，有弹性地拉得好长，像蛛网的丝线。锋利的犁子小船一样往前滑行，土地被剖开像翻滚的土浪，涌向一边。父亲的后背宽厚而健美，肩头的黄土仿佛落了一片云彩。夕阳的映照下，牛、犁、人，辽阔的黄河滩头地平线上，凝固成一幅永恒的剪影，生动而绵绵悠长。

我学会了用自编的荆条筐去浅水里捕鱼。看到那流水里有浪花，赶紧把筐子扣下去，然后用另只手小心地从底下的软泥摸上去，呵呵，只要有，肯定跑不了。我一个下午能在河汊子里逮七八斤鱼，尽管浑身弄得跟个泥猴似的，丰收的喜悦还是洋溢在我那蓬头垢面的瘦脸上。我壮着胆子去马场的市场把鲜鱼卖掉，再把生活必需品买来，几天来我终于喝到了咸汤。

正当我慢慢忘记恐惧，适应新的生活规律时，却大难临头了。一个夜里我忘了灭灯，灯花炸出一个火星，我的人字窝棚是芦苇做的，上面的芦花见火就着。幸亏发觉得早，我才没有被烧成"烤全人"，但是，我的全部家当无一幸免。

我就剩下身上的秋裤秋衣，连一双袜子都没有剩下……我呆呆地站在已经变为一堆灰烬的窝棚，欲哭无泪。人要逮我，天要绝我，我还躲啥啊？我解开打水桶的一截绳子，自己也不知道在干什么。我找了一棵歪脖子槐，把绳子扔上去，对折打个扣，正当我把头往里钻的空当，忽然林外大喝一声：缴枪不杀，举起手来……我一下蒙在那了，一股热流顺着裤裆岔子淌下来。

几盏小马灯同时点亮，大老刘把一张纸举到灯光前，高声向我喊：小巴，没事了！那牛是病死的，跟你无关！看，这是县兽医站的证明信！

回家的第二天，老婆说话还真算数，生了，是儿子。

那年的麦子收成特别好，老婆说是儿子带来的福气。我没吭声，只是，摸着孩子胖胖的小脚丫，嘿嘿地傻笑。

当年，我逃亡存身的那片槐林还在，依然旺盛。第二年春天，我们一家人造访，只见，千万树槐花开得正盛，缕缕清香扑面而来，天下大白……

当我大哥把这个故事给我讲完，我竟然无话可说，望着灰蒙蒙的天空，吐口烟，吐一口烟，再吐一口烟……

岸
边

第二辑

生命飞翔

北方晓歌

　　夜宿泰山"岱宗坊"东边的一家宾馆，此地已是海拔二百米以上——也就是说，当我们趴在被窝做梦的时候，其实做的已是泰山上的春秋大梦。《山东文学》2011年度散文奖颁奖典礼从济南挪到五岳之尊的泰山，其意义远远超出了颁奖本身。

　　晚宴的酒精消解了文人的隔阂，借着酒力的余兴，一行人有了夜登泰山的灵犀和默契。步出不远后才明白，夜登泰山的不止我们几个。两边的商铺灯火辉煌，商家向游人兜售着烧纸香烛和各类纪念品。老夏是地道的泰安"土著人"，由他来充当导游那是再合适不过了。一碑一木都隐藏着一个远古的故事，我们在拾级而上的空间里，如果不是有这样一个相会的机缘，有这样一个朦胧月光笼罩下的秘境，有这样一份酒后的酣畅心情，尤其有这样一位称职的导游，也许，一生都无从知晓这些美好的故事和远古的历史，因此，我已经感觉到不虚此行了。

　　因为白天紧张的心情加上夜里登山的劳累，虽说我睡不惯席梦思和过于柔软的枕头，但是，依然没有影响到我的睡眠质量，夜里睡得很沉。

　　不知何时，我猛地睁开眼睛，听到一种奇妙的声音，隐隐约约似有似无，立着耳朵探究，却没有了。我长长吐出一口浊气，告诉自己是在做梦！然后把脸埋在白色松软的被子里继续睡。一声低沉的缥缈的啼鸣再次萦绕在耳内，我没有动，怕自己一动就会把这声音惊扰。我心里似被拨动的琴弦，睡意全消。是鸡啼，真真实实，清清楚楚，尽管这声音是那么遥远，遥远得好似在长清灵岩寺挑起的檐角上，遥远得好似尘封的另一个世界，它却以神奇而绵长的韵律款款送到我的耳鼓，激荡在我的心底。我兴

岸边

奋地一跃而起，看到床灯昏黄的光晕里的室友，我极力克制着狂喜的心情，轻轻地出溜下床来，赤着脚丫走到窗前，在推开拉窗的瞬间，仿佛为了配合我的行动，鸡啼从正东方的黑暗里一声声一次次清晰而嘹亮地灌入我的耳内……初夏，尽管树木扶疏，梨花盛开，碧水池边翠绿吐金，然而，山里的黎明风凉如水，我抱着赤裸的膀子，失去了触感，醉倒在久违而神奇的鸡鸣报晓中……

公鸡报晓跟古代沙漏一样被人用来计时，尤其是农人。深山里的小屯，平原上的村庄，千百万农人世世代代无不受惠于这个远古的神奇生灵。我的祖爷爷是每天听着它的报晓起床给大户人家耕地、锄地营弄庄稼。我的爷爷成年累月地就着它的报晓声撅着粪篮子，徘徊在大街小巷捡拾粪便，迂回在田间地头。我的父亲是第二遍报晓时，马蹄踩着月亮疾驰在遥远的大山或黄河岸边……多少年来我们已经无缘聆听到这神灵的高歌。烟霭废气遮住了星辰，黑水毒液污染了河流，高楼大厦把土屋篱笆埋在了地下，而那些在集贸市场出卖的公鸡跟母鸡们早已经是激素催长的劣质食物，失却了原来的自由和灵气，物欲改变了一切。那些盘占开天辟地以来遗留在这个世界上的灵物与神奇，已经离人类越来越远了，甚至慢慢消失殆尽，只剩下我们这些冥顽不灵自己作践自己的两条腿的贪婪的家伙了。

小的时候，对大公鸡没有什么好印象。我记得我家曾经有一只黑背金翎大红冠子的公鸡。它身材高大，色彩艳丽，站在鸡群里绝对的是鹤立鸡群。尽管它也是一只鸡。每当大人撒到天井里的灰尘里一把碎米的时候，它连跑带飞，第一个抢着吃。不但抢食，而且霸道，以绝对压倒对方的实力将其他的小公鸡赶跑，还时不时地压在别的母鸡身上，用喙啄着母鸡的头，一连几个下来，才抖抖羽翎，仿佛男人撒完尿提裤子的样子，拾掇完后才气昂昂地走掉。每当这个时候，我会用土坷垃瓦片投它，别看它在鸡群里霸道，看到我的进攻并丢盔卸甲缩着翅膀逃之夭夭。一次，奶奶告诫我不许投。看到我不解的眸子，奶奶笑了：你长大就明白了。两年后，我第一次上学的早上，我一下明白了先前奶奶的话——不叫我投那只公鸡，是怕我把它打坏了，否则，早上就没有报晓的了。我岂不要迟到？大公鸡此时正站在鸡舍上，高高地昂着头，向着我咕咕咕叫着，脖子绷得跟弓似的，洪亮的鸡鸣就从那尖窄的喙间迸射出来！阳光洒在它身上，彩色的羽毛映照着彩虹般的光泽，红铜黄金被融化浇混在一起的绚烂，红的似燃着的鸡冠，神采奕奕大放异彩的金睛……我一回头，雄鸡那高大完美的形象一下映到我的脑海里，似烙印再也无法抹去。

公鸡报晓，一般是夜里三点到四点一次，四点半到五点一次，五点左右到六点多报晓时，我知道自己该起床了。这个时候母亲会摸着我的脑瓜轻轻地唤我的乳名，我装作睡熟不动，母亲就叹口气，给我披披被子，不再作声，但是我知道母亲此时是睁着眼睛凝视着我的。当公鸡再次叫起来的时候，母亲会把我拖出温暖的被窝，决绝地给我穿棉袄棉裤，我马上会闻到一股熟悉的呛烟的味道，同时我那稚嫩的皮肤也马上感触到炙热的温度，我知道那是母亲在灶间用火刚刚烘烤的。母亲是鸡叫几遍起的床？我无从知道。父亲跟我家的枣红马是什么时候迎着凛冽的寒风走出院门的更无从知晓，只知道父亲是吃完母亲为他煮的高粱米后，出门拉脚去了。偶尔，半夜也听到鸡叫，大人说这个是鬼进村的警告。于是，每每半夜起来尿尿时听到鸡叫，马上急急火火地往被窝里钻，笑得母亲都岔了气。公鸡就是我的钟表，有了它，我不用自己起床看天上的星星去估摸时间，也不用担心睡过耽误上课。大公鸡忠于职守，天复天，月复月，从来没有失误过。自从我看到同村同学蝈蝈家的自鸣钟后，才知道自己靠大公鸡报晓是多么的落后和可怜。人家的自鸣钟分秒不差，只要定闹铃，想什么时候起就什么时候起，而我的时间不是早半个小时就是迟半个小时，从来没有精确过。尽管我很感激我家那只兢兢业业的大公鸡，但是我是多么渴望自己拥有一只自鸣钟，跟蝈蝈家一样的，一只蜷曲的天鹅造型，有着夜里不用点灯就能看到钟点的那种夜光的。

我终于有了一只夜光自鸣钟，是奔马造型的，它代表着父亲的眼光和梦想。我得到了我想要的东西，同时我也失去了最珍贵的忠诚。大公鸡在我得到自鸣钟的第二天，就从这个世界上永远地消失了。那天是星期一，大公鸡好像报晓得比每天都晚，而且一改常态，第一、第二遍报晓时间都没有动静，直到第三遍报晓时间才引颈高歌。一般它报晓都是鸣叫五六声后稍作休息，再鸣叫五六声，三次后就完成一次报晓任务。这次却没有间断，从五点一直叫到六点我走出家门。第一遍报晓的时间是我母亲起床做饭的时间，第二遍报晓时间恰好是父亲起床吃饭出门的时间，第三遍报晓才是为我这个学生服务的……因为有了自鸣钟，父母都没有误事，心里却无名的蹊跷。多年以后我才明白：大公鸡那天就为我一个人报晓。它把短短一生的追求，用一个鲜活的生命发出它最响亮，最长久，最执着的绝响。

远方的柿子红了

金秋十月，一群别样的文人从四面八方会聚到了这里：临淄涌泉，一个据说是当年孟姜女寻夫投河自尽的地方，一个小得不能再小的山村。

小村被包裹在大山里，一个如同隐匿在彩色外袍皱褶里的小小针脚。寂寥的大山因了这群陌生的人群而躁动，尽管石路、院落里是常年的寂静，却与高枝上惊喜跃动的喜鹊一搭一和。

掀开沉默的山石，打开深山的寂寞，人群追寻着孟姜女当年失落的蛛丝马迹。齐长城的半山腰，我见到了一尊大佛，静静地俯视着向上攀登的每一个人。大佛的怜悯表现在，不会因为你是谁而改变，因为，他明明能分辨出，气喘吁吁却充满欲望的一张张白生生的面孔有别于昨日默默劳碌与世无争的黑黄的熟悉的脸庞。他端坐在一片梨树林里，莲花台边落了一地的梨子，有的泛黄，有的碧青，有的为金秋增添颜色，有的被虫儿吸吮吞咬，慢慢变小烂掉……佛默默注视着，不动声色。梨树林里有个山农正在用长长的竿子采摘，也是默默地无声地，仿佛都有了默契，只管想、只管做，只是别作声。那千年的哭声如丝、如缕，轻轻地、缓缓地由远古的秦朝如箭一路飞来，穿过高山，掠过海河，分开金黄或霜红斑斓的叶子，径直灌入耳内，回旋在没有思想的窠臼内……穿过绚烂的丛林，攀过山坡的缀满红彤彤果实的柿子树，后人在故地堆砌的齐长城，平添蛇足之嫌。

豪华的会议室，跟山脚下古朴的石头院落有着鲜明的对比，古韵与摩登两条青藤交织，心里说不上是喜悦还是纠结。文人的激情把大山点燃，即使长天秋雨绵绵，湿湿的火，憋闷成浓浓的烟，蔓延在小小的斗室，扩展到亘古的无限……一声悠长的、怨艾的哭声再次由远到近，穿透我那悸

岸
边

动的心房。

翌日，我沐浴在丝丝秋雨中，双手插在裤兜里，高耸着肩膀，追寻着早晨的秋意。两边的钻天杨，夜里感冒的一个咳嗽，竟然铺了一路的残黄，秋雨、落叶，此时，很适合文人的心情。两个八九岁的小女孩静静地站在树下，稀疏的刘海上有露珠在滚动，大概是等校车吧？来时，我看到山下十几里处有一个学校。你们在等校车吗？两个女孩子彼此交换了一下眼神，没有搭理我们。呵呵，没听懂我们的话啊！我们自顾自地圆场。一会儿，从山坡上的树丛中又跳出一个差不多大的女孩，三人无语，转身向山下疾步走去……我曾在网上看过一则消息：南方某地女小学生在光天化日下，被歹徒劫持到车上卖到外地。在有警察、有治安、有高科技的电子眼的城市，小羊也会被饿狼截杀；在这深山老林里，清晨与黄昏的林间小路的山里妹子呢？我不知道该为她们的不同环境庆幸还是叹息。男人都出去讨生活了，山里的红叶填不饱肚子，绮丽景色也养不起人。山里女人，永远是笸箩里的针头线脑，从春种到秋收，活再重也由她自己扛，何况老屋里还有孩子和老人！

屈原为即将沦陷的国家而死；王国维为即将结束的文化而亡；孟姜女则是为自己深爱的男人而献身……三个人都是为他而死，却都成为千古绝唱！

下山时，无意间在山脚下发现了孟姜女的"泪泉"，井口那么大，清清的泉水养活着绿茵茵的青苔，"噗——！"一个熟透的山柿子，从天而降，石头上立时呈现出粉色的血浆颜色。我仰起头，矮矮的天空下是高高的山柿树，焦黑的枝头挑着千万个红彤彤的果实，透过昔日的余晖，正痴痴地遥望着大山外，好似千百双熬红的眼睛！

神庙下的蜂胶

我的桌案上摆放着一件恨无从恨起，怨又无从怨起令我徒添伤感的物件。

它有半截砖头大小，点豆腐用的"石膏"的颜色，稍显灰黄却结实如磐石……凝视着它，叫我无所适从，往日的自信、清高统统碎破，烟消云散。

它瞟着我，是如此得意、自豪，又如此不屑一顾……我们无言对视，首先是我先败下阵来，我虽未经过惊涛骇浪，但毕竟是在几十年的人生旅途上坎坎坷坷一路走来的，虽无建树，从吃一堑长一智这个道理来说，也积累了不少人生经验，曾几何时在咖啡店的幽暗浪漫景致里，跟文友卖弄自己草根底层生活的丰富经历，宴席间觥筹交错间以商海的机智侃侃而谈，政府报告会上离席，站在会议室檐下独自吸烟的清高……现在，外衣似被对方一件件剥光，剩下的只是窘迫羞愧和无言的懊恼。

我这个人不喜欢扎堆，"五一"本来不打算出行，然而外地一文友执意要我陪着爬山，尽管心里不乐意，但好客的山东人却很难说出半个不字来。

到了青州，一路停停走走来到云门山脚下。下了车，看一眼文友那身行头，乘缆车这档子事我就没好意思说出口。穿过文化广场，舍弃旅游电车，我们沿着一条黄沙小路，隐没在去年的干枯的茅草以及低矮的新草野花清香的郊野里。两旁是枝头刚刚冒出嫩芽的洋槐，一簇簇白色的槐花散发着阵阵甜润的芬芳，白色的花簇跟焦黑的树枝成为鲜明的对比，路边不时冒出一朵朵不知名的蓝色的野花，像夜幕中的星辰，在眼前一闪一闪的。

前面有很多岔路，但我们横了一条心顺着大山的方向一路奔去……十几里路程在我们开始谈论诗歌，最后在探讨散文式的小说还是小说式的散文的一路争吵中不知不觉地丈量完成。

上山的客与下山的人拧成一股绳，今天又特别热，蹭来碰去的全是热烘烘的流着汗的脸……人们不知道怎么了，仿佛早密谋好的，同一天都选在这个地方，那拥挤密实的人流似乎叫人想到了登泰山的情景。

云门山，位于青州城南两公里处，早在隋、唐、宋时期就深受佛、道两家的青睐。山上有隋、唐石窟造像五处，石佛二百七十二尊，历代文人墨客、善男信女的题刻、碑碣，遍布云门山摩崖。

然而，当历史的车轮碾过二十世纪八十年代的时候，此时的中国千疮百孔，百废待兴，盗窃文物浪潮泛滥，国外的、内陆的一些盗贼互相勾结，进行着出卖良心、出卖祖宗，也出卖自己以及子孙们福报的勾当。窃贼把佛头像锯下倒卖国外，获取丰厚赃银；或据为己有，待价而沽！更可怕的是中国大地上那"十年浩劫"，就连这远离尘嚣的山巅古佛也难逃劫难，被毁坏得十之五六，大的石像头部被大锤敲掉，脸成了平面，有的小石像全部被砸得模糊难辨。

佛立在高处垂望着远处山下的众生相，见证着世人自导自演的一出出的悲喜剧。因为没有了那悲天悯人祥和示人的面目，所以，给人留下空旷和深不见底无法读懂的空灵的印象。此地此景任何一个只要还存有一点良知的人，见了都会唏嘘不已，心底泛上怜悯、幽怨、获罪等五味杂陈的苦水，甚至于滴下痛惜无言的泪水。

云门山海拔 421 米，去过几次景点也莫过于云窟、云门献寿、天仙玉女祠。天仙玉女祠位于山巅，为石质无梁建筑，结构奇特，富丽壮观，在建筑史上别具一格，祠内塑有泰山老母像。

我先前瞻仰过，祠主脸庞光洁如玉，面目慈祥俊秀婉约，头戴凤冠，身披霞帔，两旁是侍女装扮的仙女侍奉。求子求孙的野老村妇不顾路途崎岖，不辞跋涉艰辛，满怀虔诚之心，跪倒尘埃顶礼膜拜。

农历三月三这个传统的节日，这里更是人山人海，热闹非凡，被山下乡村推举的神婆神汉给神像披彩戴红，焚香祷告，这里是为十里八村的人们祈祷多子多福、风调雨顺、家人平安、阖家团圆的太平盛世的理想和图腾的最高仪式的场所。云门山的"寿"字是举世闻名的，坐南朝北，通高7.5米，宽3.7米，仅"寿"字下面的"寸"字就高达2.23米。人站在"寿"下尽管是山东大汉也高不过"寸"字去，所以就有了"人无寸高"的说法了，阴体大字通体涂了鸡冠红的油漆，映红了半壁山。

说到大红"寿"字这还有一个美丽的传说：也不知道多少年前的夜里，云门山上的"寿"突然放起了红光，一道祥光就霍地映到了几十里地的一个村庄，这个村由此典故叫作了寿光。当然，现在的寿光绝不是一个村庄所能囊括的，而是一个县级市。难怪十几年前一下成了全国的蔬菜基地，全国的采购车辆从天南海北拥到这里，送来了金山、银山，菜农富足得流油，是缘于先前美丽的传说带来的祥瑞还是缘于此地的水土适宜蔬菜生长？史书没有记载也无从考究，然而寿光的蔬菜在全国闻名那是尽人皆知的，只不过在这唯利是图的年代，他们的子孙是否能够守得住这份荣耀？

"云门献寿"的由来据查考为：明嘉靖年间为第二个衡王朱戴圭祝寿，内掌司冀阳周全，在山阴处摩崖上镌刻了国内外罕见的大"寿"字，讨好衡王……所以当地人经常说"人无寸高""寿比南山""南佛北寿"等，中国的事情就是这样，无论先古还是当今都不能脱俗，恭维人的拍马屁的伎俩放之四海而皆准，以后经乡村里弄、县镇城邑、江湖术士、平民百姓、富贾官家传遍，以及使用遍及神州大地也就不足为怪了。

"寿"往东不远山壁上刻了"神在"两个隶书大字，四周的突出石壁的小树上被游人用石头投上好多红带子，十分喜庆，我暗自推测这"神在"是不是担负跟月老一样任务的神仙啊，所以才特别受年轻人青睐？

再往东是贯穿南北的一个石洞，此处即为云门山南侧的"云窟"，遇到晨雾或多云晴日天气，云窟开闸放云，即时白云腾空而出，经云门洞冉冉升天，云门山因此得名。置身山巅，望云海时隐时现，云门仙境果然名不虚传……百度百科名片上是这样描绘的，可我十年间前前后后来了不下五六次，却从来没有眼福饱餐这空中楼阁——也许是我这个人根基先天不足，与仙境没有机缘；也许周围县镇日渐污染的顽疾，拖累仙境不再，美好没落为梦幻和意念罢了。

岸边

　　幸得上苍垂怜，今天天气异常晴朗，大地山川被少有的金色的阳光笼罩，南边的二郎山近在咫尺，北边的村镇屋舍又历历在目，尽收眼底，石洞的南北距离也就是二十来米，抛开御用文人的虚笔和梦呓，我恍然大悟，此云门山的"门"好大，好豁亮，能蕴含大千世界的云门——说其是"门"不如当作一颗巨目更贴切，它千百年来以它的空灵和执着始终注视着这个世界上的天翻地覆，悲欢离合，形形色色的被捧为好人的坏人，被打成坏人的好人，以及好好坏坏、坏坏好好走马灯似的人寰，看着他们的得意忘形，恣意妄为，到土崩瓦解，呜呼哀哉；看着他们受苦受累，忍辱负重，喜怒哀乐……无论时代怎样变换，却始终坚守在这片土地上刨食觅生的人类，一代一代繁衍延续生存……最后这点也许是"巨目"能够说服自己勉强存下来的唯一理由吧！昂起头来，恰恰看到"巨目"上方古人书的四个大字：玄之又玄！似四个窟窿一直隐透到高远的九霄里。

　　文友跟我虽说也写点"豆腐块"，也读过唯物论，但是，面对诱惑也不能脱俗，跟着游人燃香礼佛——其实，人在此时才知道自己是个什么玩意，剥离了人群，遁避了喧嚣才能认识自己，不会比谁更强大和骄傲，证明自己就是以自我以及家人为中心的动物（难怪高僧道者修炼都选高山峻岭安寺院建道观，其中原委比我们常人看得更清楚，体验得更深刻）。没有见哪个香客去祈祷别人全家幸福，平平安安的，这样也好，虽然不是光荣的事情，但毕竟比官老爷们口是心非颠倒黑白胡说八道的好，毕竟是作了一回返璞归真。看着我们两个人为各自以及家人请的高香在露天的大香炉里鹤立鸡群的样子，香烟缭绕，烟火旺盛，在众人羡慕的目光中自足……我们相视一笑，早把先前路上为散文变异的争论抛到九霄云外了。

　　因为目的达到了，对其他的景物也就不再感兴趣，匆匆下山，仿佛山下有好多银子等着我们两个人去拣，好多美差事等着我们去做——缘于那三支1.5米高价值二百元人民币的香，以及跪倒神像前道士赠的那些个吉祥的谶语和悠扬的铜钟声？绿森森的缨子下面是橙红色的根茎，也不知道叫什么名字，好像是泡酒用的山货，据说能治疗寒腿，增加性功能什么的……我们笑笑抬腿就走，不敢停留半步。那干瘪的灵芝草着实叫人心动，但细看又不敢确定，最后在卖主的喋喋不休中放弃……一路诱惑，一路又拨乱反正，我们很自得，很淡定，很自我。

一个人挡住我们前行的道路，是上山时我注意过的那个老先生，一个卖野山蜂蜜胶的，上山时地上摆的如石膏似的几块差不多都卖出去了，剩最后两块了，像两块半头砖。此物结于向阳悬崖处，为稀有的野山蜂长年累月酿制并风干，一块泡水饮用，可彻底祛除鼻炎、风湿痛……我不由停下脚步。

我长期遭受鼻炎之苦，每每吃饭时，一触到热东西，鼻子就不自觉地流清鼻涕，要多讨厌有多讨厌，吃一顿饭得跑到厕所擤好几次鼻子。如果是宴请，更是出尽洋相，所以，平时一接到电话约请，心里就紧张得不行。去了好多医院都无法根治，是痒又挠不着的一块窝心病。

观察老者时，只见他对襟白褂，满头银发，面白须长，山风一吹真有老神仙的韵味，在山下绝对是一个书香门第受人尊重的长者。我自信自己的眼睛，心里踏实了许多，他的话也越来越叫自己把他跟别的人区别开来。这时，仅剩的两块已经有一块被一个中年男人买走，另一块一个中年农村妇女在讨价还价……我手里出了汗，眼睛有点冒火，可是当着朋友又故作镇定，站在外围急躁地换着两条腿，仿佛很累似的。

朋友后背倚在一棵路边的柏树上，斜睨着眼睛瞟我，仿佛早就窥探出我的心底，我脸一红，说，走。别价，买吧，朋友狡黠地笑着，那讨厌的小眼睛还向我不怀好意地眨了几下。我真想一脚把他端下山去，自己都觉得脸上挂不住了，是被刚才的表情出卖了。我索性挤上去大有抢别人买卖的架势。那农村妇女因斤两与老者发生口角，老者一气之下把两张百元大票从上衣口袋里掏出甩给她，不卖不卖，一副百折不回的决绝样子。那妇女一下涨红脸，气咻咻地攥起钱嘴里不知咕哝着什么一溜烟逃也似的不见了踪影。

给我，我生怕别人抢了去，把钱拍到老人手里，提起盛装野蜂胶的塑料袋子头也不回地挤出人群……朋友帮我提了，很高兴的样子。

行了约莫有百十米的光景，路边卖野蘑菇的一个老太蓦地问我，你买的东西多少钱？二百元一斤，我应答。嘻，老太鄙夷地冷笑——那是白糖熬的。我的心猛地一颤，像是被谁用麻绳猛地一扎，一下子不着底了。

我们不由自主地扭头巡视刚才叫卖的地方，此时，除了上山的客与下山的人不再有其他闲人，好像本来就是那个样子似的，其他人早已遁迹消失，我和朋友同时嘘了一口冷气，立时觉得身上一阵冷……我一下从朋友手中抢过提袋，哪能呢?! 嘴里这样说，脚下却仓皇得厉害，身后传来小声议论，在我听来那字字如炸雷在我头上炸开，而我也只有抱头鼠窜的份，尽管外表表现得那样理直气壮，其实手里像捏了一个随时可爆炸的地雷……

"野蜂胶"颜色有点像原先做豆腐用的石膏，四四方方，外形似一块半头砖，有着酿酒的浓郁的甜润的芬芳，那香气扑面而来，使我又有点怀疑，索性用刀敲下一小块用舌尖舔一下，甜甜的没有异味! 我不放心，把它用开水冲泡，冷后品尝——白糖，千真万确。为什么当时不去尝尝呢? 只有亲口尝尝才知道梨子的味道! 这个一年级的小学生都明白的浅显道理在我这个不惑之年的"文化人"脑子里却搞不懂。

我深深地懊悔起来，是面子、市侩、经验、私欲把我改变了，蒙蔽了……我对那个老者却怎么也恨不起来，尽管他是一个骗子。如果今生有缘我们能够重逢也绝对不会多看他一眼，怕的是伤了老人的自尊心。他深夜躺在床上一定会辗转反侧，为三斗粮米而违背自己一生的初衷的巨大代价而悔恨和叹息吧! 而我如果不是为了自己的健康，也决不会去把那用来作心灵安慰的上香的二百元钱，无缘无故地馈给这个素昧平生的老人吧? 我的那些光天化日下几十年铸就的硬壳，被眼前案上这白色的"石膏"如同云门山顶的"巨目"剥得赤条条，空落落，像出生的婴儿一样无欲而洁净。

石门坊的女人

越野车刚拐过大路，斜插到一条西北方向的小径，两旁的树林几乎落尽了叶子，稀疏的林木，点点橘红的果实炫耀似的悬在天空。那是山柿子。柿树造型有些古怪，如同女人的烫发被吹风机吹散，捋直一把将其倒立，曲曲弯弯，直指天空……叶子被风搜刮殆尽，剩下一个个成熟的柿子，像一群群一丝不挂的顽童，翘着通红的小屁股在焦黑的枝丫上打秋千。

农历的八月十五我曾光临过此地，只可惜还不是赏红叶的时节。山川平地满眼绿色，路边的苞谷叶子红绿相间，饱满的苞谷鼓鼓的，有的挣裂壳皮，金黄整齐的颗粒在阳光下闪着黄金的色泽。山楂将树枝压得摇摇欲坠，绿叶红果，煞是惹眼。高大柿树浓密的枝叶像一把半空中撑开的伞，生涩的果实跟风儿躲躲闪闪，青涩中夹带着淡黄。

售票处三两个人在喝茶闲聊，偌大个广场空空如也，让人怀疑是否走错了地方。爬山的人三三两两，山涧的树木葳蕤葱茏，哪有半点红叶的影子？我们索性不再奢望红叶了。攀到往年热闹的景点，原来供游人参观的庙宇大门紧闭，房顶的青瓦片缝隙里竟然长出了荒草，小神龛下面到处是空饮料瓶、包装纸，以及久未打扫的枯枝败叶……荒凉得简直叫人不敢有半点停留。

其实，现在已经稍晚，有的红叶已经脱落，空空的树枝在游客面前歉意地摇动。陡峭的石阶泛着灰白色，显示着被风雨洗礼的久远岁月，沿路而生的树木枝杈在半空互相交织，遮住了天空，锋利的阳光穿过枝叶洒下斑驳的光亮……仰起头，叶子被上面阳光映得近乎透明，红的似云霞，半红的似红黄相间的玛瑙……五彩斑斓，明丽悦目，穿行于此抬头赏析，仿佛进入一个彩色的梦幻长廊。

快要到达上次拍照的"仙水寿池"时，我迫不及待地赶过去，然而，我大失所望——因为没有了雨水，山上也就泅不出了水流，也就没有了"仙水"。先前红叶未红因了"仙水寿池"而填补了遗憾；今有红叶却因失去"仙水"而失落……凝望着遍山的纷呈绚丽，我有点发呆。

前面的游人又不动了，大家排队在"石门红叶"的碑石前留影，下面是深不见底的深崖，抬眼望去，石门峡谷豁然展现在面前，人字形的地貌，使两岸的树木一阴一阳，一明一暗，沿山涧慢慢至山坡上的坑坑洼洼被树木点缀得有了层次感，绿的松柏，红的枫树，成为色彩的强烈对比。然而，枫叶此时正浓，像一片片、一簇簇、一点点燃烧的火焰，在阳光的照射下，仿佛跳跃起来……最终把大片的绿色冲淡为山川的底色，红色的火焰席卷了整个山谷，远的似云霞，近的如火焰，仿佛叫人感觉到它的炙烤的温度。

爬全山顶的时候，腿开始打哆嗦，尽管导游告诉我们下午黄昏的时候，才是赏"红叶烧云"的最佳时刻，为了赶路，我们还是忍痛割爱了，十分不情愿、步履艰难地开始下山。汽车带起一路风尘，顺山而下，在山上不被看好的一簇簇的红叶，回眸一望，却感觉是那么艳丽，那么诱惑，依依惜别之情浸漫到每一个人的心上。快要驶出山口的时候，迎面一棵巨大的柿树，映入眼帘，粗大的虬枝向四处张开，遮住了半亩地的光景，焦黑的枝丫上缀满了通红的柿子，宛如傍晚燃起千百盏红灯笼，橘红色的光还向我们一闪一闪的！

车到山麓下出事了。

真是忙中出乱，因为天色已晚，视线不好，车在拐弯的地方，被山体凸出的一角坚石把轮胎扎破。司机下来查看后，颓废地叹口气报告，老板完了，我们回不去了。我头皮一麻，心说，狗嘴里吐不出象牙来！什么叫"老板完了"？

轮胎是报废了。备胎上次扔到维修部还没有来得及取回。看来这下，是真的"完了"！

我吩咐司机，把车开到路边的一块空地上。

这前不着村，后不着店的鬼地方，两人犯了愁。我独自向前走了约莫半里地，这个时候天已经黑下来了。

好在前方有一片亮光，我就顺着那光线奔去。

山脚下，正对着大路有一块平整的场地，坐落着几间碎石堆砌的低矮石屋子。不大的院落里矗立着几棵高大的洋槐，围墙是用竹条子扎的篱笆，大门两边各挑着一个内藏灯泡的红灯笼。光，就是从这里漫出去的。

我记起来了，去年这个时候我陪同一帮银行的客户看红叶，中午曾经在这家小店吃过饭。叫我记忆深刻的是这家小店的招牌菜，木柴炖小鸡。满满一盆酱红的鸡肉，绿的葱，黑的野山蘑，真的色味俱全，香气扑鼻啊。我跟副行长一人喝了一箱啤酒，那些穿着制服的小姑娘们大快朵颐，那吃相，把我跟她们的领导都给逗笑了。

我推开门，一股子的蒸汽扑面而来。一副稍显尖细的男人的嗓音投过来，打烊了！夜里不营业。我知道那嗓音是谁的，就大声回答，老板呢，救个急，不吃饭，我的车坏了。

从蒸汽深处一个脑袋探过来，差点撞到我的鼻子上。吓得我，赶紧后退一步。那人好像被气笑了，不温不热地回敬我，那你走错地方了，这地方又不是汽修厂！这话可够噎人的。我一时还真没有答得上来，蒙在那里。一个女人端着满满一盖天的馒头走出来，问，跟谁说话呢，春。

叫春的那人，向我努努嘴，只管提着一桶水忙他的事情。

我一看，男老板这个态度，马上，转向女人。大嫂，我是去石门坊看红叶的游客，车子坏了……

那个女人就停住脚步，看我一眼。我看清了对方，短发，圆圆的苹果脸，只是，没有山区女人的粗糙，细嫩白净，配上一双大眼睛，还真有点小家碧玉的味道。女人的眼光跟我的碰到一起，就笑了，嘴角绽开两个小小的酒窝，着实叫我心里感叹，真的是深山藏仙女啊！没想到这么一个不起眼的小店，竟然也能藏娇。

女人说，除了吃饭，我们能帮你们什么哦？

得知我们这样车型的轮胎只有山那边的县城才有，距离好几十里地呢。何况，人家明天八点才开门营业。大概我失望无助的眼神，牵起女人的怜悯之心。女人径直向屋子深处喊，春，黑灯瞎火的，来的都是客……

岸
边

你别蒸了，明天的馒头也差不多了。你坐上炒勺先做饭吧！

里面没回音，一会听到铁勺碰炒勺的动静。

我暗笑，原来，"阿庆"也得听从"阿庆嫂"的安排啊！"来的都是客"，嗨，这话说的叫人多慰帖，那女人还真有阿庆嫂的范儿。

我隔着老远，向黑乎乎的前方喊一嗓子，小吴，把车锁好，快来，咱碰上了阿庆嫂。

小吴没听明白，不明就里地咕哝，经理，黑咕隆咚的，您叫我去哪里拣草？

嘿，碰上这样没情趣的人，即使幽默大师也没辙。我没好气地骂道，去死吧，你。他这次听清了，嘿嘿笑着跑过来。

小吴去年刚从军队复原回来，人尽管很灵光，只是在军队待久了，社会上的好多事情，有时还不太变通。给我开半年车了，没出过差错，是个好苗子。我从心里喜欢这个小伙子，每次出行都不换司机，为的是给他长长见识。我有意培养他，希望不久的将来，再多一个事业上的帮手。

我跟小吴两个人守着一盆木柴炖小鸡。小吴吃得津津有味，我却怎么也寻不到去年的味道。我不知道，是此时此刻的心情使然，还是春老板使了手法，不尽如人意。

正好配菜的小伙计请假还没有回来，我跟小吴被安排到挨近厨房的那间卧室兼做储藏室里。这间屋子真的不敢恭维，乱得够可以的。单人竹床上，一床铺盖，就是一包烂布，看不出是被还是褥，烂狗肉似的，颜色杂陈，散发着一股潮湿酸腐，苦兮兮的恶味。屋顶垂下一根根铁条，挂了腊肉，还有不知道什么野物的兽皮。墙上除了围着床周围这圈，其他的空地，利用率真的是空前绝后。一串串的红辣椒、干豆角、成辫的大蒜、自行熏制的腊肠……小吴东转转，西瞅瞅，末了，叹口气，说了一句至今最为深奥的话：经理，阿庆嫂两口子这是要吃炖活人啊！

我笑了，摆手叫他小声点。指指对面墙壁，意思是隔墙有耳呢。叫人听到就不好了，毕竟，人家收留了我们，怎么说都是恩人。

小吴不知道是领会错了我的意思，还是我的动作激发了他的想象力。他朝我摆摆手，蹑手蹑脚走到那面墙，把耳朵贴到上面。我就撂下脸来。这跟几句善意的玩笑话，本质上是不同的。小吴大概听到了动静，装作没有看到我的表情，平心静气地听下去。

大家都是成年人，工作以外的事情，我也不好再说什么。我就躺到床上，枕着双手，在满天的悬坠物的压迫下，闭上眼睛。

大清早，栅栏旁的鸡笼里，没有宰杀的公鸡开始报晓。我坐起身，看到小吴不知道什么时候躺在唯一的破沙发上，眼睛睁开着，呆呆地盯着屋顶。

我接过小吴递过来的水盆，简单洗了下脸。这个时候，春老板和"阿庆嫂"的房门还没有打开。开店的人，是很辛苦的。大概，还在沉睡。

我有早上跑步的习惯，在这山清水秀的地界，岂能耽搁。小吴跑步跟上来。我问，你一晚上没睡？

小吴点头。我喜欢这小子就这点。诚实。噗噗噗，我两个步调一致，惊飞了两只刚醒的宿鸟。

我们就这样跑着。

缄默。

只有，脚步声，轻微的喘息声。

小吴终于憋不住了，说，"阿庆嫂"叫云……春老板……那玩意不行！

我侧头瞥了他一眼。本来，他破译这个秘密的时候，是想做一个鬼脸，但是，没有成功，凝滞的表情讪讪的样子。好像，那"不行的"不是别人，而是，他小吴自己。

我摇摇头，没接话茬。这样的谈话，对于地位悬殊的双方，不搭界。因为，他还没有真正走到跟老板如此无间的范畴。小吴自觉失言，沉默得像块石头，慢慢地落在后面了。

上午春老板要宰杀十几只活鸡，中午等货下锅，是没有任何空暇的。只有那个昨晚被小吴"认识"的云，陪着去一趟县城了。接过我的钱包，小吴看到我沉默的表情，似乎向我表明态度，老板放心！我不置可否，鼻子哼了一声，转身去帮春老板提开水，浸泡那些已经躺在地下不动弹的公鸡。

听到电动三轮的轰鸣，我仰起头，看到蜿蜒的石径路上，云的短发被风掀起来，愈加显出圆脸的白。小吴佝偻到车厢里，双手扒在前面的护栏上，就像一只虎视眈眈的大灰狼，仿佛随时都要扑到驾驶员的身上。

春，是一个外冷内热的人。可能，因为一个早上我都给他帮忙，他对我的态度特别好。昨晚的事情仿佛没有发生，我们老友重逢般熟稔。眼见着光光的白条鸡都泡到大盆里，春舀一舀子清水先帮我把手洗净，然后，我又帮他冲水洗了。春搬出一个小饭桌，利索地沏上两杯茶，递给我一根苏烟。我一笑，说，生活质量挺高啊，老板。

春仰天笑，屁，昨天客人剩的。我们的距离一下拉近了。忽然，春说，会下棋不？我问，象棋？他就笑，嗓音还是昨晚的尖细，跑进屋去，端出了刘邦项羽的楚河汉界。说实在的，春，他不是我的对手。我连赢两盘，心里有点不落忍。就想，最后让他一盘。本来我的愿望就要实现了，就一步，春，臭棋了。我说，之前没有规定，可以悔一步棋的。

春，却把棋子一推，脸红了，喃喃地说，输就是输，为什么要破坏规矩呢。我心里一阵愧疚，后悔前几盘棋下得太较真。

我没有品出春沏的什么茶。春弹下烟灰说，云自制的山茶，我放了山参的。我陡然不安起来。我知道，这深山里如果真的有野山参，那不是用钱可以买得到的。我没有道谢。春这样的人，对于那样的表达是不屑的。我品出这小小的店铺，也许，并不像我们世俗看到的那个样子。眼睛是最容易被外象蒙蔽的，比如，我昨天见到的春。

云把车放到院子里，就忙着去上菜了。跟我走对头的时候，她告诉我，小吴在那换轮胎呢。客人在唤人，云就高声答应着轻快地跑过去，还回头向我笑笑，好像歉意似的。云的腰身，说不上来的那种顺眼，走起路来像片溅落到地面的云彩，轻盈而又超凡脱俗。

春跟云，石门坊与红叶，真是绝配。

我耳边忽然响起早上小吴的轻薄，不由叹口气，说不清是为这相濡以沫的小两口，还是我的司机。正当我发愣的时候，小吴已经把车开到了小院，两声喇叭按得我莫名其妙。窗内的春，颠着勺，仰起头往这里看了一眼。

云如一只灵巧的麻雀，跃出了房间，解下水红的围裙，跑过来。云跟我们已经熟悉起来，失去了阿庆嫂的机警和洒脱，她变成云。在客人吃饭的空闲，云嘟着嘴说，从来没有乘坐过这样高级的越野车，只能看看。云看着小吴。小吴不敢表态，就看我。我看着天上的太阳，这个时候出发，热啊。

春，围着油腻腻的围裙走过来。好像有话要说。近前了，却猛然折回去了。到厨房门口前站住，他回过头笑笑。我问，春老板有事？我知道，我们该启程了，走之前考虑怎样表示一下收留的谢意，出工买轮胎的报酬。可是，熟到这个份上，一些天经地义的话，却说不出口了。作为老板，小吴是没有资格代替我的。

春看看云，云看看我再看看小吴，垂下头，不言语。我和小吴，就显得很尴尬。还是春老板开口了，说，你们不着急往回赶吗？我看着春没搭话。我没有领会他的意思。

春老板说，这点小忙，钱就算了。你们要是不急着往回赶呢，就拉云回她娘家一趟。她从没坐过这样的好车，也有半年没回家哪……

没等我表态，小吴满口答应，行行行。我看了小吴一眼。春和云就看着我，眼睛里安静地等待。我说，行啊，司机都说行了，不行也得行。大家就笑了。车轮已经转动的时候，春，又从窗外送进两只白条鸡，叫云回家做给大家吃。一路烟尘离去，小小的院落慢慢模糊在尘雾里。

云坐在后面开始有点紧张，两腿紧紧并着，手一会抚着座位的真皮，一会抓着顶棚的抓手。我笑了笑，能开着机动三轮满山飞跑，坐到越野车里反而心虚了。大概云看到我笑她，就装作大方，用手扒玻璃。我按了下按钮，云一时不知所措，弄不明白到底是怎么回事。我和小吴终于忍不住大笑起来，云的脸上就涨红了，一直红到脖子里。

在农村，换亲，听说过。特别是贫穷的山里，尤其突出。但是，当我了解到云跟春也是换亲，我就觉得不可思议。当我见了云的哥哥的时候，我也就不足为奇了。云的娘家在石河埠，村里大都是白墙红瓦，也有部分是石墙黑顶的，我知道那是就地取材砌的墙，麦收后用麦秸攒的顶子，一种沿袭至今的古老建筑传统手艺。那些房子都有些年岁了，大都是老人守候着。年轻的，要不去县城住楼房，要不就住瓦顶砖房。

云的娘家就是住的石墙黑顶房。厅堂里放着紫红油漆的八仙桌，两把椅子，其中一把后背断裂用一截红布带子缠绕着。西边的大锅灶连着半间屋的土炕。南墙下又放了一个五斗橱。这样，五六人一齐站到屋里就显得无处插脚了。好在农村的炕沿是可以坐人的，这样空间的充分利用，屋里显得宽裕了不少。

云的父亲老聂，高高的个子，弓着腰，一看就知道年轻受过累，出过大力，却是一个很健谈的人。他曾去胜利油田建过厂房，修过公路，走南闯北，颇有见识。在家，也开过山，崩过青石，砸过石子……当然，都是给人家打工，挣的是血汗钱。这种路子，只能挣穷，不会发达。

云姊妹两个，上面有一个哥哥。就是因为他，才做的换亲。去厕所解手的时候，我看到一个高个的中年人，正围着越野车张望，看看四处无人，往玻璃上吐口唾沫，用手掌擦擦，眼睛用力往里瞅。不用问，这就是云的哥哥了。

农村人见不得有客人来，一旦说起话来，就再也挡不住。

云之前是有一个男朋友的。山里的青年谈恋爱，无非就是白天约好去趟县城转转。也不会买太贵重的衣物，去露天市场看热闹，随便买一两件廉价的毛衣啊黑裙啊什么的，反正每一件不会超过一百块，随后选择一个地摊喝碗馄饨，或者吃一屉小笼蒸包，也就坐交通车各回各家。

山村里的夜，是真正的夜。十五的月亮挂在高天上，亮得透明，显得天穹愈加高深，山川河流，披上梦幻般的清辉。村庄，庄稼，树林如融入水里一般，缥缥缈缈，轻得仿佛一阵风就能将其带走。那些终日劳碌在大山深处的年轻人，并排坐在山石上，相拥在果树下，缱绻在草丛深处。苍穹灰蓝的羽翼下，酝酿着一个个青春肆意的梦幻。云不知道跟哪个邻村的后生，在家门前的小溪旁，失落多少凌乱的脚印。情窦初开的女孩，情怀一旦被男人轻轻撩开，那是怎样的一种生死不怕，视死如归的痴心。

就像人的长相，命运不是自己说了算的。为了父亲不至于绝户，为了聂家的香烟后代，云还是背叛了山盟海誓，顺从了命运的安排，山东的女人啊，永远活在良心与父母的顺从的魔咒中。

云，初见自己的丈夫，从麻木中醒来。春的妹妹长得也不错。相比之下，小姑子比自己更惨，直接嫁给一个半傻子。她心里有了嫁鸡随鸡，嫁狗随狗的认命心思。可是，新婚的当天夜里，她就失望了。以后的日子里，云才知道，为什么像春这样又有手艺，人也不错的男人还要换亲。

春在十六岁的时候，从牛背上跌下来，腚沟正骑在一块凸出的石楞上。人昏了半天终于醒过来，可是，下身就毁掉了。村里人都知道，所以，没有谁家的姑娘嫁给他。

久了，春也会把云弄得热血沸腾，毕竟是月光打不了麦场。结婚五六年了，始终保持着两口之家的状态。春每次回村看到邻里的孩子眼睛发直，云则泪流满面。春的父母已经苍老，不再过问那些令人彻底失望的话题，默默等待最后的那张日历被翻过。

春为了感激我们满足了妻子的愿望，执意把两篮子的山鸡蛋放到车里，又把一大兜子的晾晒干的野蘑塞到后备箱。我又感激又不忍，心说，这怎像住亲戚样的感觉？我们约定下次来，把大家都引来这里吃饭。春就笑了，说，那咱哥两个再杀几盘，我不会再臭棋的！说笑的空当，我看到小吴坐到驾驶座上六神无主，戴着白线手套的手，不自觉地抖动。

一直没有看到云。车行出好远，小吴和我猛然在同一时间发现，前面的山巅上一个小小的人影，向我们挥手，手里的围巾像抖动的一团粉色的云彩。

自从石门坊回来，我就发觉小吴不对头。开车有时走神，我屡屡提醒他。有时，吓他一跳，仿佛刚从另一个世界穿越回来。我隐隐约约感觉到会有事情发生。是什么事情呢，我说不上来。但是，我相信自己的直觉。

有一天，我看到司机值班室的光床上，竟然铺着整齐的铺盖。一看，是小吴的床。其实，司机的床铺，就是为平时午休设置的，很少有谁在这里过夜。听说，前天小吴跟怀孕的老婆闹别扭，下午就把铺盖搬过来了。这也更加印证了我的预感。

一天去青岛，小吴把车开得叫人胆战心惊。我叫停，亲自驾驶。当我从宾馆的会议室下来时，看到小吴趴在方向盘上，好像哭过，眼睛红红的。这倒是新鲜事。我无声地看着他。小吴，忙用食指刮了下眼睛，有点孩子气地向我坦白，老板，我要离婚了。

我一愣，没有预料到事情会发展到一发不可收拾的地步。我故作平淡地问，谁？因为那个阿庆嫂？

小吴第一次没有回答我的问题。只是，眼睛虚空地看着前方，好像凝视着一张人的脸。当天回到公司，我走到调度室，告诉调度长近期不要给小吴安排出车任务，叫他临时值班吧。

岸
边

小吴大概误会了我的善意。中午餐厅吃饭的时候，故意绕着我走，低着头，仿佛做了见不得人的事情。我有把他拽过来的冲动，但是，我还是坐下了。这种事情，是勉强不得，尤其是年轻人，一旦钻了牛角尖，九头牛拽不回。我就暗暗生起自己的气来，如果不是那次意外的邂逅，也许这样的事情就能避免。然而，冥冥之中，谁又能看得清，料得到这个世界的变幻莫测，是是非非呢！

去南方参加了一个机械设备展销会，顺便跟几个异地相逢的商业朋友喝了几场酒，飞机降落济南的时候，已经华灯初上。接机的不是小吴。我就问，小吴还那个状态吗？陪同的办公室人员扭过头，有点神神秘秘地说，您回去就知道了。开车的不是我的专职司机，所以，我就没有再往下问。心里想，能怎样？大不了跟老婆闹离婚，他还能咋地？

第二天早上车刚开进单位，一个女人的身影在车玻璃边一闪而过。这个身影似曾相识啊。哦，不会是真的吧。我按捺着紧张的情绪，把车停稳，目光重新追寻那个女人。只见，她有意无意地躲避，一扭身，进了司机班的值班室。阿庆嫂?! 我心里划过一个人的印象。没错的，我的眼睛还没有花呢。那腰身，那短发，那苹果似圆圆白白的脸。

天哪。我心里五味杂陈，不知所以。

我不能再装糊涂了，事情的发展已经到了不能不管的地步了。为了不至于弄得满城风雨，尽量缩小范围，我一个人，直接去了小吴的宿舍。小吴不在，只有那个"阿庆嫂"叫云的女人坐在床头边。她看到我，马上站起来。以前的机智洒脱消逝得无影无踪，换来的是谨小慎微，两只鞋子局促地交替地搓着地面。

来了！我也只有这么干巴巴地问候相识不久的朋友。尽管有些失礼，但是，我实在找不出此地此景的合适词汇，来表达我此刻的心情。

云脸一红，轻轻用鼻子"嗯"了一声后，就慢慢恢复了原来的表情。我们站在宿舍里，坐也不是，走也不是，但是，总得有所表态。于是，我把目前的她与小吴的关系先抛开，还是念旧情的样子说，这样吧，晚上我请你吃饭，上次多谢你和……帮助，表示一下心意。

云应该知道我为什么把嘴边那个人的名字省略掉，于是，感激地看我一眼，笑笑，点点头。我告知她，到时候，有人来接她去饭店。

坐在蓝海大酒店的雅座里，云的惊愕是可想而知的。我老婆一直给她搛菜，倒水，女人交流是比较畅通的，一会的工夫，两个女人就有说有笑起来。我暗暗松口气。

趁着女人说话的空当，我离开，走到外面的吸烟亭。抽出一支香烟，跟出来的小吴凑上前，及时点上火。我拿眼睛瞟了他一眼，往天空吐出一口长长的烟雾，叹口气，示意一起坐下。我不理解小吴为什么要这样做。后果是什么？是两个家庭的妻离子散。何况，他自己的老婆马上生产。造孽啊。我心里骂道。

小吴的意思已经很明确，绝不是心血来潮。我尽管非常痛恨这种害人害己的行径，主要是对春老板的愧疚，毕竟，是我的司机，是人家施以援手后，出的这档子事情的。我怎能侧身世外，然而，此时我又能怎样？

你打算怎样？我不想说的话，最终还是要说的。小吴年轻的脸上多了几分沧桑，我想，这些天他也不是没有压力的。

他说，我们是真心的。

我无语。世界上的事情就是这样，你看似偏颇，离经叛道，但是，哪一场著名的爱情悲剧又不是这样的原型？我沉默了好久，站起身来拍拍小吴的肩头，声音连自己都听不太清，好自为之。小吴也叹了口气，仿佛卸下一身的负荷。

小吴被调到了一个偏远的储藏厂，还是开车，只是不再开小车，换成箱式货车。我给那边负责人打了个电话，吩咐要给小吴和"家属"适当一些照顾。于是，那边给他们分了两间宿舍。

由于事务纷杂，经过一段时间，小吴这个人在我的心里已经慢慢淡去。甚至，连那个被我戏称为"阿庆嫂"叫云的女人，也慢慢忘记。

我刚刚平复的心情，被突如其来的事件投入激流的旋涡。

午休，我刚刚坐到办公桌后，门就被猛地推开。我还没弄明白是怎么一回事的时候，一群人就闯进来。更令我惊讶的是，来人一下就跪到大理石的地面上。与此同时，保安及时赶到。我制止了保安的强制行为。这个时候，我才看清来人，其中，有我认识的老相识——老聂，就是云的父亲。我曾经在他家做过客。还有，云的傻哥哥，其他，那些老人和年轻人我就不认识了。

老聂一把攥着我的手，声泪俱下，哭诉着自从云离开家的那刻，家里就塌了天了。起初，大家以为云外出遭遇到了不测，组织浩大的人海队伍四处寻找，把石门坊附近几十里地找遍，甚至山崖、洞窟都找遍了，也没踪影，再后来就报警了，也是没有消息。最后，春反映一个情况，说，要不还是去黄河口吧，找找他那个朋友看看能不能帮上忙……这群人里，没有春的影子，想必，云的失踪，他心里是有数的。他没有向警察反映这个情况，我想春是做过思想斗争的，身处这种窘况，我对春又有了新的认识。

我的手被老聂攥得生疼，而且，已经失去理智的老人，诉说遭遇的同时，全身的力量都运到粗糙的大手上。我心里骂着小吴，我可被你害苦了。

云的傻哥哥，对着桌前那个硕大的地球仪产生了兴趣，把整个世界颠倒旋转了几百番。

云离开小店的当天晚上，平静的小店就彻底土崩瓦解了。

春的电动三轮车，把老岳父的木门撞开的瞬间，被夜幕包裹在静谧里的小山村，忽然惊醒了。春什么也不说，敲开妹妹的家门，不管懵懂的妹夫，拽上哭泣的妹妹就走……世界从此颠覆，云这根导火索燃烧并最终彻底崩裂了两个新、老家庭。

小吴接到我的电话，一时也没了主意。我最后说，你们婚姻问题本来我是无权干涉的，但是，男女两家都找到单位，我不能没有一个交代，否则，这样持续下去，单位就无法工作了。

云接过电话，抽泣着说，事情是由我引起的，我去见他们。

见到云的那一刻，老聂的胡子都奓起来，血管凸起、粗糙的大手高高扬起来。云就把眼睛闭上，想必，从决定回来那刻起，心里就准备了赴死的决定。然而，那个大手迟迟没有落下来，而是，扑通一声，老聂一下给女儿跪下，一下接一下地狂扇自己的耳光……后面的人，不管白发的老人还是年轻气盛的小伙子，也一起跟着跪下。

云，面对此景，如同被针尖捅破的气球，起初鼓胀的气力一下泄掉，干瘪瘫软下去。

老聂千恩万谢，说了好多抱歉和感激的话，包括一开始准备闹事的年轻人也松开了眉头的疙瘩，皆大欢喜。云，一直麻木地站着，脸上没有一丝表情，恹恹地像得了病的果子。

我的心沉甸甸的，说不上是什么滋味。

我通知小吴，是职责所在，天经地义的事情。事情因他而起，个人的事情总不能叫单位承担，何况这也不是经济赔偿的问题，而是人命关天的大事。我知道，如果不是出现这个喜剧性的结局，老聂这帮人里，肯定有的就死在单位院里。唉。我深深叹口气，人的命运真的是无常，在它面前，我们就是一只只卑微的蚂蚁。我的无奈和伤感，大概云也许感觉到了，在她被亲人簇拥着爬上农用车的瞬间，回过头来，向我绽放出一个微笑。那笑，有歉意，有短暂幸福的灵光一闪，有梨花带雨的楚楚可怜……

小吴最终辞去单位的工作，一个人去了上海。

因为别的事情，我又去了石门坊，在下山的时候，神使鬼差，车子就又停到了那个叫我又爱又恨的小店不远处。但是，当我下车眺望时，大惊失色。原来被红叶燃烧着的这架大山下，那个曾经充满欢乐情趣和美好记忆的所在，已经颓废。房顶被烧毁，陷落的房顶露出黑的山脊，一场大火把一切都埋葬了，包括曾经的美好。

春，跟回归的云，这是彻底与过去决裂，不知道在做这个决定的同时，是怎样的撕心裂肺。

因红叶而著名的石门坊，祖辈相传是两扇巨大的石门，山里深处是藏宝的宝库，只有持有开启山门密码的人才能打开。

也许，冥冥中，春和云就是上苍派到这个世界的持有钥匙的人。

岸
边

西湖印象

来杭州已不是初次，对于我来说是故地重游。近几年，差不多每年都来，四年前跟妻在西湖过的年，一住就是半个月；去年又带一周岁的儿子，同样是在西湖过的年……对西湖也算是钟爱有加了。"烟花三月下扬州"，因为工作的关系，所以我跟春季总是失之交臂。

每年来都是隆冬时节，尽管看不到杭州的春色，然而，于我们北方人看惯了家乡一片肃杀景象，乍一看到南方的红花绿叶那种惊诧跟惊喜目不必多说。

杭州的旅游景点很多，除去了岳王庙、灵隐寺、龙井，以及去了一次就再也不想去的雷峰塔（玻璃罩着的一丘黄土），西湖白堤是我比较喜欢和去得最多的地方了。断桥，据说源自乾隆年少时，湖中石桥面有的被积雪覆盖，有的一截被午后阳光融化，积雪跟裸露的桥面颜色的反差，使站在孤山的乾隆远远看去，湖中的桥好像断了一截……断桥由此而来。

断桥的另一个让世界闻名的典故，连乡下的老百姓都知道，缘于一个凄美的爱情故事：白娘子与许仙。跟乾隆有关的故事有很多，比较熟悉的是龙井——在西湖不远处棋盘山脚下有一景点，叫作龙井问茶。

传说，乾隆还未做太子时，因为太子位置竞争激烈，他终日忐忑不安，有一天乾隆漫步来到棋盘山脚下的这口普通的水井，他突发奇想，与其这样煎熬，还不如赌它一把，于是他默默祈祷上苍：如果我一下将这水桶打满水，就能做太子，否则……其结果跟历史一样，乾隆一下果然打满了水桶，并将水提上井台，当然，也就有了后来的乾隆爷。

因了这个传说，每年初一或正月，有大批各地的游人蜂拥而至，先将水桶打满，然后再洗手，曰：洗龙手。洗脸，曰：净龙面。将水向着自己家乡的方向把水泼下去，曰：一年顺流发大财……这些神秘的传说以及当地群众或多或少地加工，"龙井"吸引来摩肩接踵的游客，"问茶"则使当地居民财源滚滚！

西湖美就美在它的景色，而关于她的一个又一个的美丽传说，在世人心底深处陡然添加了神秘，从实物依然飞跃到精神上了，所以，她的美是从外到内的，有着源远流长的历史内涵和深厚的文化积淀，这好似别的地方无可比拟的缘故吧。

西湖美，美在她湖水清澈，碧波荡漾，柳丝飞扬，渔舟唱晚，青山环绕，古树掩映……而我则喜欢她的傍晚。

五月黄昏的时候，夕阳给西湖披了一层薄薄粉红的纱，柔和的光线把白堤两边的垂柳平添了婀娜多情，湖水一下子变得模糊而缠绵，熠熠闪光的波光轻轻吻着唱晚的小舟，孤山上的参天古树庞大的树冠被镀上了金色的彩边，整个西湖被罩在一片朦胧、如痴如幻的一个梦幻中。

当夕阳褪尽最后一抹晕红时，白堤上的人多起来，有当地居民，更多的是游人。人，此时是真正的风景。南方女人时尚的衣着，得体而有些开放，裸露的臂膀，颀长的光腿，微风吹拂，衣裾飞扬，白皙的肤色叫游人心荡神驰，以及哝哝细语，文雅举止，把南国女人的妩媚与风骚表现得一览无余！如阵阵清风款款送到人们面前，如石击湖面，心中的涟漪一圈圈荡开去，荡开去……

老先生老妇人互相搀扶，落日的余晖映着那苍苍白发，相挽着的布满老人斑的臂弯，以及那种慈祥而深沉的目光……共同走过一生的沟沟坎坎而不改初衷，相濡以沫的患难真情，感动过萍水相逢的千万双眼睛。

中年男人倒剪双手，极目瞭望，双眼透出探索与深思——也许是踌躇满志，也许是壮志未酬，也许是淡泊明志……大学生也许是最爱扎堆的人群，成群结队，朝气蓬勃，对生活的热情对未来的美好向往都一一写在毫不掩饰的年轻的脸庞上，像一群白鸽优美地划过蓝天，留下一道美丽的风景。

良时美景，恋人是不可缺少的，中年、青年还有少年，没有了往日的拘束，没有了被熟人窥到的难堪，手挽手，肩并肩，或谈笑风生，或依偎缠绵，如同风暴中颠簸的渔船回到了安全的港湾。

晚上快八点的时候，四周高楼大厦的灯火仿佛同时被点亮，西湖似一个墨绿的玉盘，被点点灯火串成的珍珠环绕在中间。豪华的游船扎成各种样式，灯火辉煌，在湖面上移动，仿佛一幢幢漂流的楼房，穿梭在四周的小划子前面一盏小银灯，如同空中乱穿的萤火虫。

这时，一轮圆月从东南方升起，开始四周有淡淡的云层，如同均匀的鱼鳞，月光有些朦胧。不久，明月跃出云层，如黑绿的荷叶托起晶莹的露珠，清辉将天空洗得柔和而恬静！西湖如同出浴的少女，羞涩而美丽地展现在面前……伫立在断桥上的人们，敛声屏息，昂首翘望着高洁的明月，低头俯视着远方的星光……一种从未有过的空旷而脱俗的浪潮席卷了整个心扉，跌入到一个不知道此时何时，此地何地的忘我境地。

难怪俗话说：上有天堂，下有苏杭；到了苏杭，忘了爹娘！这话虽有些粗俗，但也的确道出它的道理所在。

缘

泰山从十七亿六千万年前，与喜马拉雅山一起拔地而起，五岳之尊概括了千年的辉煌。而你却从母体剥离，以不规则的体形轰然落下跌滚，亿年的碰撞，亿年的冲刷，是你把路石撞碎，还是碎石把你剥磨？是洪水把你挟持，还是你穿透水帐款款而来？多少个亿年你把自己修炼成了一颗人的头形，体外是世故的层层老茧，窠臼里凝结的却是亿年的智慧。

一年有几千万双大大小小的脚从你身边跨过，一天有千百张面孔从你眼前闪过……你却熟视无睹，沉睡不起，做着你那延绵悠长的梦。

我第一次来到这里，脚刚跨到石桥上，你的面前。你绊住了我的双脚，前进不能，后退不得。一下又锁住我的双眸，使我不能旁视。你盯住了我，我也凝视着你。

我把你捧在了胸前，尽管我有着山东大汉的强健体魄，你亿年的历练还是叫我体验到了你的思绪的深沉。

跟我走吧！现在就出发。你浑身浸透着泰安的雨露，几个小时后，你会嗅到入海口黄河水挟裹着金色泥沙的甜腻还有青草百花的馨香……缘分，你跟我的缘分。人都说，人与石要讲缘分。

汽车穿行在树枝叶蔓相拥的水泥路，左拐右拐爬上了泰山脚下的一个石坡。

涛哥介绍说，上面有一个台湾商人遗留下的二层小楼，环境幽雅，是不可多得的好去处。站在小楼的顶层上，三人抬头，五岳之尊如一个巨人耸立着，高大巍峨。苍松翠柏滴翠浸绿，凸岩闪泛着苍红的光泽。

鸟瞰山下，楼群林立，树冠仿佛是画家随意涂抹的一团团乌云。沟渠

岸边

如一条条银链箍住村庄，不知怎么又慢慢拉长甩到野外去了。一场不大不小的山雨，似一支山曲野调给正酣的酒兴平添趣味。涛哥说，泰山的雨一溜，一会即晴。果然，山坡上还淌着雨水呢，太阳却映亮一地的水光。

五年前，我带着女儿爬过泰山，也曾写过一篇文章《泰山行》。现在回想起爬山的历程，心有余悸。

那些辛苦和煎熬我一辈子也忘不了，沉淀在心底化为一种历练的永久记忆。岱庙古槐、千年古柏、关帝庙、紫藤古门……想读懂古迹遗留下的远古文化，还真的离不了导游和行家，而今天，涛哥就是我们三人中的行家兼导游。

走到"快活三里"时，我们不想再前进了。这"快活三里"就是黄沙铺就的平坦大路，意思是，当旅客从险峻的泰山顶石阶上下来的时候，漫步在这平坦的大路上，让脚板舒坦舒坦，自在自在。左上边顺山而下一条小溪，到了脚下变成了一条汩汩的小河……三人随着游客奔了过去。

小河窄得就似女孩的腰链，浅浅的，水流洁净透明，河床的鹅卵石、青蓝石头都看得清清楚楚。

人们都用脚尖踩在凸露在水面上的石头，用手在河床上捡拾着什么。涛哥说，是寻泰山石哩。我跟老周来了兴致。

我的脚刚踩到矮矮的石板桥上，不经意地一瞥，发现离我三四米的桥下，有一块圆圆的黑石片凸露到浅浅的水流上。我也不知道怎么了，竟然没有跟别人打招呼，一下跳到水面上的石头上，踮着脚尖，就蹲到了那块黑色的圆石片面前。

这个时候，涛哥、老周还有一大群人扭过头看我，眼神似说：他怎么了？那里什么也没有啊？我唐突地用拇指跟食指去捏那石头，却怎么也捏不住，于是，把双手插到泥沙里。

哇！我惊叫起来。我抱出泥沙的竟然是一个跟人的头颅十分相像的椭圆石头。人们一下围拢过来，啧啧称奇。

涛哥接过去，双手举在眼前，努力辨认。正宗的绿蓝泰山石。其形状宛如人的头颅，三面怎么看都是人面，简直是一个天造地设的"千面智慧脑"。涛哥惊喜地向我道贺。

我知道涛哥是泰山脚下土生土长的，他的鉴定就是板上钉钉，我的喜悦溢于言表。

老周本来对于拣泰山石没抱多大希望。你想，这条小河宽不过几丈，水漫不过膝盖，每天来来往往的游客上万人，恐怕河床的石子早被无数双手都翻了不知道多少遍了。我的发现，激起他的欲望。

涛哥作为东道主，当然也希望我们都有所收获。于是，涛哥陪着老周卷起裤管，径直向上游奔去，大有找不到泰山石誓不罢休的味道。过了好一会，我蹲在石桥上听到涛哥的声音。

我估摸可能"寻宝"成功了。果不其然，老周扛着一块圆咕隆咚的黑石头趔趔趄趄顺流而下，淋漓的泥水把他的白衬衣都弄污了，却没有减少一丝兴奋的劲头。

两块泰山石摆到一起，大家全都笑了：俨然一对姊妹石！只不过老周捡的石头略大稍扁一点，我捡的则更像人的样子而已。

我双手托着泰山石，凝眸注视，绿黑色的肌体浑圆中泛涟着岁月剥蚀的印痕，凝重的色泽深沉得一直渗透到我的心底……两条感悟的丝绦搅绕在一起，我神智迷离，迷蒙的时空我失落了自己。

……我是石头？

石头是我……？

难道十七亿年前，我们就在泰山脚下击掌定下了这个千古盟约？

岸
边

大门外的老人

自黄河入海口出发，穿过河北又与天津擦肩而过，一路阴云密布，淫雨霏霏，阴霾始终罩在我们头顶。难道我们此次历程就这么艰险充满变数？苍天对我们就这样吝啬，一路阻隔吗？

车到北京二环时，已经二十点三十分。老许以前都是乘坐公共汽车，这次自己坐专车，却不记得路了。于是，我把车打到路边，商量对策。我们犯了难，既然先前没有预约，晚上突访已经不礼貌，何况再打电话问路？老许手在两个空空的裤兜子里不自觉地寻找着什么。我一见知道他心里没有底了，忙递给他一支香烟。他深深地吸了一口，白色的纸烟一下消失了半截。我们此时都不再作声，每个人低头吸着烟，空气显得愈加沉闷，心里不免彷徨起来。

拜访石祥老人是我们一行几个文友蓄谋已久的事情。

石祥，1988 年被授予大校军衔，专业技术三级（军级），国家一级文学创作者，享受政府特殊津贴。《十五的月亮》《望星空》的歌词，全国人民耳熟能详。作为军人作家的他，拥有一串闪亮的头衔，军旅诗人、歌词作家、中国音乐文学学会副主席、中国老年作家协会会长、北京军区政治部文艺创作室原主任。

莱芜的老许，是一位评论家，多次与石祥老人接触，此行也算是沾了熟人的光。

老许还是掏出了电话。大概对方没有听清来电，慢慢询问着。因为我们在马路上，来往的车辆噪音跟老许的声音一起灌入对方耳膜，刺耳的杂音跟含混的口音混杂在一起，那个滋味实在不好受。

那边终于明白了对方通话的目的，大概也弄清了来人。过青石桥，见到一个毛林大酒店，往东二百米再向南不远就是了。

我们一起兴奋起来，不是因为弄清了路线，关键从对方的详细告知中，预料到人家，根本就没有厌烦或没有"明天再说"的拒绝。

这也不怪我们有这样的担心，尽管文学在当前社会里的地位已经无法跟经济这个主旋律同日而语，但是，文学界那些传统老观念还是根深蒂固的。人有时稍一出名，那就有了架子，当然身份也就高了许多。仅从那些作品研讨会发的"辛苦费"的金额，就分个三六九等。当然，有些人也就是看中了人家的名声，才凑局的，所以，一个愿打一个愿挨，实在无法评论。

车未停稳，西大门口一个老人的身影，老远就迎过来。是石老。石祥，中国当代著名诗人，如狂飙席卷整个中国大地的《十五的月亮》的词作者。看到如此谦恭，如此热心的名人，我眼睛一热。往事的心酸，也就不争气地跟着涌上了心头。

记得二十来岁的时候，我对文学的狂热简直无可救药。我握着一卷稿子去当地一家刊物求教，还是一家没有正式刊号，"内部资料，免费交流"的文学期刊。那天正好是大伏天，我骑着自行车，从农村四十华里的乡间土路，一路颠簸，直到中午十一点半的时候，才跨入人家的办公室。

人家编辑老师说了，我们下班了，你下午上班再来吧。我小心翼翼地退出了水磨石的门口。大晌午的我去哪啊？出来得匆忙，我身上一毛钱也没有带。我一屁股蹲到大楼外的台阶上。

下班的人，从我身边穿过，穿连衣裙的年轻姑娘甚至故意绕开。青年的心里就有一种被侮辱的感觉。有什么啊？你们比我们高贵到哪里去啊！叛逆的心里，用恶毒的虚构来报复这不经意的伤害。

酷毒的烈日炙烤着我的身体，尽管汗流如注，但是我的心里冷冷的，充斥着被人冷落抛弃的感觉。自己活脱脱就像一条外来狗，却蹲到别人的家门口，那么无地自容。

我在饥饿、酷热以及困乏中熬过了漫长的中午。下午两点半的时候，我才怯怯地挪步到人家办公室。回答我的是，我要下乡采风，以后再说吧。

我推起"大金鹿"自行车，头也不回地走出大门口。我曾愤愤地想：哪天要是我当了这刊物主编，老子先废了这牛逼的大背头。其实，那个刊物没几个读者，因为体制需要，也就有了那份"内部交流"，因为政府拨给了办公楼才变得体面起来。

石祥的家没有我想象的那样豪华，很普通，普通得叫我无法相信自己的眼睛。事实上，又的确如此。沙发上落座，对面小橱上一个很大的老式相框特别显眼。一张军人的戎装照，英姿照人，芳华正茂。

石老端出了月饼。对了，我们去的那天是八月十六。他说，这也是你们山东老乡送的，你们山东人在北京确实有几个成功的。这话一下拉近了彼此的距离，少了些许拘谨。我不自觉地挺了挺腰杆。

石老是一个一见如故，很健谈的人。我们三个人围在他身边，吃着葡萄，聆听着长者的教诲。

作诗也好，作文也好，不一定非得出名，就像被生活的这样那样的事情憋急了，放个屁，撒泡尿，多舒服……这就是石老的开场白。呵呵呵，我们开心地笑了。石老也大笑起来。

……

离开石老家的时候，已经深夜。他建议今晚就住在他家。我们笑笑摆着手，哪能再给他老人家添麻烦啊。我们开车离开大门已经很远了，停下车调试导航的时候，我下意识地回头，窥见明亮的月光下，一个朦胧的身影依然伫立在大门外，高高举起的手臂还没有落下。

以后的日子里，在北京的一些文学场合，经常见到石老。石老依然精神矍铄，跟那些初出茅庐的诗人、作家，无论是合影还是对话，都没有一点架子，那么和蔼可亲。

我想，就从做人的这一点，就够我们这些晚辈学一辈子的。即使学到一点皮毛，也会受用终生的。

变味的同学会

写下这个题目的时候，我的心里其实就像在光天化日之下便尿了裤子一样，面对大众无地自容，自惭形秽。

话还得从几年前说起，乡镇成立了一个所谓的"企业经理协会"，因为"经理"二字，我也勉强成为该会的一分子。到了五月份，由地方组织各个单位的一二把手、集体、私营企业的法人以及大小老板共计八十余人的队伍，参加国家顶级大学的高级研讨班。当每一个成员交足了学费、住宿费及其他各种费用后，便浩浩荡荡，雄赳赳气昂昂地向祖国首都北京进发。

其实，我们这个队伍很像杂牌军，有政府官员、企业老总，还有暴发的小老板。我们文化水平参差不齐，因为不同的目标走到了一起：官员因为不上班还是公费，乐得出来溜溜；老总文凭太洼，趁机出来镀镀金；暴发户出来更是利用这次难得的机会跟平时很难接触到的地方官员拉关系……所有上述情况，跟当初组织这次学习的初衷恰好背道而驰。

我对一流大学教授的敬业精神非常佩服，正点进入教室，正点下课走出教室，仅这一点就跟其他培训学校有着很大的区别。无论哪位老师，不但在授课上付出极大的耐心，在生理忍耐程度上也非同凡响。

我们是一群什么样的学员？农村初中没有毕业的暴发户；高中没有上完的企业主；官员文凭肯定是真的，只可惜多年的办公室斗地主、下象棋、QQ 聊天早把那几年的大学本领顺着一天两场宴席的茅台、五粮液流到肠胃里，排泄到厕了……听教授讲课那简直是受罪，打盹的像犯了毒瘾，欲死欲活，不能自拔。有的径自趴在了课桌上打起了鼾，口水流得满桌子都是，跟没有暴发当年待宰的生猪一样，口里的垂涎晶亮细长而又滔滔不绝。

课堂纪律屡教屡犯，非但不关机，连振动这个常识都不懂。上面教授讲得口干舌燥，下面学员对着手机嬉笑怒骂暴跳如雷喜笑颜开……大概高校教授没有接触过这种场合，怎么能够接受呢？哪个学生不是老老实实毕恭毕敬的，即使装一下也好啊。老师用麦克风第 N 次警告，不愿意听或者有事情的学员可以出去——其实，是教授吓唬一下那些不自觉的学员的招数。

这下可好了，全班有一半的人争先恐后地脱离课桌往外跑，好像地震来临各自逃命……其他本来还能坚持的学员看这个状况，也不甘落后，拽开课桌一窝蜂似的也拥向了门口。一时间课桌跟木椅碰撞得乒乒乓乓，真的有了地震的征兆。教授一时气愣在讲台上，口张得大大的，好像男高音"啊"字拔着高调，全身的劲全用到脸上，以至于缺氧导致周身哆嗦无法再站立，随时有倒下的可能。

接下来的授课老师好像都长了经验，不管下面怎么乱，绝不犯先前的错误。前车之覆，后车之鉴，教授毕竟是教授，还是全国乃至世界名校的授业者，吃的盐比我们吃的米饭多，走过的桥当然也比我们走的路多得多。每到学员点头瞌睡，电话频接，怨言四起的空当，教授会及时地宣布大家休息十分钟。我们一下活跃起来，去厕所的、打电话的，最多的是吸烟的，一股脑儿全拥到了外面，熙熙攘攘仿佛置身于集市，大有没有王乱了的蜂之势。

熟了，老师也不再用那种不屑的眼光看我们了，因为山东人实在中交，可能跟水土的关系吧，脸皮也比较厚，不几天跟老师混得熟了，课间凑到老师周围七嘴八舌的清一色山东地方话。山东人的热情和诚实感染了每一位老师。老师有时课上讲理论，课下做交流。大家大概也慢慢习惯了课堂的气氛，洋相百出的境况得到了空前改善，以至于感动得讲课老师不时把自己几十年的珍贵心得都往外掏。谁说山东人光知道傻实在，其实也不乏狡黠。能把高校的教授感动的人，能说他不聪明吗？

我们都不讲普通话，就连一同前往的官员也不讲。

山东人有一个毛病，喜欢听一个腔调的地方话，顺耳、踏实，否则，没有人跟你玩，就连上级领导都会骂你，装他娘的大尾巴狼。提干升级也许就不会那么轻松，因为你脱离群众啊。不过山东毕竟是山东，你再大了去也就一个省，这可是北京，是中华人民共和国首都，是全国数一数二的高等学府。

我们班的刘组长就在北京出了名，像春节晚会的小沈阳一炮打红，在毫无征兆、毫无准备的情况下，而且是在全国最高学府。

清晨我们一如既往地排队打饭，排在另一队伍的刘组长出了状况。刘组长把饭碗往窗口一放，谦虚地一笑：师傅，来碗粘煮。对面的师傅掂起汤勺，在大米稀饭盆前一停顿，犹豫了下，又停在西红柿鸡蛋汤盆上，又从豆腐脑盆上抬起汤勺……本来我们来得挺早的，经这一停顿，后面的人多起来，好事的人就开始打听，前面怎么了？怎不见动弹？

这个时候卖饭的师傅可是真有点急了，汗顺着发胖的脸上淌下来，用戴着白套袖的左胳膊擦了下，因为他搞不懂对方的"粘煮"是什么珍馐美味。但是凭做厨师的直觉，这"粘煮"跟汤汤水水肯定有渊源。于是，他做出一个大胆的决定，把整个勺头一下戳到玉米面粥盆里，探出头大声地以近乎百倍的勇气大吼：是这吗？同学！

刘组长被刚才大师傅的汤勺早晃得眼花缭乱，心还纳闷，你举个破勺子胡摆了啥呀？终于见大师傅的勺子找对了对象，这才喘口气决绝地而且破天荒地用整脚的普通话回答：对，师傅，来碗玉米面粥！

两个人的哑剧终于在大众眼前揭开谜底，哈哈哈……前排的人一下爆发了，像崩开大堤的河流一下蔓延到整个餐厅。有的甚至不能自已，把饭碗都扔到地上，汤汁溅到人的裤脚上，对方也是笑得前仰后合的，摆摆手，意思是没有关系。

"师傅，来碗粘煮"成了我们本届学员最开心最逗，放到任何场合都会激起大笑的引信和调侃的佐料。经我们全体学员私下一致推荐，这句"师傅，来碗粘煮"的山东"特色"最终被评为这次第 X 届研修班最滑稽最搞笑的经典。

山东人有酒量是国人公认的，其鼻祖首推武松。大凡读过书的人甚至国际友人也对"武松打虎"的故事耳熟能详。十八碗烧酒将山东英雄推到了风口浪尖，酒精的作用以及英雄的魄力，导致百兽之王作恶多端的吊颈白额大虎最终将命断送，也成就了一代山东硬汉的英雄形象和山东人的豪放、义气、直爽性情的汉子形象。

我们这期学员跟"酒祖"武松比那是小巫见大巫，但毕竟是山东好汉的后人。和其他省份的，诸如四川、云贵那些南方人比较，显然不在一个层次上。往往一开饭，我们这里刚刚启开一箱北京二锅头，那些外省的学员就像看到成箱的手榴弹并且已经打开了保险盖，如对方守敌夹着尾巴逃之夭夭。怕了，怕山东的这些学员又以百倍的热情灌他们酒精。把人往死里灌的狼子野心，还表现得肝胆相照，铁杆哥们的心肠。

我们是中午、晚上每顿必喝，喝得脸红脖子粗，舌头僵硬，赤膊露膀，乌烟瘴气，整个餐厅从开始到结束，都是一片嘈杂的刺耳的僵硬的山东地方话。上空翻滚着烟雾，烟蒂扔得满地都是，把一个好好的文明的学府食堂折腾得如一个国际垃圾站。

食堂管理领导就剩下给这些祖宗磕头了的份了。当初因了这些山东籍的学员盈利额直线上升，引来的兴奋劲头，现在全部被沮丧的潮水湮灭了。

中午酒足饭饱，我们就在课堂上睡觉。好在老师都熟稔了，对于这个经济发达的省份的学员见怪不怪了，睁一只眼闭一只眼。往往是上面老师大讲，下面鼾声"小讲"，偶尔哪个不长记性的学员的呼噜打得山响，忽然一下没有了声息，仿佛断了气一般，好久才忽悠一下上来，惊得讲台上的老师也不由停下来，惊魂未定地用手拍着胸脯。

这个时候，我们邻桌的学员不得不教训教训这个祸根，一手揪着他的头发，叫他仰起头，下颌用书本卷成一个柱子形支撑。那人一打呼噜，头一下垂，柱子倒了，额头就一下磕到桌面上，人一激灵自然就醒了。伴随着哄堂大笑也就大大咧咧地笑笑，不再瞌睡，努力睁着惺忪的眼睛做与瞌睡挣扎状。

晚饭是食堂所有工作人员最怵头的时间段，学员因为完成了一天的课程，剩下的就是喝酒、交友、放松，而这些都得找一个场所，这个场所哪也不比学校食堂更适合。

小暴发户一个人要了一桌子菜，敬候着宴请的官员学员；企业老总有共同回请的，有请官员学员的；而官员学员就得两头跑，既不得罪企业老总，也不能太叫人看出来小瞧了暴发户——真是难为我们这些领导学员了。

山东人讲排场那是没的说，三五个人一大桌子菜，虽然没有燕窝鱼翅海参鲍鱼，但是青菜鸡鸭也得端上来，害得好多学员没有了饭吃。没有关系，我们大方着呢，硬把那些拿着空碗素不相识的外省籍的学员，也不管是男是女，让到贵宾座，红星二锅头伺候。

一杯下肚大家就熟悉了，引得好多陌生的面孔靠拢过来。一场酒下来，结果是人家再也不敢靠近了，因为酒这个玩意不是好对付的，那叫一个受罪，灌得肠胃里跟燃烧的火焰一样。于是就羡慕起山东的学员来，甚至怀疑——他们的肠胃是否因水土原因而变得皮实？大家坚信"酒囊"也不过如此。

最叫人头疼的是晚上十点了都没有散场的迹象，还有人头继续增加的苗头，这些工作人员哪个不想早下班回家休息？再说，加班也不能老加，任谁也受不了。意见就反映到学校培训处，处理意见很快就下来了：严禁山东某地区的学员在餐厅摆宴席，如有违反做开除处理。

好。这下大家都老实了。丢人算是丢到姥姥家了！"武二哥"也救不了你。

A大学的研讨班结束不久，B大学的研讨班又接上。我连着参加了两届，同学是遍地开花。全国各地的党政要员、行政干部、企业老总以及各色的暴发户林林总总不一而足，仅本市就几百人。有的脸面都没有见过，同学聚会开得却是如火如荼，电话那头开口就是：我是你的A大同学。如你稍有迟疑，立马改口：我是你的B大同学……一个月光聚会就得五六次。

有时A大的、B大的撞了车，一天还得喝两场，耽误工作不说，身体也吃不消。但是没有办法，有那么帮人就这么热心这些事情，好像能把中央常委拉进一个来才算满意。

有一段时间我都不敢开手机，最后在两个大学的同学那里，落了个不识时务、不合群、脱离组织等罪名。我不理，最后就有打抱不平的同学径自带车拽着我就走，大有劫匪的劲头。

平时我滴酒不沾，这可好被同学灌得胃溃疡、肠炎，坐在办公室里一

岸边

天往厕所跑多少次都不记得了。这不，我刚从厕所出来裤子都快提不上了，坐到办公桌后面闭眼痛苦着呢，刚聘用的秘书小李敲门进来，手里捏着两封牛皮纸的公函报告：C大、D大研讨班的招生函……拿走！我失声怒吼。

看到女大学生惊诧和委屈的样子，我不忍心地垂下眼皮，恹恹地含着抱歉口气解释——请你拿走，我刚洗了手。

好在，现在好了，我终于脱离苦海。

我的企业刚刚断"链"，别说喝酒，饭也快断顿了。

戒酒令已经实施了，那些胡吃海喝的酒疯子们该收手了。

让生命在文字里飞翔

  大概因了辜负读书的韶光，在我辍学几十年后，每每梦中总是上演读书的情景，思来想去，昔日的美好再现，现实的世态炎凉，今夕对接的落差真的叫人感慨莫名。

  尽管我只上了七年学，连初中都没毕业。恰逢少年气盛不懂珍惜，那个炎热的夏天，正值星期六的上午，我把打开的书本弃如敝屣，然后，扛一把铁锨跨上胜利油田的敞篷汽车，豪气冲天地闯入社会。

  混迹滚滚红尘中，我辛苦辗转地折腾了几十年，到头来心底跌落无限空虚和忧伤的块垒，常常形单影只地静卧在社会的旮旯，舔舐累累伤痕的灵魂。如果那时继续上学……如果那时稍稍冷静……如果那时被母亲逮着狠狠抽一顿扫帚疙瘩（父亲在我八岁时去世），我的人生也许会被改写。然而，命运偏偏没有在紧要关头给我改过自新的机会，太多的"如果"把我挟裹到自怨自艾的深渊。

  如果谁要问我，什么人是这个世界上最忙的人，我可以负责任地告诉你，是个体私营者。起码，在中国是这样。白天忙生产忙销售忙施工忙贷款，忙职管部门多如牛毛的各种手续。晚上，是白天的延续，请客送礼吃饭"休闲"，其实，白天那些工作只是程序上的跑龙套，晚上才是货真价实的压轴戏，每一个业务的成功与否就在晚上一锤定音。

  人生岁月里，二十年，是一段不算长，但也绝不算短的时光，而我却从不记得自己正儿八经过过一个肃静年。按照我们北方的习俗，年三十才是真正的年。这天下午，家家户户都在供奉祖宗，户主毕恭毕敬地守候着八仙桌上面那尊香炉，添烛续香，一直坚守到年初一下午，丝毫怠慢不

123

岸边

得，谓其守祖。

可是，主宰我们企业的那些祖宗伺候不完，已被张挂在北墙上的祖宗，就只有老婆孩子们代劳了！毕竟，家里那些祖宗过完年摘下一卷束之高阁，无伤大雅，而得罪了阳间这些祖宗，来年是要砸锅的。我老婆曾经这样奚落我：下辈子嫁给搬砖筛灰的小工，也不嫁你窝囊的小老板，小工夜里还揽着老婆睡觉，你呢？就一影子——见得到摸不着！唉。我连跟老婆交流的机会都这样少，读书？那就是天方夜谭。

有时，我无端伤感。看来，我这辈子就这熊样了，死后一个半吊子文盲添到家谱上叩见父辈去也。

人的命运从来都不能自己左右的。有时，你想干什么，它就偏偏不给你机会；可当你放弃，甚至不记得还有没有这回事的时候，峰回路转，蓦地跳出来，诈尸似的吓你一跳。女儿四岁时，她母亲非要孩子学琴不行。这个时候，我刚刚拥有了自己的新车，她不会开，去接送孩子的任务非我莫属。

我在学校树荫卜站着、蹲着，瞅着柏油路上的车水马龙，熙熙攘攘的人流，漠不关心地俯视着马路上每天都上演的冷酷铁血和黑色幽默。时间长了，视觉疲劳又叫我又无所事事。等待的煎熬像一条小虫子，在心头爬爬顿顿，叫你心神不宁，欲罢不能。

我从书橱里，抽出一本久违的文学期刊扔到车上，心想，这总比傻傻地站在马路边看"电影"文明多了。我把车停靠在树荫下，双门打开。风，穿堂而过。头枕着孩子的书包，跷着二郎腿，双手捧书……舒服得没法说。平躺着累了，就翻个身侧躺着。没等心烦的时候，孩子已经从校门口蹦蹦跳跳地跑出来了。

我看完了小说看散文，看完了季羡林看余秋雨，再看王小波，看余华……读书，渐渐成为生活中不可或缺的一项内容。

夏天，我躺在树的阴凉里，冬天，我卧在向阳的车厢里。一个月的八个下午，我都是在车上度过的。如黄牛倒嚼，墨香散发清香到广袤无垠的大漠深处，散淡的青灰色地平线与洁白的云翳慢慢相连融为一体。

女儿已经上大学，早已不需要我接送，但是，汽车做了我的"书房"，点点滴滴的空闲成为我正式读书的"上课"习惯，我却再也改不过来。去省城办业务，人家不在，没有关系，史铁生的《我与地坛》在车上呢。旅途中，高速堵塞了，不着急，刘慈欣的《三体》歌者正悠闲地游荡在空阔幽深的宇宙唱着：藏好自己，做好清理——为宇宙布下恐怖的死亡森林哪。

2012年1月8日，当我从济南捧回"中国首届网络文学大奖赛"散文奖奖杯的时候，恍然如梦。

有一本书，我急于想看，苦于不记得放哪里。我翻遍了所有的书橱、办公室甚至档案室，一无所获。我无可奈何又心有不甘地坐到了沙发上，喘着粗气。早上，我开着奥迪，车至花池，灰蒙蒙的黑色桑塔纳车尾一闪而过。哦，那辆车风风雨雨跟了我十几年，两个月前弃置围墙一角，旁边堆放着装饰工地回收的下脚料。如果不是后尾灯有时被阳光照射而反光，简直叫人忆不起，还有这辆车的存在。朝思暮想的那本书静静地候在那儿，时空的跨越感就滋生了他乡遇故知的幽情。

2015年5月24日，是我人生的又一个转折点。

临近知天命之年，银行借贷压倒了企业的最后一根救命稻草，如日中天的事业恰在人生的半山腰折戟沉沙。我被当地流氓也就是人们常说的"黑社会"非法拘禁。短短的两个月，却在我漫漫人生历程上打上永不磨灭的烙印。挟持我的貌似那些英雄好汉，他们背上的刺青有全身的持刀关老爷，有的刺了蛟龙出海，有的刺了毒蛇、苍鹰、大雕……一个夏天，十几人赤膊往院子里一戳，即使见过大世面的人也不免胆寒。

我被他们看守在一间临时的宿舍里。和监狱相比，我所处的环境就差看守没扛枪了。人世间的几十年淬砺，能够支撑起一个理智的心魄，安身立命，我把一切看淡并释怀。

身陷六个床铺、八个活人、总共二十平方米的空间里，我重新阅读自己的灵魂。

一切外部环境在我眼中皆为虚空，自从灵岩寺皈依佛业已十几年，此时此刻我仿佛刚刚体会到虚空的妙处和自在……不经意间在我精神世界里铸就了尘世的另一个书房。

我没有对"黑社会"和当地警方产生太多的怨恨，而是用生命的鲜活体验与思想空灵的顺畅融会。

我在青岛的一套海景房被查封，现住的别墅也被法院保全，好在还没来得及贴封条。我在一个月黑风高之夜溜进书房，把书橱最上层几十部中外名著塞填了一口袋，艰难地驮到背上，再不回头。

一位好心员工以她的名义租下一处危楼，成为我家的暂住之所。经老婆严格审核，把背阴的一间留给我做书房。为此，我白天独自关在书房里忙活半天，夜半醒来脸上竟然挂了两行的清泪。

一个男人活到这份上，我也只有感激家人的宽宏大量。伴着颓壁脱落的石灰屑，像一只东躲西藏的老鼠，我佝偻在被人遗弃的角落，再续前缘。为了缓解长时间的颈椎疲劳，在夜的掩护下，双足重复丈量着小城北岸的长度，我孤独的黑影如海岸放倒的桅杆。

11 月的北京，雾霾沉沉，却出人意料地飞临一场惊喜的白雪。

朝阳区八里庄南里 27 号，大门朝东的小院落里，我结识了长发飘飘，古道热肠的当代青年才俊包倬；四川攀枝花的冯中云、阿坝州的向瑞玲、静子；还有延边朝鲜族的金雪花；嗜酒当饭的蒙古族大哥普·萨那嘎日布。

读书，再次梳理，筑起自觉的高度，独辟一个深沉的选择。

从前圈里的好友寻找我，打听我，请我吃饭请我喝茶，我一概谢绝。拿别人的怜悯抚慰自己的伤痛，不是我的性格。其实，他们大可不必，既然命运叫我苍白转身，我也会叫它燃烧到极致。

陀思妥耶夫斯基曾感慨道："我唯一的担心，我怕自己配不上我承受的苦难。"而我所担心的是，日益昏花的眼睛能否允许我读完要读的书。我怕读书时念错一个字，我怕文稿中出现一处纰漏，我对文字的敬畏甚至到了连自己都无法解释的地步。

我不在乎曾经失去什么；我只在意现在做什么。这样一直去逾越，去践行，余生再无遗憾。

如果命好，兴许会写出一本让读书人也看上两眼的书。

第三辑

天使告白

碌 碡

碌碡做夯只是配角。其实，它的主角是打场。跟土接吻只算是小年轻偶尔的出轨；与厚厚的麦穗倾轧才是大婚正统的交配。

碌碡一头大一头稍小，圆咕隆咚像只加长的水桶。但是，它是青石的。周身有着竖的凸鼓的半圆的棱，伴随着一条立着的沟槽，槽底还有被錾子冲出的一道道均匀的斜线。锋利的錾子被手锤敲打，每一次锤头与錾背的飞吻，激烈而短暂，短暂得叫眼睛无法分清是吻了还是没有吻，但是，空气里的确发出了叮叮当当的脆音。

随着这叮叮当当的单调而清脆金属的呼唤，那雪亮的錾尖，深沉而又有节奏地一点点在青石上向前移动，不急也不缓，不深也不浅，坚硬而质脆的青石似大地被犁铧耕耘的一条沟，而沟子的两边毕毕剥剥又爆出麦穗似的图案。鬼使神差，整个碌碡被匠人文了身，一穗穗麦穗的图案，烙在心坎永不磨灭，哪怕是粉身碎骨，石破天惊，捡起一角碎石，也无法磨灭那一星半点的深嵌到骨子里的印记。

六月的伏天，日头是燃透的白炭块，把金黄的麦秸以及夹心稍显绿丝的麦穗们烤炙得如刚出錾子的玉米面煎饼，焦黄轻脆。白花花的天空下，厚厚的麦棵子被木叉已经翻拾了三遍，从秸到穗子无不散发着太阳的馨香，香气刺激得人的鼻孔直打喷嚏。

小毛驴跟碌碡是这个季节最好的搭档。尽管高头大马威武雄健，健步如飞；尽管老牛脾气绵软，吃苦耐劳……然而，此时都无法代替身体矫健的毛驴。它用翻卷着的青皮厚唇嚼着草料，一直把整整齐齐的青草嚼出了木槽，为的是偷嘴下面的料豆或高粱粒子。主人难得地放纵了它，不骂也不打，反而，用瓢子再加一把料。这披着黑衣、露着白肚皮的精灵，却仰起头啊啊啊地向天号起了。

它仿佛对于主人的恩惠并不领情。领不领情是一回事，干活是另一回事。毛驴终于上了套，四只墨玉似的蹄子干净而嘹亮。碌碡一年以来终于不再戳着了，欣欣然地躺倒。两头中心的耳朵眼里恰似医生的听诊器被榆木叉子挂上，两面的绳套一下绷直。随着毛驴的开工，碌碡吱呕吱呕欢快唱着久违的情歌！

碌碡结实的身体刚压在情人的身上，她们是那么的绵软无力，简直是弱不禁风。一圈下来，竟然消瘦了一圈，暄暄腾腾的一大层变成了一张张豆饼！第二场的时候，碌碡感觉到了麦垛这个情人的身子开始迎合了，她身心结实了，开发开去，毛茸茸的外表有了光泽。这当然是碌碡的功劳，倾轧与狂吻，什么心思的情人有化不开的情怀呢？碌碡，寂寞了三百六十五天的身体，在这短暂的十几天里，恣意挥霍，遍地流情。

碌碡真的是一个风流的皇上，尽管这个皇上一年就当那么几天，更多的日子是寂寞的苦丁，但是，当一天也是皇上啊。千千万万的妃子美女拥入身下一蹴而就，毫无怜香惜玉之心，身下的情人却发出痴痴的没有怨言的窃笑。知足了，身下都是倏然降生的数不清的孩子。有了孩子，做母亲的还有什么怨言？那是她们的一切，而给予她们这一切的就是雄壮豪迈公牛似的碌碡！

璀璨的麦粒盖起场地的时候，麦子已经香销魂散，一缕幽魂在拥挤的场院里兜了一圈，嗖地掼到长空，落到已收割的空旷的麦田里，蛰居在麦秸的枯萎的根系里，做着来年此时悠远而神怡的梦。麦秸被碌碡砸轧得柔韧金黄抑或洁白，纷纷扬扬地被木叉挑到场外，不久被聚到一起，垒成一个大草垛。

上面用黄泥抹压成顶子，做了每天灶中火的精灵，情人如水的柔情，归根结底被火焚燃，燃烧了自己，也传递了挚情！水与火改写了历史的渊源。

一个热火朝天的激情热恋消失在短短的几个晌午，不久就被人遗弃在场院角落，无人问津，仿佛自己从来没存在似的。立着耳朵听着小毛驴刚刚挂了崭新的铁掌，发出嗒嗒轻盈的驴蹄渐远的声音，拉的小木地排子车上堆积着高高的冬瓜和绿黄相间的南瓜，那是去遥远的城市有偿的旅游。

毛驴头也不回，似乎忘记了它相濡以沫，形影不离的搭档，一心一意去做城市猎人了。碌碡心头飘飘的，重复着去年前年的失落，仿佛发了高烧，沉重的身子悠悠荡荡，如埋起自己半拉身子随风纷扬的麦草。当大地褪去最后一丝色彩的时候，主人这个时候才想起了碌碡，这可有可无的家什。

真是不公平啊，用我的时候急不可耐，不用的时候弃如敝屣。嫉恨的怒火燃烧在凉透的窠臼内，赌气不理主人。主人没有计较，随意地哈下腰，赤脚穿着的千层底，稳如泰山，粗糙的大手扣着两边的轴眼，嘿的一声，碌碡忽然失去了重心，不自觉地趴在了那宽厚的肩膀。

碌碡被轻轻暂放到了院子的水井旁，他坚硬的心被主人这轻轻地一放的体贴，感动得把一切怨恨化为乌有，像春天的残雪消隐了。

冬天如期而至，整夜寒风温度的剥蚀，一宿冷月透骨的寒侵，黎明时分，碌碡满身结满了冰凌花，它彻底地睡了。

梦中并不是现实的北风怒吼，冰天雪地。它的心里热拥着的正是情人们的亭亭玉立，麦头羞赧的青春摇曳……在它的热望里，生长，成熟，像一片无际的黄色海浪铺天盖地蜂拥而来……

岸
边

生命的红痕

一

我离开农村的生活，已经三十多年，尽管与生我养我的故土近在咫尺。然而，每年的清明、中秋、春节是终究要回去的。因为在那绿树掩映、黄河水渠盘绕的小村庄，我爷爷遗留下的红瓦土墙篱笆做围的院落里，有把我含辛茹苦养大成人，又用农妇勤劳的双手把我养大成人的母亲。

当然，还有比我大一旬，从小把我扛到肩头长大的小叔。

小叔大名巴连举。因为当初村里放映样板戏《红灯记》里有一个叛徒叫王连举，被乡亲们戏谑为"叛徒"。他一气之下改名为巴玉和。乡亲们不敢再叫小叔叛徒了。因为，人们知道巴玉和、李玉和一字之差，弄不好一句话会惹祸上身的。那个特殊的年代，没有谁有这个胆量冒着上台挨批斗的风险去开什么狗屁玩笑的。

我家当时有五间土瓦房，三间我父母住，中间是小叔，最西头那间空着放一些耕地、耙地种地的农具以及锄头镰张等家什。

我从记事情的时候就骑在小叔的肩上，一手揪着小叔的耳朵，一手抽打着小叔的膀子，嘴里还吆喝着：——驾——驾——驾——！小叔嘴里边发出马的嘶鸣，并迈开长腿跑起来，逗得我前仰后合……有时，在小叔肩头尿急了，把尿径直撒到小叔脖子上，热流把小叔那心爱的印着红太阳的大红坎肩都淋湿了。

我吓得不作声，小叔却大笑着逗我：黄河开口子喽——黄河开口子喽——直到逗得我咯咯笑起来。这就是我的小叔，善良、忠厚，心地比十五夜里的月亮都干净。

生产队里除了种庄稼外，还有一个集体的砖窑，砖窑活络挣工分多，管吃还经常改善生活，但是，一般劳力不能胜任，那一天捽打四五立方红泥，拖三千土坯子可不是闹着玩的，没有力气和真功夫是不行的。自豪的是，小叔就是这个砖窑上的第一批合格工人。

白天趁着母亲不注意，我光着屁股（那个时候老家七岁以下的男孩夏天都是光屁股的，一是省衣服，二是图凉快）撒开脚丫子就往窑厂跑，蹚过村西那条刚好漫过我光屁股的小河，爬上岸边的白萝卜菜地，顺着荒郊野外被来往行人踩出的亮堂堂的土路一直跑，大概一华里的路程就到了。

因为小路两边的野蒿子长得半人高，总以为里面藏着狼，心里怕得很，就愈加跑得快；耳朵里听到自己的脚步声，还总以为后面有人追，就愈加发疯地跑。每次都跑得汗流浃背，上气不接下气。

远远看到我幼小的身影，小叔都会停下紧张的工作，赤着糊满泥浆子的大脚迎上去，一下把我举过头顶，高兴地把我连举起七八下才把我放到地上，还忘不了拽一下我的小鸡鸡。然后，在泥坯旁的阴凉里掏出军绿的水壶，朝我挤巴下眼逗我说：叫亲叔叔，给你喝绿豆汤！

亲叔叔……亲叔叔……我叫个不停，乐得小叔直不起腰来。偶尔，碰上中午改善生活，小叔就留下我，叫我坐在阴凉里看他干活。

小叔可真是厉害，见他两只大脚丫子在泥里踩来踩去，一会工夫就把泥踩得跟发面似的，然后就用插刀裁下一大块泥胎，用力在坚实的场地上摔打，直到那泥条被摔熟有了韧性，这才跟撮馉馉似的把一个个均匀的泥团填到木质的模具里，踹实，用一个弓似的东西一拉，平面像被刀切一样齐。然后，两手搬起来大踏步走到晾晒坯子的场地上，一卡，三个砖坯子齐刷刷地展现在眼前……踩泥、摔泥，挖坯子，人家是两个人完成（找上老婆帮忙），小叔却一个人独自完成，一天三千坯子总也没有被落后一回。

终于挨到中午开饭的时间，小叔打开裤腰带，憋了一上午的尿哗哗地泻了好一会，这才憨笑着去水坑边胡乱洗一下泥手，一手提着自己的水壶

岸
边

家什，一手轻而易举地把我抬到肩上，我们爷俩一通小跑来到北边三间用土坯垒砌的食堂。

我记得有次改善伙食是羊杂碎，大海碗里的羊肚子又辣又香，小叔大嘴嘘溜着漂着油花以及红红的辣椒段的羊汤，大口啃着发面卷子，把那些羊肠、羊肚子都拨给了我。那个年代谁家能吃上肉啊？每天就是白水煮白菜，再不就是白水煮萝卜，大人小孩都一样，至于肉只能是过年才有幸一遇的啊！

我吃得小嘴麻酥酥，肚子胀鼓鼓的时候，小叔把最后一口卷子扔到嘴里，看看空空的大海碗，吧嗒吧嗒嘴说："香吧？再改善，我还给老侄子你留着！"

大概是那年秋天的时候，我家来了一群人，有大队书记，还有生产队队长，再后面还有一个扎着两条苏联辫子的城里女人。她穿着藏蓝的方格子半大衣，穿着绿军裤，后面还拖着一个红红的洋箱子。

我研究着，围着她转了一圈，又一圈。

她却不看我，把头扭到一边。

我正奇怪呢，大队书记过来拽了我的小鸡鸡，大大咧咧地笑着说：还穿开裆裤，大了谁家的闺女跟你？

你管?! 我抬腿照着大队书记小腿肚子踢了一脚，拖着挖土的铲子"种"瓜去了。

那个"苏联辫子"原来是"知青"，因为大队部的空房都住满了，我家有余房，加上我爹是生产队的副队长也算是干部，所以，大队领导决定把这个洋学生安排到我家。"苏联辫子"表面上看着羸弱，干起活来那可没的说。

当人们把我家的农具以及存物全部挪走后，她谢绝了所有村民的好心，把行李放在门口，麻利地脱下藏青的半大衣，小心翼翼地将平对折成一个四方块，然后，掏出小花手绢在红箱子上面展平放上去，把白衬衣下摆往裤腰里一掖，两个袖筒卷到胳膊肘以上，露出白生生的胳膊，她就拿起扫把忙活起来。

一会工夫又来了两个装束差不多的女孩，还有一个着绿军装的戴眼镜的男生，他们胸前都戴着叫人眼热的毛主席纪念章。

"苏联辫子"这次没有拒绝，反而高兴地跳起来跟两个女生拥抱在了一起。

四个年轻人尽管装成革命军人一样，不过叽叽喳喳的笑闹声把他们的伪装全部卸掉了……我好奇地探头探脑，被母亲拽回好几次。还是那个"苏联辫子"示意母亲放我过去。

她从口袋里掏出两块软软的高粱饴，递给我，并诙谐地说：小房东，以后我可是你们家的人了，你可要多多照顾啊！

我拍拍自己瘪瘪的胸脯，学着批斗会学来的架势保证：我向毛主席保证——保证——保证——我实在不知道下一句怎么说了，结巴起来。

呵呵呵……大家被我颠颠的怪样逗得满地爬，不能自已了。三个女生抱在一起笑得风摆杨柳，瑟瑟发抖夹带着放肆地大笑。胸口上的纪念章被门口射过的阳光晃着通红的高粱红的色泽，耀眼而神奇。

一上午的工夫，我家以前的破土屋，竟然在四个年轻学生的鼓捣之下，完全变了模样。灰黄的墙壁被石灰粉刷得白白的，地面扫得一尘不染，被烟熏火燎的焦黑的秫秸屋顶用旧报纸糊上了，靠西山墙是一张小木床，上面的花格子床单以及方方正正的军绿铺盖。窗台，放了小镜子、牙缸牙刷，还有一个玻璃瓶子装满了清水，里面插了一朵金黄的不知道什么名字的野花……看得母亲啧啧称奇。

母亲嘱咐"苏联辫子"缺什么东西尽管去我家拿，别不好意思。

谢谢大婶！如果需要我一定去。"苏联辫子"脸笑得跟窗台瓶中的花一样，芬芳而美丽。

与母亲的谈话中，才知道"苏联辫子"叫燕子，家是江苏南京的，是石油学院的大学生。

岸
边

二

那个年代，农村、工厂都有一个共同的特点，白天高音喇叭吱吱啦啦不停地叫唤，晚上，所有的人都得到礼堂、大队部开会。

有表扬会、批判会、毛泽东文艺宣传队演出。频率最多的是批判会，最受欢迎的是文艺演出会。批判会上，"四类"分子、地主富农们都得戴上白纸糊的大高帽，被肩上挎着步枪的民兵押上台，再挂上表明各自身份的硬纸壳大牌子，众目睽睽之下，站成一行，在炽白的高高悬挂的几盏煤油汽灯下，向台下黑压压的庄乡老少爷们哈腰、低头。

民兵连长二愣子高举着拳头，振臂高呼：毛主席万岁！伟大的"文化大革命"运动万岁。打倒地主富农，铲除"四类"破坏分子……随着山呼海啸般地呼应后，人们开始兴奋了，因为马上就是文艺节目了。

我们村跟别村相反，人家是先演出文艺节目吸引人，然后再开批判会；我们村借鉴了别村的教训，先开批判大会，再演节目，否则，人早跑光了。这是民兵连长二愣子出的点子，农民为了看节目还真的忍着、等着。

锣鼓一响，男男女女四个人踩着鼓点就飞奔出来了，老规矩——开场白还是三句半。三个女孩子每人一句，单单到了戴眼镜的男生那就半句。场下的人群发出开心的大笑。随着三句半的开始，演出才正式拉开帷幕。

每次演出最惹眼的就是燕子小姨（从第一天给我高粱糖的时候，我就认定这个称谓了），一袭绿军装，大红的毛衣高领在汽灯煞白的光影里，格外鲜艳，把那粉嫩的小脸映上了一层红晕。一条白纱巾被风吹得飘摇着，把一群村里的年轻小伙子眼热得把脖子探得老长，眼睛睁得大大的，一眨也不眨，仿佛看傻了一般。

燕子小姨所在的这个毛泽东文艺宣传队，我都认识，一个脸膛白而微胖戴眼镜的叫张晴，四川人；个子稍高，有点消瘦，黑红脸膛的叫王红，河北人；唯一的大男生，一说话就脸红，戴着高度近视眼镜，高个微微有些驼背的叫作梁斌，天津的。

他们经常聚在一起说快板书、拉着手风琴唱歌，晚上怕燕子小姨一个人回来害怕，就把地点搬到了我们家。这个时候我最兴奋了，因为只有我才能随便出入那微闭着的木门，还被大家哄着、宠着、惯着。我就是从那里吃到了南方的香蕉、荔枝，眼热得同龄人都快把我当"胡汉三"了。

他们像一群快乐的不知忧愁的小鸟，每天飞翔在"广阔天地大有作为"的田间地头，在呼啦啦的红旗下，热情洋溢，慷慨激昂，又是一群一腔热血的激进青年。青春、美丽都从她们飞扬的黑发上，俊俏的眼角上，张扬的臂膀上流溢出来。

小叔自从去窑厂当了工人以后，很少回家。因为砖窑厂有两间宿舍，专门供工人休息。小叔干活时没有帮工的，所以干活就比别人累，累死累活地干一天，一躺到用麦秸铺就的卧铺，浑身像散了架，就再也不想起来了。他也就成了长期住在窑厂为数不多的工人之一。

不过近来我有一个新的发现，发现小叔自从燕子小姨住进我家以后，他放工后晚上经常回来住，第二天，天不亮就又匆匆赶回窑厂。我有时就躺在小叔怀里问他：小叔，你来回跑不累吗？

不累！小叔不假思索地回答我。

是不是你们窑厂的屋不叫住了？我仍然弄不懂。

……小叔一下脸红了，沉默了好一会，也没有说话，无缘无故地用右手的指甲抠着左手的指甲，样子很叫我弄不懂。

于是，每天傍晚我都去接小叔。我站在对岸，隔着小河尽力远望，在散工后稀稀拉拉的人群中寻找小叔的身影。

西天，一片火烧云锦，通红通红的大片云彩低低的，好像一不小心就落下来。夕阳，此时收敛了白天的暴躁，像个小姑娘害羞着脸，红艳艳的，慢慢地往下沉……人们挽着裤腿提着鞋过河。镜子面似的水面被一下打破，映入水中的彩霞搅乱了，一块块云锦似万朵盛开的桃花，纷纷四散碎破了。

劳累了一天的人们噗噗噜噜地撩着清清的河水洗着臂膀，洗着头，嬉闹的喧嚣把岸边电话线上排着的三行整整齐齐的燕子一下子惊飞了……西天的火烧云锦，空中纷飞的紫色燕子，小河中嬉闹的强壮的汉子以及岸边绿森森的正在成长的蔬菜，绘成一幅美妙绝伦的"傍晚戏河图"。

这个时候，我会惊喜地看到小叔在小河中扬起的黑黝黝的手臂，手里攥着一条活蹦乱跳的鲤鱼，那银白的鳞片在夕阳的余光里闪闪发亮。

一天早上，我刚睁开眼睛，母亲就催我穿衣服，并神秘地告诉我："快起来，咱看看今天表彰大会上都有谁。"母亲把我连拖带拽地赶到大队部会场的时候，已是人山人海。主席台上摆了一溜铺了红布的学生用的课桌，后面坐了好多人，中间有好些大官，据说公社党委书记都来了！

高音喇叭里的女生播音字正腔圆，正在念着被表彰的优秀青年的名字……最后一个名字我听得清清楚楚"巴玉和"！我高兴得直跳，母亲也高兴得脸涨得通红，一下把我抱起来，叫我也看看小叔的光荣形象。只见，主席台上站了十几个人，胸前戴着红绸子的大红花，一人手里握着卷成卷的奖状，正依次往下走。

小叔！小叔！我激动得都变了嗓音，惹得前面的观众都扭回头来看我。可是，小叔离得太远了，根本没有听到我的呼唤，低着头，一步一步相跟着前面的人走下主席台。

也许，就是那个时候，燕子小姨现场播音的时候认识小叔的。

从此，燕子小姨也许跟大家已经熟悉的缘故吧，变得在大众场合爱说爱笑了，跟农民在一起丝毫也没有嫌弃和生分的感觉，多了一些家人的亲近与和谐。不知道是小叔先找的燕子小姨，还是燕子小姨先找的小叔，反正他们两个很快熟悉起来。

天不亮小叔就去挑水，先把我家的大水瓮打满水，末了，把最后一担水放到燕子小姨紧闭的门外，把扁担小心地竖到墙上，这才匆匆忙忙地往砖窑厂赶。

黄昏，燕子小姨也有事没事地拖着我当掩护，去小叔屋里站站，次数多了，就帮小叔打扫卫生，吓得小叔把臭袜子、内裤到处掖藏，生怕出丑。

有一天，燕子小姨端着脸盆把小叔的臭袜子、内裤都搜出来了，羞得小叔脸红得跟猪肝似的。燕子小姨"扑哧"笑出了声，端着洗衣盆，忍着笑、弯着腰从小叔脸前跳过去……每次演出回来，燕子小姨都给我带来很多我见都没有见过的好吃的，还给我买了一条背带裤，从此我告别了穿开裆裤的历史。

燕子小姨空闲了就把我抱到她的小木床上，拿出钢笔在纸上写上123456一些数字教我算术，还教我写字。半个月下来，我竟从1数到300，认识五十多个字，燕子小姨向大人坦诚地说：这孩子将来一定能考上大学！我家祖祖辈辈都是文盲，这下把我父母高兴得差点就给燕子小姨磕头了。

在感情上，我全家已经把燕子小姨当作家庭的一员了。当然，我从此也自然担当起小叔跟燕子小姨的秘密交通员了。我每天蹚河给小叔送口信，报告燕子小姨今天去哪演出；再去燕子小姨那报告小叔什么时候有闲空……虽然累了一点，可我很愿意做这个"工作"。因为，两头都有犒劳，最主要的是一边是我最亲爱的小叔，一边又是我最喜欢、最疼我的燕子小姨，所以，我尽职尽忠从不误事，坚决做个"江姐"，打死也不做"王连举"！

小叔每天回村，竟然没有引起任何人的怀疑，这跟我这个称职的交通员的贡献是分不开的。

三

燕子小姨圆圆的肩头依偎在小叔那宽厚健壮的肩膀上，昂着头，透过高粱叶子和红红的高粱穗子凝视着高高的蓝天。

朵朵白云正缓缓地在洁净的天空上悠悠划过，像过往仙女的白裙……她看得出神了，看着看着眼泪就流下来了。

小叔惶恐得不行，大手笨拙地给燕子小姨擦泪痕。燕子小姨不说话也不阻止，眼睛里含着笑，静静地、静静地看着小叔的眼睛，任由眼泪放流，享受着小叔片刻的关怀和淳朴的情愫！

近秋的中午太阳很毒，高粱叶子被蒸烤得耷拉着，枯干中带着血红，因为可以喂牲口，已经被人劈了好几次了，愈加显得疏疏落落的。高粱穗子被细细的葶秆举得高高的，仿佛用胳膊擎着的一支支火把，被太阳烤着燃烧起来，闪着晶莹的宝石似的红光，如矿石的结晶，异常鲜艳。

刺眼的日头下，它似一片燃烧的火焰！汗流似一条条蚯蚓顺着小叔浓密黢黑的头发淌下来，流到脸颊上，脖子上，然后白衬衣也浸湿了。燕子小姨歪着头看着小叔，看得小叔不好意思起来。她顽皮地笑了，洁白的牙齿闪着光泽，稍加急促的呼吸喷到小叔的脸上，粉红的嘴唇呼出一股女孩特有的清新气息刺激得小叔打了一个战栗。她顺势一下躺到小叔的怀里，小叔有力的胳膊一下把那娇小的身躯箍在自己的胸膛上……正值豆蔻年华的青年男女此时忘记了高粱地，忘记了炽毒的日头，忘记了一切，两颗激烈跳动的年轻的心贴近了。血液沸腾了，世界已不复存在……从高粱地出

岸边

来时，小叔像做错了事的孩子，红着脸低垂着头，只是嘴角洋溢着幸福的笑意。

燕子小姨脸上神采奕奕，红晕还没有从粉嘟嘟的脸庞上褪去，扬起两只手臂，用灵巧的十指梳拢着乱发，然后用一条白丝绢往后一扎，拽拽上衣下摆，然后跳过去捧起小叔的头，踮起脚尖在他脸上迅速亲了一下，扭头拽着我径直向大道上跑去，抛下一路银铃般的笑声……小叔一愣，迅即也快步向窑厂的方向奔去，也许这个时候大家都已经睡完晌午觉开始干活了。

小叔跟燕子小姨的事情终于被我母亲发现了。

这都怪燕子小姨太大意，她每天晚上都给小叔洗衣服然后晾在天井的牵条（用来晾晒衣服的扯直的铁丝）上，一来二往的就引起了母亲的怀疑。

有一天，我父亲把小叔叫到屋里，大家围着掌着煤油灯的小饭桌子坐下。父亲把烟斗在烟荷包里抠索了好久才装满烟丝，划着火柴。火光闪耀的瞬间，照到父亲那严肃的表情，我心里不由一沉。

因为爷爷奶奶死得早，那时小叔才三岁，是他大哥一泡屎一泡尿亲手带大的，兄弟两个是在苦水里扑腾活命的，感情当然是一般兄弟无法相提并论的。小叔在大哥面前是诚实的，把跟燕子小姨的事情一五一十地倒出来了，当然，高粱地的事情还是打了埋伏。

父亲听完半晌无语，猛抽着烟斗，一股一股地喷出浓浓的烟雾，黄烟丝浓郁的烟草香味漂浮在人们的头顶。小叔说完仿佛卸下一身的重担，轻松了许多；倒是父母默默无语，一脸的愁容！

这个，这个……父亲终于开口，显得有点口吃起来，这个事情趁早收起！没有结果的……母亲无语，小叔也垂下头去。明摆着的事情，一个是土生土长、靠天吃饭、命中注定跟土坷垃打一辈子光景，顶一头高粱花子的农民；一个是无限风光、祖国栋梁、将来是去大城市蹲办公室、坐小卧车的公家人；一个是天之骄子；一个是生不逢时……就像《红灯记》中的台词：是跑在两股铁轨上的火车，不是一路人。

父亲的火暴脾气，是众所周知的。然而，今天在小叔跟燕子小姨这件事情上没有发作，反而，显得非常和善和犹豫。也许，因为没有供小叔上学而感到有愧吧？不过那个时候全村又有几个农民子弟上得起学呢？一直到半夜，我在被窝里朦朦胧胧听到父亲规劝说：趁早散了……要传出去，恐怕今辈子也没有谁家的闺女跟！……祸害了人家也害了自己……自始至终没有再听到小叔吭声。

只有母亲的唉声叹气和父亲吧嗒吧嗒抽烟斗的唏嘘声。

自从那晚父亲给小叔"开过会"后，小叔一直沉浸在痛苦与彷徨之中。他心里明白大哥大嫂的用心良苦，也知道目前的处境，觉得说得都对——却怎么也放不下温柔美丽，活泼可爱的燕子小姨和人生第一次纯洁珍贵的初恋感情。

他用劳累填补着空虚，用逃避掩埋着感情的折磨。

小叔有好久没有回家了。燕子小姨在我这里得不到确切的消息后，有一天径自跑到窑厂去，看到心上人正发疯地蹂躏着自己，折磨着自己……头发因为懒得梳理而蓬乱，眼睛因为失眠而红肿，脸色因为内心的巨大痛苦煎熬而苍白。

燕子小姨不顾一切地一下扑到惊愕的小叔怀里，心疼伤心地哭起来。土场劳动的人们一时不知所措，淳朴善良的乡亲们当明白是怎么一回事情的时候，都自发地放下手中的活，默默离开了场地，给他们留出倾诉的空间。

事情传到父母的耳朵了，急得父亲直跺脚，怕出事就出事，这可难坏了这个做大哥的了。

燕子小姨拽着跌跌撞撞的小叔，走到父亲面前。父亲听完燕子小姨的一番表白，嘴张得老大，半天也合不上。最后，他表示不再干预，但是，临走时还是看着这两个年轻人无言地摇了摇头，叹口气无可奈何地转身去了。

雨过天晴，喜悦又重新爬到小叔的脸上，身上仿佛有用不完的力气。燕子小姨更是喜上眉梢，每天又跳又唱。宣传队的人也都知道了，都来祝贺和调笑，叽叽喳喳仿佛百鸟朝凤似的……正当人们沉浸在喜悦的气氛里，灾祸此时却正虎视眈眈地一步步逼近。

燕子小姨是晚上演出赶场的途中出事的。邻村迎接宣传队的马车惊了，大红马像发了疯似的怎么勒缰绳都无济于事，在一望无际的黑夜里狂

141

岸边

奔，颠簸中小马灯也被摔到车下破碎丢失了。"——吁——吁——吁——!"空旷的黑暗里远远地传来车把式声嘶力竭的干号。

四个学生吓得搂在一起哭起来，锣鼓叮叮当当被摔下车去，马儿被这响声吓得愈加发疯地往前狂奔。一条壕沟挡在面前，这时车辁辘一下悬空，人一下子全部翻下马车，眼看着马车就要从空中砸到燕子小姨和另一个女生身上！一霎时，燕子小姨下意识地用双脚尽力地把朝夕相处的同学踹出了危险的边缘。

"轰隆"一声巨响，她那颀长秀美的身子却再也没有从马车下爬出来……

燕子小姨的父母收到电报风尘仆仆地赶来。赶来看女儿最后一眼！可怜的父母怎么也无法接受眼前这个严酷的现实，在县革命委员会主任、公社党委书记有关领导的陪同下，与革命烈士、自己唯一的挚爱的女儿做最后的告别。

燕子小姨的父亲瘦高的身体一下崩溃了，眼泪模糊了高度的近视眼镜，整个身体被人搂抱着，否则，老人会一下摔倒的。燕子小姨的几个同学嗓子已经嘶哑，却极力架着快虚脱了的燕子小姨的妈妈……大地齐哀！一千多认识的或者不认识的人们，自觉地、心情无比哀痛地送曾经给他们带来快乐和精神食粮的燕子小姨最后一程。

小叔一直跪在燕子小姨父母面前，哀求把她埋在那片红高粱地，愿意一辈子都守候着她。父母的伟大不仅在于赋予儿女以生命和抚养成人，更伟大之处就是能够理解儿女、给予儿女，甘愿放弃一切自私的爱恋和所有！悲痛万分的父母泪眼相望了好久，终于艰难而庄重地点了头。

那一片土地上，每年秋天都长满了红高粱，齐刷刷，红彤彤。燕子小姨墓碑上鲜艳的红字像一颗火苗，一下将庄稼点燃，蓝天下一片鲜红的火焰燃烧着搅动着，把秋天一片片引燃！

四

多少年过去了，世事变迁，沧海桑田，上一辈人大都已经走完历史的路程，脚步声回响在记忆中遥远的时光隧道。

小叔已经六十有五了，身体硬朗，常年扑在庄稼地里，一把白胡子飘散在前胸。正应验了父亲四十年前的话：恐怕今辈子也没有谁家的闺女跟。小叔直到现在也没有成家。不过，不是父亲说的"没有人跟"，是小叔再三拒绝好多慕名而来的"闺女"。宣传队里曾经的燕子小姨的三个同学，每年清明这天，不远千里从四面八方赶来，跟小叔一起到燕子小姨现在跟小山似的墓前哀悼。那个被救的张晴，现在已经是一个油田采油厂的工会主席。每一次在高粱地的相聚，都惹得将要进入古稀之年的小叔失魂落魄，跌坐在庄稼地里，任凭深夜的露水浸打，凝望着漫天星斗默默无语。

小叔坚持独身违背了父亲以及我母亲的意愿，任他们怎么开导和大骂都无动于衷，直到父亲去世，父亲都没有合眼，一半是因为我们母子，一半是为了他那没有成家的兄弟。

大逆不道的小叔，执着得简直不可理喻。集体的时候，哪一任队长也拗不过他，每年必须在燕子小姨墓地的那块土地上种高粱。直到1985年分田到户的时候，小叔找到村委提了一个要求，自己哪也不要，就要埋着燕子小姨的那块薄地。

于是，从1970年起，那块土地上秋天就没有见过其他农作物，除了高粱还是高粱，那片红红的高粱穗子像永不熄灭的野火，熊熊燃烧在蓝天下。

近几年我回家时，母亲说小叔又疯魔了，在那片高粱地里盖起了两间小土屋，直接不回村住了。前年秋天我回了一次故乡，给去世的母亲上三年坟，顺便看望了小叔。

从村里向西走过当年我光屁股蹚过千百次的小河上面的石桥，走上曾经被烧窑人踩出的羊肠小道的柏油路，不远处路南边就是一大片茂密的农田。田间一座孤零零的小土屋，红红的瓦片在青枝绿叶中格外显眼，那就是小叔的家。

小叔对我的到来十分高兴，烧水沏茶。我跟小叔坐在八仙椅上，喝着茶慢慢说着话。我环顾了一下小屋，跟小叔坐的地方占了外间的一半，另一半是做饭的锅台，里间屋是小叔睡觉的地方。我走进去参观了一下，一盘小土炕，上面铺着苇席，上面的床单好旧，似曾相识。我仔细地辨认，哦，记忆如一道闪电一下惊醒了我，这不就是几十年前燕子小姨那床漂亮的床单吗？我惊异的眼光询问小叔的时候，他却无意地扭过头去了。

小叔用力拍着我的肩膀感叹着：好小子！你小姨说得没错，你真出息了——都成作家了！一提到小姨，小叔的眼圈不自觉地红了。我提着带来的祭品和烧纸，跟小叔慢慢地向庄稼地深处走去。

燕子小姨的坟墓巍峨高大，上面长满了细细的绿草，四周是挺拔的高粱，通红的高粱穗子像无数的花瓣把它绣成巨大的花心。墓旁，一棵大柳树十几米高，粗壮的枝干像伞似的张开形成一个巨大的阴凉。

高大的青石墓碑。

墓碑？我朦朦胧胧记得墓碑没有这么大，碑文好像是"革命烈士赵春燕之墓"，下款是"山东省渤海县革命委员会"……眼前的高大青石墓碑碑文却是：妻子赵春燕；立碑人：丈夫巴玉和！我回过头去疑惑地看着小叔。

小叔气喘吁吁地坐在阴凉的石桌旁，示意叫我坐下。我看到这个石桌光溜溜的，是长时间频繁使用所致，四周被踩得一棵草也没有，跟天井似的，我愈加困惑了。

那一年，县烈士陵园建好了要起燕子的坟，我说什么也不同意，最后上面拿着官文限期三天起坟，不然要把小叔架到局子里去。娘的，燕子是我的，燕子的父母都应承了。我一天一夜没有合眼啊，你知道，我离不开燕子，燕子也离不开我啊……第二天夜里，我一个人就把燕子起出来了，用新毯子裹了，埋在了现在我住着的房下那块地下……我把坟又恢复了原样，上面撒了许多的干土……小叔说到这里，竟然显得兴奋起来，脸上也泛起了红潮，真像第一次跟燕子小姨见面的情景。他继续说：第三天来了一群人，打开坟墓就傻眼了。不过，他们没有证据也没有线索，无奈就把那个墓碑抬到车上，连同装了一口袋的土。十几年过去了，人们早忘记这个事了！我才给燕子重新做了新衣服，打了红木的好棺椁把她装殓，重新下葬。我也搬家到这里陪着她……我怕她一个人孤单害怕啊……小叔眼睛里起了晶莹的液体，泪不自觉地流下来，他忽然抓紧我的手，很激动的样子，坚决地说：燕子就是你的婶子，我死后你一定把我们葬在一起，也算小叔和你燕子小姨没有白疼你一场了……我用力点了点头。

　　告别小叔，我下意识地落下车玻璃，最后留恋地凝视着那屋、那人、那坟，还有那延延绵绵永不断绝的红毯似的高粱穗子，它似一片熊熊的火焰把大地和大地上的一切燃烧，最后变成一片不灭的永远的高粱红。

岸
边

生死瞬间

　　我是一条褪去鳞甲赤裸裸没有任何遮掩、没有任何防护的蛇。尽管我从懂事就怕蛇，但是，此时，我就是蛇。我以为我就是。我逶迤而行如荆棘的人海，每每扎得我遍体鳞伤、血肉模糊。我躲，我藏，我看到地缝我慌不择路钻进去。我看到潮湿肮脏的阴沟，我也会毫不犹豫地蒙羞委身屈从。

　　我被光明里的那些光明的人伤害，被他们追逐、恫吓、赶尽杀绝……我也会反击，我那寄存在颌下的毒液也会激涌而出，为那些挑战我极限的人奉献供品。我也有报复后的快感，甚至幸灾乐祸，有一种同归于尽的悲壮悲情。然而，这种报复得来的快感毕竟少之又少。反而，被来自四面八方防不胜防明的刀暗的箭，伤得一塌糊涂……尽管如此，我却无从送命。

　　因为老天还没有把我捉弄尽兴，怎就叫我这个被拼杀的对象轻易退出竞技场呢？光影里，我对每一个挫折报以不经意的微笑，对每一个关乎自己命运的贵人近乎于献身的谄媚，对影响自己命运的每一个动态都战战兢兢，殚精竭虑，极尽周转之能事。众前把最后的底线极尽展示和豪迈释放……日光下，我是一条祛凶避难，战战兢兢，逶迤前行的蛇。

　　我是一匹不知疲倦，行在无际沙漠的孤独的骆驼……遭遇恶吏，我的自信与尊严湮灭在卑微菲薄的淫海；面对权贵，我的良知和本性萎缩到阴暗的裤裆……累。真累！好像从来到人世第一声啼哭时，就预料到我来到这个世界上的结局。我为我哭，我为我流泪。

　　身体往下沉，沉一个波段，就一顿。下沉，仿佛是飞快的刀片剥着皮，尽管血淋淋，但是因为快，速度麻木了痛；这一顿，则如用钝的刀，在流血的深处来回锯拉。时间仿佛一时停止，痛就静止在一个阶段、一个频率、一个冻结的世纪。疼痛使你忘记了一切，抑或说是，疼痛使你无法顾及了一切，时间、地点、亲人、仇人，活着还是已经死去。

一切的一切都无从顾及，因为，此时疼痛包围了一切，统治了一切，甚至蔓延到整个宇宙的空间。心里告诫自己，不要醒来。尽管此时生不如死。白天灵与肉被现实挤压，如烤红的铁锭，四处冒着火苗，烤焦的锈蚀与碎屑一片片剥落，被巨大的空气锤由上而下那么轻轻一吻，碾压成薄片。从一个长圆体，瞬间蜕变成一个平视图片。桎梏了头脑，失去了心肝，剥夺了承载这些作为人所具备的空间。生？还是死？——这的确是一个问题。

一个每天盘桓在心头，纷扰在脑海的挥之不去的顽疾。这个时候，死，是一种超脱。尽管心底明白这并不是实际意义上的死——肉体与灵魂从此就此消失。明天无论如何，你依然看到日出以及日落。但是，此时，心里真的想：死就死吧。死，是此时最适合的选择。起码远离这两种恐怖：没有这种下沉时段的刀削肉皮的血淋淋的惊悚；没有一顿时的那种钝刃在模糊血肉间来回锯拉的揪心的疼痛。

白天的从容、面子、威仪、坚强，此时一一缴械，人的懦弱，人的本性完全暴露在漫无尽头的黑暗里。从辉煌喧嚣的舞台闭幕，剥去演出时华丽的行头，撤去脸上光鲜板结的油彩，把自己剥光，像光光的萝卜躺在自行腌制的夜的酱菜缸里，慢慢浸泡，直到无息的盐水漫过自己的手、脚、胸，最后漫过鼻尖，一切无声无影，消散在无尽的漫漫浸泡中。

漫长的消散中，一个实体终于沉了下去。一个飘摇的不定的灵魂浮上来。一个俘虏，一个任冥冥中的压力和心灵良知的复活鞭笞，折磨，生不如死。身子挺挺的，双臂贴近大腿，双脚合拢，脖子僵硬得无法动弹，心里多想动一下，扭一下脖子，蹬一下脚，即使手指一弯的一个小小动作，也许人就醒来，脱离梦魇的碾压和威胁。然而不行，就像一截木头，严格意义上来说，应该是一具僵尸。一具没有装殓就木的新鲜尸体。

先前很小的时候，看过死人。两条凳子上是秫秸扎的冷床，被褥上面是穿着花花绿绿的女死人，青衣小帽的是男死人。肚子上都压了一小碟，小碟里一撮白盐，名为盐山。那死人个个都像此时的你，挺挺的，直直的，没有反应，没有活动……不同的是，你浑身赤条条的，也许刚跟另一半"合槽"了，宣泄了，所以，赤条条。再有不同处就是，你那不太庄重的肚子上没有压盐山。相似之处就是，即使这样，你也动不得分毫。这个时候，万籁俱寂，喧嚣的光明一下隐匿，冷冷的空气，静静的四周透出无尽的恐怖。

四周是无影的利刃，枪尖，无声地无息地凌乱地扎你、戳你、挑你、剥你，身体上没有血迹，似乎被那些无形的利刃吸吮，舔舐。心里的恐怖随着时间的流逝，绷紧的神经慢慢无法抵制巨大的劳役，松弛了。人强烈的求生本性，如一缕晨光里的油灯微焰，慢慢熄灭在丝丝缕缕断断续续的上升，没有后续的雾霭里……

漫长得似乎是一个冰世纪。一缕乳香，纯净的乳香。只有婴儿身上才有的那种叫刽子手都心软的馨香袭来。那是小天使的手吗？温温的，滑滑的，轻轻的，似洁白的柔软的药棉轻沾伤口的血污，那似无花果的花，视觉无法体验他的伤口，却因了这温柔的抚慰而在无影的空气与沉默的身体的空间里慢慢结痂、生肉、痊愈，一如无花果，没有见到春花的绽放，却触摸到实实在在的果实。

扑面的呼吸，似花蕾翕动搅动空气而来的风，微微的，润润的，一如掺和了孩童的乳香。我冰冷的心脏如冻土慢慢复苏。我凝固的血液开始流动。我那如灰的意志，似乎有重回到我那做了仿佛一个世纪僵尸的肌体的动向。我要窒息了。温热的嘴巴把我的整个鼻子噙住、吸吮，生命的本能使我摇摆着已经属于我的脑袋……快乐的童声似矗立在白云上端的香格里拉宫檐下垂着的银铃，佛的呼吸使之发出的天籁之音……

拨开阴阳相隔两扇沉重的大门，迎接的是两潭纯洁透明的碧潭，静静的，不起微澜，深澈得却洞穿我的心底。两条激涌而出的支流，是多么想跟近在咫尺的清潭汇合，追随着久远的，久远的似乎无从想起的初源。为此，汹涌澎湃，激情万丈，为的是追寻那个遥远的，遥远的近乎被忘却，淡淡的，淡得已近乎从来就不存在的一个遥远而淡淡的梦！

天使的告白

　　我躺在地窝子里已经睡了一上午加上一个中午，睡得脑袋嗡嗡直响，多日来的劳累转换成软绵绵的跟面条似的浑身乏力。四周如同看不见燃烧着的炭火，烤得我浑身没有一个干燥的地方，狼狈得就像一个刚上完大刑的囚徒。舍友——不，应该叫作"窝"友，因为我们住的实在不能称其为宿舍，充其量叫作窝棚，在家乡连猪住得都比这强。

　　我们在漫天荒草野地里择地势较高的土坡，将草铲平，就地拿起 U 字形状的土坝，把水淋布往上一铺，四角用土埋上压实。在门口再挑一条小沟，"炕"的形状就显现出来了，把晒干的野草铺上……"窝"友大概都耐不住蒸笼般的煎熬，又都跑到二里地外的河汊子里洗澡或者去庄稼地里偷毛豆去了。

　　我无聊地翻着还剩一颗订书针快要散了的一本杂志。中间的书页被有些操蛋家伙当手纸用了，看一篇文章断断续续，像口渴的人，刚喝一口水竟然都漏了，情绪极其低落和厌恶。我把已经读了几十遍的破烂杂志，当然是我们"窝"室唯一的读物塞到褥子下。

　　我用手搓着胸脯以及腋下，眼睛漫无目的地在上面的军绿水淋布窝顶上游移，仿佛读一部漂移着的天书。终于，停下手，中指缝隙里，从身上搓下一个玻璃球大的泥蛋。不知道是泥垢还是自己身体的一部分，我没有来由地骂了一句粗话。那泥蛋带着我的体温嗖地飞出了门口，滚落到茂密的杂草丛中隐匿不见了。在这个荒蛮的、等待开垦的野岛上，很少见到女人，这是一个雄性主宰的世界。

　　黄河三角洲先前是大海，因为黄河的入侵，长年累月滚滚的浑浊的河

岸
边

水挟裹着上游的泥沙一路奔来，蜿蜒几千里奔腾到了入海口，河水跟海水接了吻。慢慢的，河水的泥沙沉淀了，渤海这个大老爷们承受不了黄河母亲永无止息的狂热激情，慢慢地败下了阵，一退再退……地表是黄河从上游带来的红淤泥，经几百年的浸漫与暴晒硬得像石头。

我尽管把钢板锹用粗石蘸着水磨得印子飞快，但还是非常吃力，必须先用铁锹的锋利的尖角一点点抠索。脚心因为一直用力，被锹背硌得生疼。咬着牙只要把第一层干硬的红泥土层掀掉，下一层就软和多了，五十公分后就是沙土，再下就是流沙泥了……日落的时候，我们一个个浑身仅穿了短裤，周身上下全是稀泥，活像一个个刚从潮水沟子里爬上岸的灰头土脸的娃娃鱼。

当把最后一锹稀泥扔上来时，壕沟两边堆积的土方已经像两道山川。从沟底到土堆顶部达到2.8米，看上去自己都怀疑一天是怎样完成这不可思议的超出体力极限的工程的。这个时候是人最疲惫也是最危险的时刻，因为此时不知道哪段刚挖完的壕沟会塌陷，如果不注意会被壕沟两边的土挤住，然后被上面悬空的土堆掩埋——这个时候大家都用绝了力气，饥饿抽走了最后一点体力，距离又太远，人人都彷徨在生与死的边缘。谁也不会注意你，黄土会轻而易举地把你交代了。

每当到了这个时候，人越累越谨慎，真的是如履薄冰，战战兢兢！我就在这样的严酷的条件下咬着牙坚持着、隐忍着。

孤岛的蚊子大，大的捉几个就能炒一盘下酒菜。从当地开荒种地的农人对蚊子的夸张和形容，可见在特殊季节里，蚊子对这片土地的主宰，以及对于踏进这片土地动物的攻击性，在那些恐怖的传说中，可略见一斑。

午餐是白水煮土豆。土豆两刀剁四半呼噜呼噜扔到沸腾的大铁锅里，几分钟后土豆块浮上水面的时候，做饭的大爷用大汤勺舀一勺生的大豆油往开水上一浇，再抓一把灰乎乎的粗粒盐巴扔到锅里，转身来到门外，吹起哨子。尖利的哨子很叫我反感，好像集体饲养员喂猪吹的哨子。

铝皮的饭盒里三块带着铁腥味的土豆块，稀里咣当的汤液上面漂着几点浮油，像偌大的水池里冒出了三两片小小的春荷叶，可爱又可怜。卷子是死面的，长长的瘪瘪的，像老人的鞋底子。中午直射的阳光使四周的建筑物无法遁形，一点阴凉也没有。大概是心灵安慰的缘故，大家不自觉地围在小土屋四周，蹲在地下就地吃饭。那些可恶的蚊子大中午就向这群蓬头垢面、衣不蔽体的卖苦力的汉子进行一天最初的攻击。隔着一层衣服，那畜生尖尖的吸管竟然能穿透，径直刺入人的皮肤，惹得人们拍拍打打，吃一顿猪食也吃得不安生。

毒辣的日光烤得人蔫蔫的，汗水滴滴答答地落到餐盒里，就着汤进入人们的肠胃。如蒸笼的窝棚里，烤地瓜似的我，恶劣的环境，孤独的境地，把我的心拉到黑暗阴沉的谷底。闭上眼睛，两个月前的景象一闪而过——

四月份学校窗前的杏树开得宛如飞舞的雪花，风一吹，簌簌落下一片片粉白的花瓣，一地的残红……桃花接上花事，一路开来，红艳艳地把我们那土屋烂墙包围在氤氲的绯云里。我自知考高中无望，每天双肘支在课桌上，眼睛睃着黑板，心却早跳到多彩的窗外，有一种无言的冲动和难挨的无可奈何。

此时，正是民兵集训的季节，男女两队松松垮垮的民兵正从校门经过，我跟同桌趁第一节下课空当挎上书包，一溜烟逃之夭夭……我们手里各攥了一把从射击场土堆里抠出的子弹头，兴冲冲跳过讲台，坐到自己课桌的时候，老师正好进来。我被提前毕业了。

十六岁的少年躺在闷热的潮湿的地穴里，有一种躺到墓穴隐隐的不安。双眼四周搜寻着，仿佛查找着是谋生蜗居的窝棚还不是寿终正寝的墓穴的证据。土壁是被锋利的铁锹印子立直切下的，原来光滑平整的墙面不知道什么时候凸鼓起来，终于一蓬嫩黄的芦根芽子钻出来了，鲜亮得像冬天的韭黄，构成了一幅自然的风景线。

这个发现如一缕凉爽的风，抚慰着焦躁的胸膛。我眯起眼睛，观赏着它……帆布顶子的斜上方不知道什么时候戳了一个破洞，阳光就射了进来，黑暗的地穴里有了一点光亮。那一束光在不同亮度的落差下，便显示了它的不一般，如醍醐灌顶的不死光，神秘而惊异……这道光此时正移到那蓬鲜嫩的"风景"上，鲜嫩的芦芽，嫩绿的色泽仿佛来自另一个世界，新奇得不可思议。我甚至怀疑我自己是否见过这种神奇的植物——我忽然顿悟，这是不同环境所产生的不同认识和印象而已。

正当我想移开僵硬的脖颈，准备放弃自己导演的幻想时，一只蚂蚁，

岸边

确切地说是一只大蚂蚁，不是家庭锅台缝隙的那种小小的蚂蚁——它被那缕耀眼的光斑投影到芦芽下光光的立壁上。金黄光滑的土壁，把它棕色的身影凸显得清清楚楚！这种大蚂蚁不是稀罕物，比比皆是，但是，此时此地，在我与物的世界里，便突出它的不凡来。它觅着光亮向上爬，快蹬到芦芽边的时候，却一下失足跌落下去。我眨眨眼睛，有点幸灾乐祸，心里有点恶意地开心。

因了上面的光斑，下面就显得更暗，对于它来说这半米高的距离也算是"悬崖"吧？正当我闭上眼睛的时候，余光中，看到一个小黑点从"悬崖"底慢慢向小太阳的光斑移去，一点点缩短着距离……这个时候，我觉得有点意思了，就无声无息地观看着这场"攀山"运动。它在接近光斑的时候，停顿了一会，好像是休息一下，又好像在思谋着，就一瞬间的空当，它又向上发起冲锋……但是，它又失败了，距离芦芽仅仅五公分，然而，它的确是又跌入谷底了。

我心里真的为它叹息，觉得我们的处境是多么相似啊！我对它产生了莫名的怜悯，希望它不要做无谓的牺牲了。心里希望不要再看见它那渺小的身影，就算一段电视剧的插播广告……我的眼睛有点模糊了，因为我见到一个小小的身影又一次爬上来了，我心里酸酸的，不知道是为它还是为我。

这次，我开始为它呐喊，为它助威，当然是在心里，怕稍不小心会给它带来厄运。尽管我对它友好地无言支持，却无法改变它再一次失败的命运。它已经是第二十次从胜利边缘跌到失败的谷底了！我的心隐隐地痛起来，为它，也是为我，我感觉我的命运跟它已经绑在了一起！古人有三鼓而衰，而它—— 一只小小的蚂蚁，把自己发挥到了极限，面对失败不气馁，不妥协，勇往直前的勇气实在可畏，令我这个高级灵长目动物无地自容。

面对小小的蚂蚁，我心底犹然产生一种自惭形秽的浪潮，似乎还夹杂着些许恨意。恨谁呢？恨什么呢？我心里说不太清楚。就在我沉思的片刻，奇迹出现了。它，这个幸运的弃儿，苦难的忍者，不知何时已经占领太阳——光斑，而且，并没有就此打住，没有沾沾自喜，而是，片刻也不停歇，径直越过胜利，径直向更高的上面行进。它渺小的身影慢慢消失在视野里……它的顽强固然叫人钦佩，而它在胜利之后没有半点自满、半点停顿，继续前进，永无止境追求的执着精神深深震撼了我。

我从被褥底下拿出那本还剩一颗订书针快要散了的杂志，小心地将褶皱的书页抚平，认真地研究起来。我想从此不会再唉声叹气了，因为苍天已经在那个酷夏里，荒无人烟的孤岛的地穴里，一个平凡的闷热的中午时刻，把真谛由一个奇特的天使完全演绎给了我。

直到今天，我都坚信。我的现在，得益于当年那个夏天。那个地窖似的蜗居。那只蚂蚁，一个幻化的天使，把人生的精髓表现给了我。叫我一点一点去感受，去涂抹，去一直探索下去，直到永远。

岸

边

失去土味的男人

从《红楼梦》里，我最初知道，人是由不同物质做成的。女人是水做的，毋庸置疑。可是"臭男人"我不太明了，这有点太妄自菲薄了。男人出汗味道是大了一点，还不至于"臭"。传统戏剧里有酸文人、腐秀才、蠢公子、俊状元，也有淳朴的农夫、勇敢的樵夫、慵懒的乞丐。泥做的就泥做的吧。

其实，我小的时候曾经尝过春天的泥。

那是村东头的一个大水湾，常年不干涸。牲畜饮水，浇菜园，和泥打坯都是这里提供水源的。一条大街把大半个村的雨水都汇集到这里，在平地与凹处的落差就形成了瀑布。

晴天的时候，原来瀑布的下方就形成一个微型的峡谷，下面太阳晒不着，终年潮湿、阴凉。我们经常爬进去抠淤泥。淤泥是黄河千年前挟裹黄沙里的精华，就像矿石里的金属。

淤泥潜在泥沙里，有的零零星星，有的却是一大片。埋在深处的淤泥，硬而绵。如果是春泥，里面还夹着冰碴，啃一小块，很有一点冰碴豆腐的感觉。只是，有点牙碜和稍稍的苦味道。但是，绝对不臭。臭的是，藕地里的泥肥，那才一个臭，不臭不长藕。我们把抠挖出的淤泥，在水泥地上摔了又摔，直到摔熟，越揉越劲道。

摔熟的淤泥，可以制作泥手枪，印制大公鸡、老虎、猴子、人物的模，也可以做摔"瓦屋"的游戏。

摔熟的淤泥就成了红泥，扯一个馒头大小泥土团，用两个拇指按在中间用力往外推，甚至为了增加黏性和润滑，吐上一口口水，一会，一个小小的筐箩形状的"瓦屋"制作完成。然后，用手托起，口朝下，尽力平着摔下去。

成功的就"噗"一个声响，底子就被气浪崩开一个大洞。失败的当然没有出现那个"噗"，底没有被崩开，摔成一个烂泥饼子。

我们脚上是泥，身上是泥，手上当然被红泥包裹着，周身的泥腥味道。大人经常奇怪，怎么头上还有泥？他们哪里知道，我们是钻到淤泥的老窝里去掏的宝贝。

父亲一辈，被时代号称为"泥腿子"。赤脚上工，赤脚劳作，赤脚和泥那是家常便饭。我的小叔在生产队的砖窑上，整天赤脚踩，托泥坯子，竟然能托三千多个，土方好几方。劳动量大得惊人，现在的人看来，是不可思议的。

泥与人有关的，我体会最深的，就是鞋子。

现在的人，因为离土地太远了，不是身处的距离，是生活的距离。现在的鞋子，别说鞋垫有泥土，就是稍稍变了颜色，这就已经觉得脏得不得了了。以前，我的布鞋，一年好像也就洗几次吧。没有鞋垫，夏天赤脚穿着，直到出汗后，脚在鞋里打滑。在水湾洗鞋的时候，用水浸泡一下，然后，就把鞋子对折几个来回，鞋里的泥土污垢像一双鞋垫那么厚，被折成碎块用水一冲就出来了，然后，再用毛刷刷洗。成年农民的鞋子的情况，大抵也差不多吧。

鞋干净的是大姑娘和上初中以后的学生。大姑娘要好，自然注意卫生。学生们，到地里劳动少，再说懂事了，自然要顺应学校的潮流。

不是那时的人不讲卫生，条件限制，人们跟土地太亲近，亲近得除了睡觉，几乎分不开了。

到了现在，土地不再是严格意义上的土了，掺杂的东西太多了。人也失去了对土地的那份痴迷和热情。人躲着土地，土地哄骗着人。农民跟土地的关系已经到了互相欺骗的地步。

人变味了。不是说没有人味，我不想骂人。我只是说，没有了泥土的味道。有的是，另一种味道，是金属的味道。原先是铜的味道。准确地说，现在也不是金属的味道，是纸的味道，是特殊色彩、特殊工艺的纸的味道。它的名字叫钞票。

这方面，连当年的曹雪芹大师都称之为"水"的女人，现在对于这种"纸"的味道的追逐比男人还要疯狂。

网上看到成堆的年轻女子去参选，为的是拔得头筹去嫁给外国的有钱人。这个事件颠覆了传统的理念，嫁人的唯一选择就是财富。钱，是这个时代的首选。物质享受是当今人的追求。

当然了，那些人自然是女人中的"战斗机"，是精品，是上帝偏爱的那种靓女。毕竟是少数。

还是做一个普通的女人吧。

女人也有了认识，观察男人的标准和要求。现在的男人，也非同从前。

现在的女人对于男人的第一印象，虽然大都是靠眼力——身高、长相。但是，嗅觉也是女人评价一个男人的重要依据：男人的气味！比如，大多男人是一股子扑面而来的烟草焦油味道，食指中指被烤得焦黄，牙齿焦黑，舌尖跟倒嚼老牛的舌头一样颜色焦黄。这样的男人最叫女人倒胃口，特别是知识型的女人。

再一种是头发像狗舔的一样，水淋淋、亮光光的，脸上涂了油脂，因为太厚的缘故，以至于粉刺周围明显发白，四周极不协调。西装革履，皮鞋锃亮，腋下因喷了过量的香水，"香风"扑面的那种做作商人或者上层社会男人。

我也曾经有过农民工的经历，那个时候叫作临时工或者壮工。白天是赤膊上阵，水泥刮满头发，汗水和了稀泥，肩头被太阳晒得脱了皮，黄球鞋露出了脚指头。然而，到了收工后，从建筑工地临时栅栏大门出来的年轻人，一色的白衬衣、蓝裤子、白球鞋，头发湿漉漉的，散发着廉价的洗发膏的香味。

环境使人变得品位不同、气质不同，但对于美好事物的追求，任何人都差不到哪里，粗野与文明糅合，憨厚与狡猾并存。劳动时候的汗臭与追求理想的洗发膏的清香一起附着在一群青年人身上。这是一个劳动者的气味，是钢与火较量的气味，是现实与理想拼搏的气味。

我在农村的叔，一年除了夏天在水沟里洗澡，到了春秋冬，洗澡那简直是奇迹。汗衫领子上是油腻，那是五月艳阳天，把头伏在金黄麦穗上，挥镰收获丰收的沉淀；是秋季一望无垠的棉花地里，堆雪砌玉，雪白棉花的对照；是冬季烧荒、积肥，对土地那份亲近的味道。也许，这是最后一批带有土地味道的农民了。

长青县境内的灵岩寺，闻名遐迩的彩塑十八罗汉，栩栩如生。他们是竹的骨架，泥的血肉，油漆给予的肤色。佛与人，泥与血肉的交换，气味的交流。然而，泥的无欲无望，香烟的熏陶，愈加渗透出空灵与脱俗的味道。

人，血肉得需要更加鲜活充足的血肉的供养，愈加腥味浓重，欲壑难填。一面杀生，坏事做绝，一面又把作孽得来的钞票塞到功德箱里，拜求佛保佑平安。这种人，永远也不会明白，做着自相矛盾的事情，其最终也是自己的种子结自己的果子。

庙堂里，在肃穆甚至有些让人心怯的光影里，从人的鼻孔一直渗透到心灵深处，叫人有一种恍然如隔世之感。住持及僧众诵咏《大悲咒》的天籁之音，净化了俗世的痴想幻梦，洗涤了铜臭恶劣的腐味，暂时叫人回归清净以及敬畏的心灵……也算是对我们这些久违泥土味道的人们，一些回味和反省吧。

岸
边

流浪的燕子

　　天空隐晦，萧萧秋风横扫大地，林子的枯黄叶子簌簌跌落。野外，一马平川尽收眼底，被收获过的田野光秃而荒凉，衰草顺风倒向一边，秃露的沟塘水清且透着寒意……天空中，一只燕子，一只孤单飞行的燕子，一只离群流浪的燕子。

　　深秋的冷风刮刷着他的羽毛，饥寒考验着他的意志。他的前方是无尽的凄凉与彷徨，他不能停歇，只有飞翔。他在努力扇动翅膀与逆风拼搏，宣泄充满胸口的郁闷；昂头钻入灰色的云翳，刻意忘却心口隐隐作痛的伤痕；远离人烟与种群，逃避同类异样的眼光和人类的猜疑和飞短流长。他怀念那个曾经明媚灿烂的春天，风是那么轻，水是那么柔，河堤岸边的金丝垂柳，迎风飞扬，婀娜多姿，柔丝翠芽绿得沁入眼瞳。心弦如钢琴家灵巧的手指轻轻划过琴键，行云流水，欢快流畅。他下意识地从高空一个俯冲扎下湖面，在行人的惊呼中，他一个蜻蜓点水，如剪刀的翅梢轻挑镜面，嗖的一下，昂头钻入天空，荡起的涟漪吻向岸边叽叽喳喳的洗衣姑娘玉藕似的脚腕……在人们的唏嘘与惊叹中，满足地衔起一撮春泥，箭似的飞向村里，人家梁下在建中的巢——初筑新巢的欣喜与辛劳，双双比翼的甜美，对未来绚烂的梦幻，他觉得自己是世界上最幸福最快乐的燕子。

　　快乐的日子过得飞快。从柳枝发芽到草长莺飞，他一直为筑巢忙碌着。一天，他傍晚才回巢，然而，令他惊讶的是，她没有在巢外迎接他，只有幼子在嗷嗷待哺……他终于在村外的电线铁丝上看到了她的身影。夕阳把她的影子拖得很远，像一个很长很大的感叹号，旁边是一只健壮的雄燕……他心像被捅了一刀，翅膀一抖，滑落在地上。不知道过了多久，他才振奋精神起飞返回。当他看到她依然爱恋地向自己呢喃，热烈地蹭自己的胸羽时，一股愤怒的烈火腾地烧上了脑门。他愤怒地一个俯冲，冲出了巢，撒下一串悲鸣钻入灰色的夜幕。他能原谅她一时的唐突，却无法容忍她那伪装的若无其事的样子。欺骗是最锋利却不见影子的利剑。他不再回到那曾经温暖、自己辛辛苦苦创建的巢。他孤单地立在枝头凝视着苍穹，夜幕降临，黑暗在笼罩大地的最后一刻，他被包裹在苍凉里，如折戟的勇士，用失神的眼光打量着这个不可预知的世界。一轮明月升上枝头，他如剪纸的贴画，一丝不动，凝固似的，静静地静静地……月亮原来是这么高，这么远，又这么贴近，令人向往，又高深莫测。每一颗星星时明时暗，斗转星移，银河一泻千里，仿佛它们每一颗都有自己的一个故事在向他娓娓诉说。他习惯了夜风的吵闹，冷雨的浇淋，露水的沐浴，孤独，对于他来说实在没有比这个更适合他此时的心境的了。像一个修行的高僧与地与天与万物交流，他越来越跟那些自己曾经的庸俗、自私的同类格格不入。他知道自己以后的路，仿佛已经看到了自己的归宿……他那颗容易激动的心，回归平静与坦然，睿智的眼光俯视着大地上的万物生灵。

在这个北方的世界上，所有候鸟都销声匿迹的时候，人们终于发现一个奇异的现象。一只燕子白天在天上飞翔，晚上露宿在高高的枝头。不管是狂风大作的白昼还是漫天霜雾的寒夜，他始终是那样顽强地抓着落尽树叶的枯枝，随风摇摆，巍然不动！

初冬第一场雪，当太阳从东方升起的时候，大地一片银白，茅舍、草垛、树林全是银装素裹，空气清新得叫人透不过气。一个去水井打水的小女孩的惊叫声引来了无数的村民。人们破天荒地发现，在井口旁高高的梧桐树枝头那只常见的流浪燕背上覆盖着积雪，努力地昂起头，展翅欲飞的样子。然而，双爪却粘在毛茸茸的积雪的枝头……他眼睛张着，身体却冻僵了，这个姿势凝固成永恒。也许他在失去直觉的刹那时，想努力飞上这属于他自己的天空与雪共舞；也许，他在黎明时分终于本性回归大彻大悟，舍弃一副桎梏而去。

不知道，在那风雪之夜，一缕魂魄飘向何方？

听 雨

　　时令进入阴历九月，天气跟八月十五时的境况已经起了变化，只是人们没有感觉到罢了。中午天气虽然还是那么明媚，温度却明显地不如先前。风，吹过来，挟裹着野草种子成熟的植物馨香和宜人的凉爽。

　　公司的大院就像一个倒下的"日"，东边是办公区，西边是生产区，中间是一条三十米宽的混凝土路。路两边是花池，里面的两棵梧桐升起茂盛的华盖，国槐树也是郁郁葱葱，开着繁茂的黄白色的花。

　　风一吹，落一地，像撒了一地的珠子。两边对称着两棵芙蓉树，树冠顶到了车间的屋脊，扒开树枝，从树荫下面看上去，透过稀疏的锯齿似的绿叶，看到天上的悠悠白云和湛蓝的高空。

　　傍晚散步的时候，我正透过锯齿似的绿叶转换着角度窥视天空，猛然发现东边高高的树枝上，有一个鞋子大小的草穴。它架在一个树杈上，重叠的树枝和密叶将它遮掩得严严实实，要不是透过阳光，很难发现。我为自己无意的发现而兴奋，心想：这是什么鸟儿蓄的窝？是一只还是一对？我怀着好奇一直站在那儿等，直到太阳落下西山，院子里的路灯亮了，也没有等到要等的客人，我快快地走开了。

　　进入阴历九月的第二天，阴雨连绵，秋雨把自己展示给世界，让忙碌的人们一下长了记性。就着厅外的雨水，我把走廊拖完，看着外面的秋雨，缩回头，进入办公室的套间。我的卧室，这个两米宽，三米长，总共六平方米的地方，原来是办公室的资料室。我来了，就跟人家软磨硬泡，最终住了进来。房子虽小，却是我一个人的空间，一个自我的世界，一个与世隔绝的天地。

北边墙上有一个小窗，夏天打开可以通风，但是很高，看不见外面的景色。其实，窗外就是一个小小池塘，池塘里有着稀疏的荷，竟也蹿出稀稀落落的箭似的荷苞。夏天的时候，累了一天的我，和衣一下躺倒在小床的被垛上，隔着纱布的小窗，一缕荷的清新气息款款送来。猛吸一口，肺里凉爽清新得要死。

我猛地跳起来看窗外面，然而都是徒劳。我一时来了兴致，拿上手电，叫开大门，一个人围着大院围墙转了一华里。一百八十度，才来到后窗外的小池塘。池塘小得不能再小，其实就是一个洼地，时间久了四周长满了芦苇，中间便显现出一个圆圆的水湾。

也不知道是谁遗落下一个小小的藕巴子，几年后竟也蔓延出一片生机勃勃的藕荷。芦苇环绕的小池塘，极像一只大眼睛，那高草就是睫毛，绿碧碧的荷叶是眼瞳……昏黄的光线下，在高高的荷叶之上竟也开了三两朵荷花，一支白的，两支粉的，叶片上泛着莹莹的薄粉，高洁得像天上的仙女踩在云朵里轻盈作舞。荷的清新气味就是由这几朵荷花散发出来的。几支小小的荷箭，隐藏在荷叶下和芦苇的叶隙里。一个夏天，小池塘都活在我的记忆里。

荷花开在我的心田上，荷叶却为我遮阴纳凉，我很快活地活着。别人不知道我为什么这么快活，只知道我是一个刚刚毕业应聘的女大学生，没有忧愁，整天开开心心地工作的小姑娘。

下午下班的铃声一响，忙碌的人们做鸟兽散。一会的工夫，偌大的一个院子就剩我们几个刚刚应聘的女大学生和两个门卫。那几个学生跟我不是一个学校的，家也是几百里外的外地人，所以，我们并不太接触。我一个人经常在把大院一分为二的南北大道上散步。

我掠过高高的围墙，极目远望天边的大山的背影，西斜的夕阳。还有昂起头来，仰视那锯齿似的绿叶透过的慢慢变得灰蓝的天空……我在树下给远方的他打电话，问他，吃了没有？这几天有没有喝酒？袜子洗了没有……听着他咯咯憋着坏的笑声，我嘴里埋怨着，其实，心里美滋滋的。

我跟他是上大学认识的，我们在一起已经两年了。他为了专业去了千里之外的高铁工地，我就近应聘在了一个中小企业做文秘。说好了，我们毕业后一年就结婚。结婚之前，他一定要调回来。他临出发的前夜，在小山那棵高大的白果树下吻了我……我每天一个电话，逮着机会就训他。他快活地听着，说，我的工资已经存到我们的卡上了，你明天查查。我们约定，每一个月都从工资里扣除一千块钱，一年后做我们婚后的第一笔"共同财产"！我把银行卡放到我的内衣贴心的地方，我觉得好暖和，好温馨，好幸福。

他已经有两个月没有存钱了，我没有催，我把我的全部工资都存进去，补齐他的空缺。一天夜里，我肚子好痛，摸过电话拨了过去。我一下惊醒了，那面接电话的是一个娇里娇气的女人的声音。我一下从被里坐起来，惊出了一身汗，再拨，关机了。我不再主动给他打电话。我怕他的电话，又希望他赶快来电话。我心里始终想，也许是串线了吧，不是经常出这样的事情吗？也许，他今天或者明天一定给我解释的。我这样愤愤地想。

可是，已经一个星期了，他也没有回电话。我晚上开始失眠了。挨到天亮，我踱到芙蓉树下，漫无目的地来回转磨磨。大概昨晚着凉了，我打了一个响亮的喷嚏，扑棱棱，在我头顶，原来发现的那个窠臼里，惊飞起一对硕大的鸟儿，我也吃了一惊。我很为自己的唐突，惊扰了一对夫妻的美梦而愧疚。

我赶忙走开，希望那对鸟儿早点回归。我对你们并没有恶意，遗憾的是，大概是因为我发现了它们的巢穴，它们意识到了危险，从此再也不飞回来了。它们铸就了一个夏天的家，被无意的我惊扰而废弃。我的心无故疼起来！

淅淅沥沥的秋雨一直下个不停，门卫旁的警犬偶尔吠两声，又马上钻到狗窝里，不再出声。偌大的一个院子没有了声响，也没有了生气，阴沉沉的像此时的天空。我有点怕，就疾步钻进卧室，把门锁好，和衣躺到被垛上。

滴答滴答……小窗外传来奇怪的声音。我侧耳细听，像很远很远的爆竹，断断续续，连连绵绵，莫不是结婚的喜炮？我又明明知道这是夜里。夜里，又怎么有人放喜炮呢？莫不是？噢，我释然了，那不是我一个夏天都关注的小池塘吗？那些葳蕤的婷婷荷叶，现在不就是雨点打在荷上的声音吗？我长长吐出一口气，静下心来，什么也不做，什么也不想，静静地聆听这秋雨与残荷的私语。猛然间，少时朗朗读书声，轻轻回荡在耳边：

竹坞无尘水槛清，相思迢递隔重城。
秋阴不散霜飞晚，留得枯荷听雨声。

岸
边

看不见的手

我居住的楼房是二十世纪八十年代建造的，结构简单、设施陈旧，甚至连楼梯的扶手也损坏得不成样子。

儿子就是在这样一座老式楼房里出生，并在这里一天天长大。当儿子能够独立行走的时候，老婆发现一个不容忽视的问题。楼梯扶手是用钢筋焊成的，上面固定上了反"U"形的介于塑料和玻璃钢材质的东西。因为年久失修，有的脱落断裂，这样下面的钢筋就凸露出来了，固定表面的护层"T"形钢钉像鱼刺一样鲜明地翘着。人的手搭在上面是很容易被划伤的，如果随着步行移动伤害得会更严重。

儿子出门的时候，出于个性的原因，他不喜欢别人牵着手，以表示自己的勇敢。问题是，楼梯扶手拐角就挨近我家的大门，尤其叫人担心的是拐角处的扶手护层早已脱离，一个钢筋焊成的直角正对着走廊。这个高度恰好是我儿子眼睛的高度，其危险程度不言而喻。每一次出门我们夫妻都小心翼翼，不敢有一点马虎。夜里做梦都是一些关于孩子被扶手伤害的惨烈景象，惊得我无所适从。然而，儿子却从来也没有被扶手伤害过，尽管偶尔跌倒磕得膝盖青一块紫一块的，那都是在院子里或者托儿所弄的。我心里一直想改变一下这恶劣的环境，只是苦于没有时间。于是，每次吃饭老婆总是抱怨我这人做事太拖拉。

我找过物业公司，人家说，老楼了，这样的事情在所难免嘛。再说，这些老楼属于危楼说不定哪天就拆除了，您就将就将就吧。我泄气的同时心想，求人不如求己！我每每上下班的时候，走过楼梯都会多看两眼，心里谋划着怎样维修。我家在五楼，如果全修复的话，我得从一楼修起，去电焊铺子问了下价格就泄气了。人家说全部修好得八千元，天哪！我吐一下舌头，扭头就走。我跟老婆躺在被窝里，谋划着、寻思着……如果只修我们五楼这段一千也就够了，可是，其他路段不修也是白搭。

联合大家修，人家一笑置之，我们知道谁在这里也不会住得太久。夫妻俩翻来覆去睡不着，实在没有好办法。听到儿子细微的鼾声，我们相视一笑，下了一个临时决定：关灯，睡觉。星期天老婆说，你带孩子，我今天有事。我跟儿子去吃了顿肯德基，去公园玩了半天滑梯，中午才回来。打开单元的大门，儿子第一个发现了扶手的变化。他激动地叫我：爸爸，你快来，看，扶手！我才发觉，不知道谁把楼梯生锈的钢筋扶手缠上了麻绳，一股一股的很有型，跟缠了一条蟒蛇似的。儿子说的话叫我半天没有回过神来，他说：老爸，我现在可以扶一下扶手了吗？我愣了半天，忙不迭地说，当然，当然！儿子独自一步一步登上台阶，左手滑着被缠裹的扶手慢慢上去。我看着儿子小小的后背，自己也跟木头人似的登上台阶，也跟着儿子学，左手扶着扶手一步一步慢慢地登上去……老婆看到我们进了家门，一屁股蹲在沙发上耍赖了：我累坏了，今天你爷俩得请我吃肯德基！

正当我们享受着扶手的安全和快乐的时候，好景不长，有一天不知道谁没有关门，几十米的扶手的麻绳全被拾破烂的老乡给解走了。我跟老婆把脸拉得跟长白山似的。儿子却大度，把小手往屁股上一背，一副无所谓的样子说：没事，不扶就是了。我跟老婆眼睛都直了，对我家的小屁孩另眼相看。说归说，小孩子毕竟是小孩子。我跟老婆从此加倍地呵护着儿子。

我每次出门、回家的时候，都是自己靠外侧，把儿子让到内侧。一家一起的时候，儿子在中间，尽管挤点但是儿子是安全的。偶然，碰上上楼的或者下楼的邻居，我就靠在外边的扶手边，先叫儿子老婆走。时间长了，儿子发现了这个规律，死活不叫我牵着，而且不跟我们一起走。不是跑在前面，就是故意落在后面，气得我直吼。但是，人家自顾自地走着，跟没听到似的。我们爷俩的拙劣表演，把老婆逗得直乐。五岁的儿子叫我又爱又气，尽管如此，我还是跟老母鸡护小鸡似的，眼睛一刻也不离他。儿子自从缠裹的麻绳被撤走后，不管上楼还是下楼就不再去摸扶手了。这叫我很是安慰。有时这家伙也发坏，故意地表演，仿佛跌了一跤，手去扶扶手。我慌忙抢步上去，不等我去佑护，他已然站直了身子，并回过身来，冲着我坏笑……这小子！从此，我不再去管儿子了。也许是单位事情太多顾及不上，或许是心情不佳心不在焉，反正我已经很少管儿子了，包括上下楼甚至饮食穿戴。

时间荏苒，不知不觉中儿子已经上中班了。今年夏天，老婆建议跟儿子同学一家去郊游。我们两辆小车并排停靠，儿子跟老婆从外侧下车。我刚敞开车门，儿子就大声警告我：爸爸小心车门！我这才发觉我们两辆车靠得太紧，车门如果全部打开的话，门边势必磕碰着对方的车身。我小心地撤出身子，把打开一半的车门关闭，心里想：这小子挺有眼力见儿啊。

我一次酒喝高了，大门的钥匙怎么也打不开，是儿子从房间跑下来给开的门。儿子捉着我的手，一步一步送上楼。我趔趔趄趄跌坐到房间的沙发上时，发现我的西服肩头有涂料的白色，不用问，那是上楼梯在墙上蹭的。我猛地站起来，心里一下害怕起来——这么说，儿子跟我上楼梯的时候，是我在里面，儿子在外面?! 我惊出一身热汗，酒醒了一半。我忙把儿子抱到膝头上，为什么叫爸爸走里面？儿子翻了一下眼皮不屑地回答：爸爸醉了，被扶手的钉钉刮破手可咋办？我跟老婆一下愣在那里。这话可是出自只有五岁的儿子之口！床灯的朦胧光晕里，凝视着枕着我胳膊熟睡的儿子，我睡意全消……

我为平时没有好好呵护儿子而内疚，同时，也为没有过分溺爱儿子而庆幸！

明月几时有

站在院子里，昂起头来，望一眼天空，看月亮那是世界上最便利的事情了。

小的时候，跟大人夏夜乘凉。大人把铺席在天井铺平，我们几个孩子就一个跟头跌到上面。你挠我一把，我掐你一下，闹成一窝蜂。大概我们的吵闹打乱了大人们谈话，被大声呵斥，瞬间静下来。个人仰面躺在麦秸的席子上，数着天上的星星……有月亮的晚上，是我们最向往的日子，可以听张家奶奶讲嫦娥、玉兔的故事，懵懂的瞳仁里，天上圆圆的亮圆球包含了无数个无法解开的谜。起夜的时候，小鸡鸡对着丝瓜大河奔流的时候，偶尔会截流，因为会猛然想起，天上那明亮的月亮里还有一个女的看着下面哩……仰起头来，睡眼惺忪的视野里，分明是一轮明月。青虚虚的，还带了个好大好大的风圈，越看越神秘，甚至走不出那种痴迷的意境来了。

我上初中的时候因为家里没有钟表，一般是靠我家那只报晓的大公鸡估计时间。我经常被大公鸡报晓叫醒。因为当时也不知道是第几遍，看到糊纸一片明亮，就猴急地蹬上裤子，趿拉着鞋，挎上书包破门而出。走出院门的时候，大街上静悄悄的，房屋草木都静卧在静谧里。一轮明月悬挂在当空，把大地照得一片银色。

地上新添的狗屎和遗落的一粒粒金黄滚圆的豆粒子被照得清清楚楚的。偶尔一两声懒洋洋的犬吠，愈加显出天地的静谧和孤寂。一两声鸡啼却叫得身上起了鸡皮疙瘩，当然不是因为冷的缘故。返回吧，不情愿；上学吧，太早。最后还是决定去上学，反正自己有教室的钥匙，当时我是班级干部。出了村庄，须穿过两华里的一片庄稼地才到学校，而庄稼地里有一条小土路，两边长着高大的洋槐、垂柳，也有梧桐夹杂其间，乌天黑地的夜里没有七八个学生是不敢走的。那个时候孩子多，上学放学是没有大人接送的，是真正的自立与平等。像今天这么走运的时候，因了月亮，满地的月光，我的胆子也就壮起来了。一路唱着《国际歌》，以革命的豪气压倒心里的恐惧。尽管天空是那么的明亮，但是因为两边的树木枝叶的遮挡，洒到地上的月光疏疏落落的，像被蚕食的桑叶。风摆动任何植物的声音，都会带给行人不小的恐怖。

于是，我就仰起头盯着天空那轮明亮的月亮，径直向前走，反正这个时候也没有行人和牛车，这个办法使我度过了好多次恐怖的历险，当然也有例外。有一次，我仰着头看天空，被脚下的碎砖绊了一脚，人向前趴，来了一个狗吃屎。那次还真倒霉，真的是"狗吃屎"！脸一下磕到地下，心想非磕破脸不可。谁知，额头接触到地面的时候，竟然是软软乎乎的。奶奶个腿！一抔圆墩墩的大牛屎糊了满脸，当时我把肠胃都差点吐出来……尽管有惊无险，但是很不美气，因为丢人找谁也没有说。

1984 年，黄河下游两边的黄沙地分包给我们村种植大豆。夏季，我跟叔叔去锄地。豆棵子里全是芦苇和蹿到一人高的苦菜，那苦菜宽大的叶子跟高粱叶子似的，金灿灿的花朵叫人联想起向日葵。半晌的工夫一人能堆一个大草垛。快中午了，叔叔叫我去做饭，他一个人继续汗流浃背地锄草。我在太阳底下去捡拾红柳的干枝和被晒干的芦苇。提一个小铅桶，趔趔趄趄地去自己挖的临时土井取水。土井有三米深的光景，因为三华里外就是黄河，是一条悬河，比地面高出好几米，所以，水是很容易取到的。但是，运气不好也不行，打出的也不一定都是甜水。把半桶水墩墩，水清了，就把米跟水一起放到小砂锅里，开始熬饭。干干的柴火在烈日下，熊熊燃烧，炙得我恨不能钻到深深的沙土下面避避暑。但一想到晚上清冷的明月，就像吃了冰激凌，浑身舒服得无法言语。晚上躺倒在"人"字的窝棚，探出头仰望着天空。皓月当空，小小的，亮亮的。天空一碧如洗，四外寥星如豆，像一口反过来的大铁锅，月亮居中，星星点缀边缘，扣着的就是大地，而大地黑魆魆的，被月光一照，朦朦胧胧的像没有波浪的海面，辽阔而无垠。困了，蛐蛐的弹唱伴着睡意而来……偶尔，一两只野鹌鹑似乎被天敌惊扰，惊悚地扑棱棱飞起，打破了圆夜的静谧。

那个时候不懂什么叫赏月，是因了劳作或者是赶路，月亮是伴侣，月亮是工具，何其为"赏"？

不知道什么时候，月亮在生活中几乎消失了，或者说是月亮跟我离婚了，没有了朝夕相处的亲昵和柔和。黑夜，月亮跟我的生活关系不大。晚上开车，明亮的大灯把路途照得锃亮。有月色的晚上，因为油漆路反光，反而前方有点模糊。于是，月亮在我生活里可有可无，无足轻重了，甚至是一个小小的拖累了。晚上要么是在饭店应酬，明亮的电灯辉煌似火，谁还想到外面朦胧的月色呢？何况，因为工厂烟囱废气的污染，一个月也难得见几次月亮。晚上电脑上敲累了，站到窗前扭扭脖子的瞬间，一缕华光静静地卧在外面的窗台上，久违的美好像潮水一般倒灌进我那凝固的记忆里。隔着透明的玻璃，我的眼睛潮湿了。这偶然的怦然心动，也只有这样隔着玻璃泪眼相望，因为外面被污染的空气，狰狞得叫我没有勇气开启窗户。

站在高高的拱桥上，八月十五的月宫金碧辉煌。大概因为人间的香火和向往，嫦娥仙子特意把玉阁清洗了一遍，纤尘不染，晶莹剔透。无限的清辉把天空浸泡，又如毛毛细雨洒向人间。湖中的七层宝塔人为的灯光消融了天上的融洽，透着不逊的招摇。桥上安装的霓虹灯把湖水映照得模糊而浑浊，站在这里有点不伦不类。一股恼人的气息袭来，我无奈地摇摇头向着密林深处踱去。仰望着黑蒙蒙的天空，儿时的明月，我们能否再次相逢？

岸
边

溅落夜幕里的云朵

我陪同外地的作家朋友，去观赏黄河入海口的"红地毯"。

所谓"红地毯"，就是一种叫作翅碱蓬的植物，在这个季节它全身通红，生长成一片，远远看去像给大地铺上一层红地毯，其美名由此而来。我从被水泥包裹的城市再次畅游于一望无际的鲁北大地。

农历九月中旬，高高的防潮大堤下是辽阔的黄河三角洲湿地，近处城墙般的芦苇，被风推得像抖动的灰黄色粗布。芦苇根部的水已经变得冷灰色，映着下面的黑色根系，透着冷冷的寒意。在远处，灰蒙蒙的一片，无边无沿的灰色基调点缀着星星点点的白色，如同春天午后的雪地，湿地与残雪夹杂扭扯在一起，很是晃眼。棉花！那是铺天盖地的棉花，还没有收摘的棉花！

晚了！我心里惋惜地说。我知道摘收棉花的季节。我们鲁北地区的土质沙化、盐碱化，就是这样一片贫瘠的土地却养活了几千万人口。如果没有黄河，就没有这片土地，是黄河把渤海一步一步打退，造就了举世闻名的黄河三角洲。新淤土地带着黄土高原的征尘，在一路滚滚冲刷中，如初生的婴儿，散发着泥土水汽的新鲜味道，土壤呈淤泥的粉红色或黄金的金属色，肥沃高产，产出的地瓜甜腻爽口，花生果大质纯，西瓜皮薄瓤沙甘之如饴……百年以前的淤地却慢慢泛碱退化，庄稼十种九歉，有一种农作物却适宜在这种恶劣的环境里生长，它就是棉花。

一提到棉花，我心里就觉得暖和。棉花叫我记忆深刻，那是曾经发生在与我息息相关的孩提时代的久远记忆。

小的时候，我跟其他农家孩子一样常常跟在大人屁股后面干活。深秋的时候最常见的农活，就是拾棉花。因为不需要太多的体力，这种农活最适合妇女、老人和孩子们。过了农历八月十五，棉花碧绿的叶子开始慢慢变红，斑斑驳驳，色彩丰富多彩。

棉桃光滑的脸经历一个嬗变的过程，水分慢慢蒸发，慢慢枯萎……仿佛演绎一个女人从年轻美貌到衰老病死的一个人生历程。当棉桃扭开嘴的时候，一点棉花的白就写入农人欣喜的笑颜里了。也就是从这个时候开始，收摘棉花的工作陆陆续续开始了。

我把包袱平摊在野地里，然后把四条带子系成两条，两条带子挎到小小的肩头试试长短，调节好了从右边斜挎到左肩上，一个拾棉花的工具在短短几分钟内完成。我至今也弄不明白：棉花长在柴子上，是用手指去摘的，为什么从老辈人传下来叫作"拾棉花"呢？在我的印象里，"拾"的含义应该是弯下腰从地上捡起，而摘棉花尽管也微微弯腰，那跟直接弯下腰去的幅度差得也太远了点吧？

拾棉花虽然不用很大体力，可是得需要眼力和耐力。眼力是你能否一眼看到你手碰到的棉花是否成熟。如果不能马上断定，一犹豫，就耽误时间了。一个熟练的老手，拇指、食指、中指三个手指头那么一捏，一朵完整的棉花就轻飘飘地脱离了窠臼。

大人两只手跟鸡啄食一样快，动作敏捷，节奏紧凑，只见面前空了的开裂的棉花窠臼，却看不清棉花是如何被灵巧的手指摘走的，简直比魔术表演都令人惊奇。我们刚刚学活的孩子就差远了，眼睛也慢，手更慢，成熟的棉花明明就摆在脸前，手却尽力够捞远处的一朵，舍近求远摘到的棉花却并不成熟，于是两只手生生把生涩的棉桃掰开，里面的棉花还储存着生长期的水分，一瓣瓣的呢！拾棉花这个活路不是一次性完成的，大概需要三次四次甚至更多。因为棉花的成熟有早有晚，拾掉成熟的，留下生僻的，等到第二天棉田又是一片成熟的白色。

棉花拾早了减产而且质量也次，拾晚了就更麻烦。棉花熟时，从不等人。今天地头还是青幽幽一片，第二天上午就泛白了，人若稍一疏忽，三天后则满地大白，你拾都拾不过来。棉花熟了，白白的棉绒可以离水，朝露一颗颗站在上面却浸不到棉绒里面去，但是遇到雨天就糟了。小雨虽然浸不透棉绒，但是因为阴天得不到太阳的及时烘干，时间长了，棉花就变黄了。大雨是最遭农人忌讳和痛心的事情了，棉绒全部打湿，别说拾就是晾晒也成了大问题，这样的棉花连七成的价格都卖不上去。

即使不下雨，棉花成熟后，叶子就干枯细脆，秋风会把碎落的棉花叶子刮到棉花上，洁白的棉团就变成花脸了。这样的棉花收购站是不要的，农人只有更加费事地一点点择，即使耐心的老婆婆也再择不出柴子上棉花的纯净了。

二妹在农场承包的土地今年全部种上了棉花。本指望能落个好收成，天不作美，春天的干旱苗子减了三成，夏天几场大雨，涝的棉棵子死了大半，好不容易盼到拾棉花的收获季节了。

昨天晚上我特意从市场的酱菜店买了大包小包的海产品、小咸菜，去慰问一下雇用的工人。院子里到处是刚刚收回来的棉花，堆积得似一个个小山。工人们正在开饭，明亮的灯光下，七八个人蹲在地上端着碗呼噜呼噜喝着稀饭。二妹忙着帮我提东西，我的突访，使得妹妹惊讶而兴奋。二妹把门掩上，我第一句话就问：今年工人好找不好找？我知道这个季节找拾棉花的工人不是一件容易的事情。二妹叹口气，恹恹地说，比去年还难找。去河南三天才找来这些，没有一个是利索手！我隔着玻璃往外看了一眼，这才发现光影里全是白发苍苍的女人，年龄大概都下不来六十岁的样子。

我的心猛地一沉。看来情况比我原来预料的还要糟糕。二妹因为与我有两个月没有见面，思念和亲情使她有点激动。在她为我沏茶的空当，我看到她低垂的头上，发丝凌乱沾满碎草枯叶，双手枯瘦皲裂，而时下还没有到上冻的时候，人就被折磨操劳成这个样子。心一酸，泪噙在眶内，我艰难地控制着自己的情绪。现在的工人不比往年，难找也难伺候，拾一斤棉花一块钱，比去年又涨了两毛……抛除承包费、肥料费、工人管理费、还有这雇工费，看来今年又赔进去了……

二妹絮絮叨叨自顾自地说着，脸上没有一点表情，仿佛在扯着别人家的事情。政府不是把一切费税都减免了？这还赔？我不置可否地疑问。二妹抬头看了我一眼，像面对一个不知道大人疾苦的孩子似的，宽容地点点头，接着又毫无来由地摇摇头不再答话……从我站起来出门直到走出院落，二妹一句话也没有说，默默地跟在我身后。我钻进小车里，把玻璃摇下来，没有马上叫司机开车。凭直觉，我知道二妹还有话要说。

　　果然，在司机打着马达起步的时候，二妹忽然贴到窗前，她的脸几乎碰到我的脸，我闻到从她嘴里喷出的大蒜的辛辣。我下意识地跟她错开脸。你不论多么作难也得帮艳艳找个工作……可别再让她回来了……艳艳是二妹的独生女，刚从大学毕业。

　　车行到半路正好经过二妹的棉田，我叫司机放慢速度。我探出头去极目四望，远处黢黑的夜里，隐隐飘忽着灰白色，如同溅落在夜幕里的云朵。司机在我耳边说：天气预报说明天降温，有可能下雪，汽车今晚必须换上防冻液……后面的话没有听清，此刻，我心里只惦记着二妹和那片没有拾完的棉花地！

岸
边

逝去的味道

　　三月初，还没有出正月。河边的柳枝，在不再凌厉的风中摇荡，柳苞蠢蠢欲动。公园已经有了不少的游人，太阳洒到各色的棉衣上，人们脸上就有了涔涔的汗迹。人人脸上露出了喜悦的笑容。正如元好问元曲里唱的那样：

　　　　春盘宜剪三生菜，春燕斜簪七宝钗。
　　　　春风春酿透人怀。春宴排，齐唱喜春来。

　　车从大路上经过，一抹绿色从眼角闪过，妻子就模棱两可地自语，莫不是荠菜出来了？按季节说，应该还早。不过，如果是天气好的话，荠菜翻绿也不是没有可能。

　　荠菜是隔年的植物，冬天被寒冷蹂躏的叶子跟枯草无疑，一旦天气转暖，那些草似的叶子迅速返青，比迎春花来得早多了。如果是按照赶赴春天的脚步速度评比的话，作为春天的使者，荠菜会当仁不让拔得头筹的。真的拿来镰刀，才知道，这个时候确实还早了点。绿化树此时光秃秃的，草畦里，这里一撮青，那里一丛绿，近前看，是今年刚刚冒出的小小的荠菜，其他如茵陈和别的小草。

　　仔细在去年的枯草里寻找，就不难发现去年的荠菜还是有的，只是，寥寥无几，叶子跟混在一起的杂草很难辨认。将区分的荠菜用镰尖挖出，一棵海星似的野菜才真的脱离出杂草。耐下心来，一个下午，竟然，挖了一塑料袋子，成绩不错。"眼是草鸡毛，手是英雄汉"，父辈教诲我们的老话，的确如此。从刚开始的失望到现在的满满收获，就是一个最好的证明。

　　每年三月底到四月初，选一个礼拜天，男人、女人们带着孩子，成帮结队奔向田野。车从烈士陵园旁的马路一直开上去，北边就是黄河大坝。向阳的土牛，安稳地卧在大堤旁多久都记不清了，似乎已经被遗忘。近年来黄河水被全国四处引流，已经几十年没有发大水了，似一匹老牛，失去了先前的桀骜不驯，呈现出现在的慈祥和安宁。

　　原先，大坝是红泥土路，遇到下雨，大堤养护站就关闭，不叫机动车在上面行驶。骑自行车，红泥把刨圈塞得满满的，车子就成一个泥轱辘，行动极其艰难。天晴地干了，红泥土路上的机械车辙，把车轮蹦得老高，几里地下来，人的屁股颠得生疼。以前，骑车去邻县采访时，有过这个经历。现在好了，为了附近村民的出行方便和大众交通，大堤都罩成了柏油路。人们也都开上了小汽车。不见那些身子前倾，咬牙蹬踏板的模样了。更看不到把裤腿挽到膝盖，怕链子上的机油弄脏裤子的年轻人。两边的杨树，用足了力气往高里拔，繁茂的枝条把天空遮住，把这灰白底色的大堤变成了一条蜿蜒的林荫小路。

　　从县城北上大坝，沿着大堤往西十几分钟的路程，就到了老宁海乡的地界，把车向着黄河的方向开下陡坡，停在麦田的一角。男女老少一个个扑向田野。黄河滩的麦田里，是荠菜最留恋的故乡。荠菜这个物种呢，十分团结，如果没有，一棵也寻不见。寻得一棵，肯定在方圆几十米的空间，有几十棵、几百棵的大家族，叫你惊喜地大叫。黄河滩的土地，因为是水流从上游带来的泥沙，以黄沙为主，也有少量的红土，这样的掺杂，使土壤空间松散暄软，适合多种野菜的繁衍和生长。麦田的沟坎上，地堎上的荠菜特别大，还嫩，只是，每年农民收割或者施肥时，偶尔会把它毁掉，所以，数量不多。

　　最好的选择是去年收割完的土地，因为季节的原因没有来得及播种小麦，等待来年再做打算的空闲地，是荠菜生长最好的园地。去年的地面没有铲动，原来的幼小的荠菜已经扎根，来年春天一到，荠菜就长疯了。碰到这样的好风水，不到半天就挖一蛇皮袋子。如果时间还早，孩子们还没有玩尽，那就直接蹲到田间地头，摘起野菜来。荠菜这种野菜掺一把韭菜剁馅子包水饺，那个鲜亮是无法言喻的。荠菜成长的速度很快，如果天气好十天后就败了。所以，要择好时机。

妻子，每年都挑这么两天专门去黄河滩挖荠菜。把荠菜择好，洗干净，攥成一个一个菜团，用保鲜膜扎紧，然后，放置冰箱冷冻。什么时候想吃，就提前拿出一晾，荠菜的叶子慢慢展开，跟刚刚从地里挖出一样新鲜，味道也没有改变。所以，春天出生的野菜，我们一年四季都有的吃。这得要感恩于奔腾不息的黄河，得益于祖祖辈辈留下的这片洁净的黄河滩。

每年春节回临沂岳父家，捎带几个荠菜的团子，成为一家老小期盼的最好的菜肴。

茵陈也是这个时节的产物，但是，不能给它叫野菜。因为，它嫩的时候能食用，但是老了就变成了药材或者是柴火，种子可以打糊糊，是做布鞋不可缺少的原料。

世世代代相依为命的这片黄土地，因为时代的久远，曾经为大海的地下就开始慢慢反碱。那些怕碱的树木早在九十年代末，已经退出人们的视野。比如，榆树。记得四十年前，我小的时候，前院都是榆树。有挺如青松的，有曲曲弯弯的，不管怎样却都长得枝繁叶茂。我们那个时候的孩子，都掌握一般的爬树技能。十几米高的树木，脱掉鞋子，噌噌几下就蹿上去了。粘知了，捉螳螂，还有一种有着两个长触角，墨黑的硬壳上有白斑点的水牛牛。

太阳刚一落山，摸知了猴的男女老少，就围着每一棵榆树转圈。急性子的知了猴就一股脑儿地钻出地洞，往大树上爬，正好被人们逮个正着。有两种知了猴免于被擒的命运：一种是大白天就冒险挺进，那个时候人们还在工作，孩子们还没放学，早早爬上十几米大树的顶端；再一种就是，沉住气的那种知了猴，黎明时分才谨慎十分地露头，当然，这个时候的人们还在梦里呢。那个时候的知了猴特别多，一个五六岁的小孩子，一晚上，摸一玻璃罐头瓶子是常有的事情。那些中学、小学的教师都拿了手电筒，不管知了猴藏得多隐蔽，多么高，都被收入囊中。即使这样，榆树的枝干上，每年都吊着无数的蝉蜕，在风中摇曳，仿佛在嘲笑着猎人的无能。

这些摸知了猴的人群中，有一个人特别被我注意，她就是莲。莲好像上初一的样子。一到晚上，为了凉快，就穿上一条月白色的短裙。我和他弟弟跟屁虫似的围着她，在她家的前院的榆树林里捉知了猴。看到莲黑暗里泛着白光的光腿，多想摸一下啊。可是，我怕她骂我，当然，更怕比我高半头的伙伴，借我欺负他姐姐的理由，再揍我一顿。那个时候，我跟他弟弟还不到上学的年龄，可是，心里就是想摸摸莲那蹦蹦跳跳的腿。说不上理由，执拗并被这个想法煎熬着。

一次，我在一棵老柳树旁跌倒，扑倒的瞬间，本能地抱住了莲的光光的大腿，那滑溜溜的感觉真好，甚至幼小的心里竟然起了波澜。莲一直把我背回家，交给我的母亲，并说了好多没有看好孩子之类的抱歉的话……人家走后，母亲问我磕哪里了。我却攒足了勇气说，我要娶莲。母亲一口水没咽下去，全部喷到我身上，笑得如抖动的柳枝，笑骂道，你一个胎毛未退的毛孩子……还想娶一个大姑娘做媳妇……

摸到知了猴的当天晚上，就抛到腌咸菜的大缸里，否则，第二天早上，知了猴就褪尽了蝉蜕，变成蝉了。有了硬的黑壳和翅膀的蝉，就不好吃了。第二天有了咸味道的知了猴，放锅里一炒，很好的下酒菜，也是不用花钱就得到的最好的滋补品。腌咸的知了猴，蒸干粮的时候捞上几只，就着吃饭，也是难得的美味。

每年的四月一到，我们就仰起头来观察榆树。因为，这个时候是榆树结果的季节。榆钱，黄里透着绿，大小跟新版面的一角硬币差不多，一片一片簇拥着。每一条细小的榆树枝条，宛如穿了翠的玉环，煞是好看和诱人。采摘的工作一般是我们这个年龄的孩子，腰里挂了篮子，骑到树杈上，把篮子择个树杈放好。近水楼台先得月，一把一把往嘴里按，那味道甜、清、嫩。等吃得差不多了，再一把一把地从枝条上往下撸榆钱。

母亲把榆钱用开水一泼，淘洗干净，和上玉米面放置箅子上蒸熟，这就是一家的口粮。我吃地瓜干子是吃坏了胃，可是，每年的榆钱却好吃得多。不过，估计是吃的时间毕竟短，也就是那么半个月左右吧。再以后，榆钱谢了，就长出绿油油的榆叶子了。

榆树叶子也能吃，做法跟榆钱差不多，只是，黏性太大，老粘牙。爷爷、奶奶、父母都没有少吃。爷爷辈的是因为战争的苦难，父母却是五十年代末的大饥荒，我们就赶了不幸年代的小尾巴，不觉疼痒就过来了。

现在漫说是县城，就是老家农村，榆树也不再常见。退海之地反碱的缘故，一些植物都被盐碱蚀烂了根系，死去了。临近黄河岸边的土地上，因为由黄河水的压力，把盐碱压下去了，还有这种植物的存在。其他的地方，想一睹榆树的样子，已经成了奢望。

说着说着，韭菜就冒出来了。韭菜，是司空见惯的菜蔬，但是，大地回春，清明后的第一刀韭菜却非同凡响。不是蔬菜珍贵，是季节的限制，也就不同以往了。要割第一刀韭菜是很隆重的，关键是这第一刀韭菜的享用，这是问题的所在。本地正宗的韭菜，应该是紫红的根系，叶子肥厚却不阔叶，长不高，最多就人一虎口的样子。一刀下去，吱的一声，露出的紫色的根系齐斩斩地平，每一个根系都吐出一个饱满的大水珠，如一颗透明的珠子，瞬间破裂，把地润湿一片。

头刀的韭菜几乎不用择，没有一丝的干枯老叶，只要把根系新鲜的泥土洗净就可，然后切碎和上五花猪肉丁，葱末花椒八角粉，加以适当油盐调匀，包水饺，味道鲜美，回味悠长。

自从去年秋后吃过最后一次老茄子，一个冬天就是咸菜疙瘩，那些能储存的白菜萝卜冬瓜老几样。三个多月，第一次品尝大地出来的绿玩意儿，久违得很，生疏得很，新鲜得很……吆上三两好友，桌上置一壶老酒，美味，老酒，那自在劲，真是赛过活神仙啊。

马踏菜，是我们黄河滩常见的主要野菜之一。初夏，玉米地里除了穄子再就是铺天盖地的马踏菜。这种野草生命力极强，上午锄地根系与土地脱离，一个上午，被烈日烤得恹恹的，几乎就是一把快干枯的野草。但是，万一就来了大雨，一夜的滋润，农民一天的劳动是白费了，所有根系着地的马踏菜无一不复活。马踏菜茎红得跟蛔虫的颜色一样一样的，叶子像马的牙齿模样，翠绿翠绿的，背面因为不见阳光的原因，稍显素白，嫩的一摸就抹去一痕荧光似的粉。

马踏菜又叫作长寿菜，学名马齿苋。现在好多医药专家十分推崇这种庄稼地里最常见的野菜。中医认为，马齿苋性味酸寒，入大肠、肝、脾经，有清热解毒，消痈利尿之功，适用于湿热或热毒痢疾，疔疮痈肿，泌尿系统感染，性寒滑利，善解血分及大肠热毒。它里面的成分还能降低血糖浓度，对心血管有着保护作用。

如此说来，当年我们所有村民以此充饥，是因祸得福了。当年，我们的父辈可不知道，马踏菜还有后来的这些好处，吃它呢，就是因为一个字：穷。一斤茄子还需几分钱呢。马踏菜有的是，锄地时，顺手摘一些比较鲜嫩的，用草要子一捆，挂在锄头把上带回家。吃凉菜呢，蒜臼子里捣几瓣蒜泥，把马踏菜用开水一泼，和上蒜泥，就是一盘清凉的小菜。有工夫的话，就把马踏菜放锅里用开水炸，开一个锅，捞出来，晾凉剁碎包大包子，但常常因为放的油水少，而馅子发酸。偶尔，掺和了五花肉，味道就好多了，我们就大快朵颐。

马踏菜也是春季最金贵，究其原因还是新鲜而已，物以稀为贵嘛。到了五黄六月，韭菜也罢，马踏菜就更是一钱不值的扔货了。先前，马踏菜要比荠菜的用处可大多了。荠菜，也就是尝个鲜，干了就是一棵枯草。马踏菜就有储存这个长处，尽管似野菜，实际上也扮演了家菜的半个身份。盛夏之时，择一包袱马踏菜，烧开水用大铁锅炸喽，捞出搭在天井里的铁丝上晾干，然后打包放置通风干燥的阴凉地放置。等到大雪封地时候，跟白菜、萝卜、冬瓜一起交替进入农家的饭桌。干马踏菜，其实失去拌凉菜的价值，只有泡了包大包子。如果油水充足，味道要比新鲜的好多了，没有了先前的酸涩，有点雪里蕻的筋道。

现在这种野菜也有，只是在食用时就小心得多，农民都不再用锄头原始地锄地，而是用除草灵这种剧毒农药。喷洒了农药的菜，肯定就枯了，甚至灭绝。没有喷到农药的，人们也敬而远之。好好的一盘子菜，就这样给弄"晾"了。

马踏菜新近被移到了城市的花圃，绽放的花朵五颜六色，花期长，容易成活，只是比原来的马踏菜小得不是一星半点。细细的根茎，跟病秧子似的，好在顶了满头的色彩，五彩缤纷，吸引着已经不辨菽麦的农民的后代们。

苦菜，在我们黄河入海口这个地方，是比较常见的野菜。跟马踏菜的生存条件的区别是，马踏菜属于小姐身子丫环命，尽管本身不金贵，可是，对于土地的要求必须是良田沃地，盐碱的地方免谈。苦菜呢，从不选择土地的贫瘠与肥沃，只要落种就要生根。盐碱地的犄角旮旯都有它们的身影。雪化土软，在灿烂的阳光下，你忽然就发现在灰白盐碱的土堆里，钻出灰红的嫩芽芽……仅仅两天，如果你有足够观察的耐心的话，一棵鲜嫩的苦菜芽子就展现在你眼前。这个时候的苦菜味道忒好，挖几棵洗净盛一白瓷小碟，蘸着自制的五种粮食酿制的大酱，那滋味绝对叫你胃口大开。

苦菜，也是兔子和猪的绝好主食。但凡生长苦菜的地方，周围绝对有稀稀拉拉的圆圆的跟糖豆大小的兔子粪，逮兔子的猎人，从这些蛛丝马迹去判断猎物的多少和出现的频率。好的苦菜，一般是先被兔子尝鲜的，而这种畜生，只要看准一棵野菜，三瓣嘴翕动几下，就剩下土里的根系了。这样说来，是人类跟动物争粮了。放学后，我跟其他伙伴一样，放下书包，提起篮子就奔向野坡，目的就是挖苦菜，栏里的猪睁着眼睛等晚饭呢。

苦菜长大后，只要不出心子，人还可以食用。这种做法大抵有三种。一种是蒸粑拉子。把苦菜的干叶、被虫子吃残的叶子、根子一齐去掉，剩下的好的部分洗净，剁碎和面放到箅子上蒸熟。这个做法跟榆钱的做法相同。做出的苦菜粑拉子，可以浇咸的调味汤汁，也可以和辣椒，和蒜泥，根据各自的口味自行调制。

另一种是蒸菜团子，也叫菜面子、菜饼子、菜齐溜。做法只是把菜和面捏成形状。这种做法呢，可以携带。出工上午回不来，可以提前用笼布包上几个，当作中午的干粮。而菜粑拉子是用碗盛来吃的，不适合携带，只适用于家里就餐。

再一种做法就是苦菜粥。黄河滩人家是把粥叫作粘煮的。"粥"的唤法，第一次是从革命样板戏《红灯记》中，李玉和手端饭盒，发牢骚时的念白里晓得的。把苦菜叶子掐成小截，放置锅里烧开水，加以玉米面调和。盛一大瓷碗菜粘煮，黄的面绿的菜，下咽时有点苦的味道，小孩子不希图。成年人爱吃，消炎降火，舒服得很。苦菜，苦穷人，两苦并一苦，粮食外能填饱肚子的填补，也算是大自然对穷苦人的莫大的施舍吧。

苦菜跟婆婆丁有同一个妙处，晒干泡水喝，消炎、去火、利尿、润嗓。在苦菜叶子只有小孩子手指头那么大，刚刚开黄花的时候，用镬头深深地挖出，最好带着长长的根子。用水洗净晾干，用塑料袋子密封，否则，就干燥地碎掉了。每天择一根晾干的苦菜，用开水泡到水杯里，它在滚烫的开水里，慢慢恢复原来的样子，一股特殊的香味浮上来。泡的水，有点苦味道，喝几回就慢慢习惯了。

苦菜泡水，盛夏最能解渴，而且能防范中暑，去除肝火。冬季，去除油腻，醒爽眼目。我每年都晾晒好多，在外学习的时候，与同学们分享，得到一致好评，大家都学着回去依法炮制。

六月到九月的菜蔬，充足而种类繁多，这个时候的人，缺少的是粮食，对于其他的菜蔬，已经无足轻重了。

秋后，心灵手巧的农家，就把平时输液的玻璃瓶，用开水消毒，然后，就制作最初的保鲜品。大多是西红柿居多，把西红柿用小刀子切成长条，一一塞到空瓶子里，然后，放到铁锅里蒸，取出用皮塞密封。到了冬天，打开一瓶，慢慢倒出，熬制一锅汤，再打两个鸡蛋。大雪封门，漫长的冬日里，那味道想起来，就会让人流口水。

这个方法不但能解决吃的问题，还能产生艺术的作品。秋天放置的嫩绿的小苦瓜，灌上酒，塞上皮塞。里面的苦瓜在慢慢地生长，颜色也随着成熟，变着颜色。春节前后，变得红中带黄，活脱脱一枚玛瑙的雕刻放置到水晶瓶里，鲜艳夺目，异彩纷呈。在那个贫瘠的岁月里，给寡淡的生活，增添不少活跃气氛。

房前屋后，自己种植的大蒜，夏天抽蒜薹，集市上卖些零花钱。秋后出了蒜。有的剪掉蒜苗子，有的就带着蒜苗子拧成辫，一盘盘地挂在窗前、门后，实在多得放不下了，就挂到胡同、大门楼的墙上，反正哪家也不缺这玩意儿，没丢失这一说。春天的蒜就该贵了，因为一些农户开始买蒜种了。

农家吃蒜和吃辣椒是同样常见的，还没有大众场合不吃蒜的这些说法。冬天，人们一边扒着棉桃，剥着玉米棒槌，抽闲就把几头蒜剥了。用秫秸秆的皮壳，叫作"席门"，跟竹细条子一样的东西，把一瓣瓣蒜瓣串成一串，围成一个圆圈，然后，放到一个盆子或者是盘子里，浇上水。这水是不能干枯的，必须时时加水，保证蒜瓣的底部浸在水里。

不几天，圈成圆环的蒜瓣开始冒出了绿的芽，下面也钻出白白的根须，像泡到水里的细粉丝。把盆或者盘子端到锅台后面，那地热乎，能供

岸
边

给热量。半个月的工夫，那蒜苗就蹿到一筷子高，根部翠绿，苗子梢嫩黄。来了客人，就当了下酒菜。炒几个鸡蛋，就是喷香的蒜黄炒鸡蛋。切几片五花肉，即成蒜黄炒肉片。那个是自然生长的，鸡蛋呢，当然是绝对的笨鸡蛋，现在即使你是县长，也未必能吃到如此地道的农家菜肴了。

隆冬之前，门前，厕所旁弄一小溜地，把芫荽、菠菜分开，撒上种子，覆盖上塑料布。上面轻轻压上保暖的一些秫秸和豆秸什么的。一个冬天，雪也把它盖了，人们仿佛在滴水成凌的日子，把这码子事忘得干干净净。天气稍微一暖和，扒开上面的覆盖物，抖抖上面的尘土，里面就看到绿蒙蒙的。掀开一道小缝，里面生机勃勃，菠菜已经有月季花朵那么大了。有馋嘴的，就拔两棵，煮面条放到锅了，绿莹莹的，别说是吃，就是放那里看着也新鲜。

正月一过，塑料布下的菠菜和芫荽就派上用场了。这时，黄河入海口的蛤蜊已经上市了，称上几斤，煮了。把汤留了，做蛤蜊汤。汤沸腾后，把切好的菠菜段投进去，打两个鸡蛋，一锅的色香味俱全的海鲜汤出锅了。

说起海鲜，那就不得不提黄河口和渤海湾。海河交汇之水，来往生长的黄河刀鱼，黄河浑厚水流里跳跃的黄河鲤鱼，渤海湾沙底驰骋的梭子蟹，以及黄河滩涂泥沙下蛰居的蛤蜊。这无疑是黄河入海口特殊地域生态特色的历史标榜。

黄河刀鱼，又名刀蛴、毛刀鱼，因它总是逆流而上，故而又被当地人称为倒鱼。黄河刀鱼的故乡在黄河口一带，位于山东省垦利县东端的海河交汇处。为世界上著名的"新大陆"，黄河三角洲地带。由于渤海和黄河的双重融汇，水产资源十分丰富。奔流不息的黄河淡水，使海水含氮量高，有机质多，饵料充足，季节性差异变化大，浮游生物异常繁盛，从而成为鱼类繁殖、觅食、生息的最佳场所，有着"百鱼之乡"的美称。黄河刀鱼被列入诸多海产之首。

它形似单面尖刀，背厚腹薄，每年农历三月中旬成群结队，由黄河入海口处游进黄河，逆流而上，经东营市境内游到东平湖去产卵、孵化。成形的幼小的鱼儿又顺着黄河水来到黄河口，在渤海生长和越冬。刀鱼经过这种洄游往返，两三年才能长成成鱼。

在我国的黄海、渤海、东海也时常见到它们的踪影，黄河支流繁多，沿途汇集了大量的浮游生物，尤其，山东境内的东平湖中的麦穗鱼、渤海中的枝角类、轮虫、糠虾及幼鱼齐集黄河入海口处，成为黄河刀鱼的主要饵料，因而要比其他地区的刀鱼大而肥，鲜而纯。刀鱼越往上游，由于食物补给不够，日渐消瘦，鱼刺也越来越硬，直到又回到东平湖。也有少数刀鱼穿越东平湖洄游到河南境内，但是，这个时候的鱼已经瘦得皮包骨了，消耗了丰腴的身体储备，也就没有了刀鱼的正宗味道了。刀鱼在洄游途中摄食较少，体力消耗大，只有在黄河下游补充食物后才肥美。这也是黄河入海口刀鱼名扬天下的缘故。

长江口和海河口也有刀鱼，跟黄河入海口的刀鱼相比，鱼量以及味道就逊色得多了。

四月初的麦黄时节，黄河刀鱼会从黄河口逆流而上，此时，正是捕捞的最佳时机。黄河几经改道，但是，黄河刀鱼总是顺河而去，又沿河而来，不能不感叹天地造物之神奇，鱼类习惯的沿袭和执着。

黄河刀鱼不外乎煎炸，熬炖几种吃法。

整鱼洗净，除去内脏，粘一些鸡蛋和的面糊，放置油锅里煎炸而成，颜色金黄，唤作"干炸刀鱼"。摆到瓷盘上桌，香气扑鼻，馋涎欲滴。

醋烹刀鱼色味俱佳，顺上一棵小葱，卷到煎饼里，招待亲戚朋友，既实在又显得有诚意。

八岁时候我才第一次认识，也是从出生到晓得有黄河刀鱼的第一次品尝。道理很简单，黄河刀鱼不是现在才是贵重鱼类，从贫穷的年代就没有便宜过，不过是出售金额的换算单位不同罢了。1976年，我上小学一年级。中午放学的路边就捡到两条鱼。我见过鲫鱼、鲤鱼、白鲢、黑鱼、鲶鱼、鲅鱼，还有辫子鱼和晒干的长带鱼。但是，这鱼，我从未见过。这鱼有二尺多长，小孩的手掌那么宽，周身雪白，按一下，有弹性还油腻腻的，鳞片极小，一搓就脱落。鱼的嘴跟鳃之间用柔软的柳枝条穿了。大概是从自行车的车把上滑脱了。等了好久，不见来人，我就贪污了。

母亲见到先是一愣，过后，就说，也不知道谁丢的，这东西久了会坏掉的。于是，将这无主之物，油煎水煮，撒上一撮韭菜段，奇异的味道就升腾起来。鱼的肉非常细嫩，在嘴里一吸，如同豆腐脑似的滑入咽喉，细腻得如同无物。漂浮着一层鱼油和韭菜段的汤，鲜得叫人发抖。母亲告诉我，这鱼叫作黄河刀鱼。末了，还告诉我，这鱼不是为我们这样的穷人生的，很贵的哦。

黄河刀鱼肉质细嫩，鲜味奇特，似海河交汇的水一样，既有海产品的味道的鲜美，又有黄河鱼类特有的香气。是当地人招待远方的客人的拿手好菜。刀鱼鱼刺细小，不适合儿童单独食用，须有成年人将刺剥离，否则，容易卡喉咙。如果真的卡了，无须着急，吞咽几口醋，细小的刺会变软，大口咀嚼几口馒头吞下去，就带下去了。

这黄河刀鱼不但美味美食，还具有强心补肾、舒筋活血、消炎化痰、清脑止热、提神养神之功效，可谓"天下一绝"。炼制的刀鱼油，还有治疗风湿疙瘩的神奇功效，储存起来，用药棉轻蘸，擦拭到患处晾干，几次痊愈。

由于黄河经常断流，这种黄河独有的鱼类日渐减少。据山东省黄河河务局统计，黄河自七十年代开始出现断流，进入上世纪九十年代之后，断流日益严重，1991年至1998年的八年中，年平均断流时间达到一百零七天。1997年大旱，使黄河断流二百二十六天。断流对生态环境造成恶性循环，黄河沿岸繁衍生息的生物大量减少。

1999年3月1日，国家开始对黄河水实行统一调度，以确保河水常流。到2000年7月4日，黄河已有四百八十九天保持不断流，创上世纪九十年代以来的最高纪录。

人为保护和养殖，已经成为常态。但是，我再也没见过，当初我在路边捡到的那么大的刀鱼了。由于过度捕捞，刀鱼长不到成鱼就捕净了，没有以前那么一路洄流的自由和往返成长的幸运了。一般上得了餐桌的也就筷子长，瘦瘦的跟尖刀似的，因为瘦小，味道也没有了原来的鲜美。我想，这大概到了几十年前，洄游到其他省份水域的刀鱼一样的命运了吧。

我国第二大河流黄河，全长5464公里，流域面积75万平方公里，素有"铜头、铁尾、豆腐腰"之称。黄河入海口位于入海的铁尾巴上。黄河入海口支流河汊复杂，河海交汇，水中富含水生生物生长的各种营养盐类，气候温和，黄河滩生长大量的野生草植物为充足的鱼类饲料，为黄河鲤鱼生长造就了天然的优越环境。

黄河鲤鱼同淞江鲈鱼、兴凯湖鱼、松花江鲑鱼被誉为我国四大名鱼。黄河鲤鱼以嘴上生须，金鳞赤尾，体态梭长的优美形态而著名。肉质细嫩而鲜美。鲤鱼跳龙门的典故，当地老百姓耳熟能详。酒仙李白有诗曰：黄河三尺鲤，本在孟津居。点额不成龙，归来伴凡鱼。鲤鱼在民间不仅食用方面不同凡响，还是传情送爱的姻缘大使呢。山东省鲁北地区的风俗，男婚女嫁行周公之礼，黄河鲤鱼不可或缺。在男女双方约定好结婚日子后，在结婚前一天，要"下水礼"。

　　这下水礼，是第二天迎娶的先锋官。由村里选两个长得周正、办事利索的年轻人，作这下水礼的代表。代步工具呢，古代是骑马，现代是骑自行车，现在是开小车。以前是两人两套工具，现在呢，就省略一辆小车，一个开，一个跟随。这两个人携带的最重要的礼物，就是两条活蹦乱跳的大鲤鱼，如果小了，显得亲家小气，死了就对双方都不吉利了。这下水礼的人一到，女方得远远地迎客。酒席摆上，把酒问盏，不喝倒一个人不叫满意。这下水礼就是告诉女方，明天迎娶的队伍什么时辰到，如何安排等事项。其实，这些消息早就被媒人传达完毕，只是一个程序罢了。只是，这下水礼的鲤鱼，媒人是无论如何都做不来的，只有男方指派人送来。

　　这鲤鱼的意思，大概就是"礼节到了"抑或"男女鱼水情"这些意思吧。看似轻巧，但是，缺失了这个环节的话，恐怕这婚就结不成了。您说，这对鲤鱼的责任有多大啊！

　　上世纪五十年代以来，黄河上游生活以及工业污水的无节制地排泄，导致黄河水质的污染。另外，黄河口由于油田以及当地化工企业油气污水排泄，导致渤海湾的大面积污染。潮起潮落，黄河与渤海的交汇就成了污染的混合，导致天然水域生态平衡遭到严重破坏，黄河鲤鱼、刀鱼等的生长环境遭到了严重的破坏。

　　现在到市场上去，那些出卖的大鲤鱼都是养殖的，肥大，可那是用饲料催肥催大的。一眼看到那身黑乎乎的鳞片和一色的尾巴，就知道不是真正的黄河鲤鱼。真正的金鳞红尾的黄河鲤鱼，已经成了黄河沿岸的稀罕物了。

　　梭子大螃蟹，是居住渤海岸边我们"六零"后并不陌生的海鲜品。黄河口大闸蟹，以前叫作毛螃蟹，当地人一般都懒得理它。误捉到渔网

岸
边

里，再捏着蟹中间扔到水里，就像当年对待爬虾一样。

每当八月十五前后，海上的渔民丰收的大多是梭子大螃蟹，学名三疣梭子蟹。那些骑着加长加重的阳信自行车的卖蟹人，走乡串户，"顶盖肥的螃蟹咪"的叫卖声从村南头叫到村北头。其实，那个时候吃得起螃蟹的人大有人在，只是，这玩意冷了吃了会闹肚子，有的能拉个半死。那时卖螃蟹的都是煮熟的，没有现在充着氧气，卖活的。梭子蟹离开海水就死，所以，只有煮熟了卖。买来，不能马上吃，必须蒸一遍才能蘸着醋和姜末吃。蟹子属阴，性凉，醋能解毒，姜能发热，吃了不至于闹肚子。

那个时候的梭子蟹都有碗口那么大，腹下的蟹黄跟扣了一个包子似的饱满，杏红的颜色，好得不能再好。偶尔，母亲也买，我们姊妹几个一人一个，吃完，把整个的蟹盖子，极力地往上扔，尖棱就扎到秫秸的天花板顶上。每年这个时节，我家的屋顶上都扎了几个赭红的蟹盖子。

集市上有蟹酱，特咸，据说是卖不了的生蟹子就砸了酱，否则，就臭了。这个东西是喝酒的好下酒菜，而且也不贵，我吃过几次，跟虾酱味道差不多。

蟹子谷雨时节的时候最肥，公蟹子称为"尖脐"，母的称作"圆脐"，怀卵大蟹又叫"石榴黄"。蟹肉色白肉多，肉质细嫩，膏似凝脂，味道鲜美。两钳蟹足里的肉，筋道甜腻，蟹黄色艳味香，食之别有风味。

梭子蟹中秋送人是绝好的礼品，现在有了泡沫的包装盒加以冰块，十分方便。只是，野生的梭子蟹，是非常稀少的了，而且，个头也跟几十年前不可同日而语。所以，送大闸蟹的多起来，尽管也是养殖的，却在济南、北京等城市与阳澄湖的大闸蟹有一拼，并打出了名声。

真是，风水轮流转，此一时，彼一时啊。

黄河滩的蛤蜊。黄河入海口当地农民给蛤蜊叫"嘎啦"，当然，也明白嘎啦书写时应该写作蛤蜊，新华字典上查不到的。

蛤蜊的寿命叫人很眼馋，它被称为五大不死神兽之一。我国曾发现一枚最高年龄的蛤蜊为四百零五岁，只可惜被研究人员给无知地弄死了。"天下第一鲜"和"百味之冠"是世人对它的最高荣誉。黄河口的蛤蜊分为花蛤、文蛤、西施舌等。蛤蜊壳面中部膨胀有点像农村乐器的"咣咣嚓"，上面生长纹明显，形成凸凹不平的同心环纹。顶部淡紫色或者白色，腹面边缘常有狭细的黑色环带。打开壳子，一个三角形的黄色的跟舌头似的肉体，里面是眼睛似的腹部，里面常常裹着沙泥。

吃的时候，把蛤蜊放到盆里，水要加一些盐巴，否则，甜水会撑死的。放一晚上，等它们把肚里的黄泥吐干净。然后放置大锅里煮，水开后用笊篱把其捞出，原汤打到盆里沉淀。翻蛤蜊是一个细活，挨个儿翻，然后，再用清水淘洗，三遍后搁置到盛具里。炝锅或直接炖，或裹上面糊再炖，其间别忘了放置一缕韭菜或者一捧菠菜，汤还是用原来的原汁，这样才有鲜的味道，一锅海鲜汤出炉了。按季节来说，秋天的蛤蜊肥美，正月里的蛤蜊味鲜。

三十年前，我跟舅舅去黄河口踩过蛤蜊。

退潮后的滩涂，凸凹不平，上面涂抹了一层滑腻腻的稀泥，一个又一个令人怀疑的小洞孔，有的还往外冒着清水。原先空旷的海边上，现在已经热闹起来。赶海的人有的撵着驴车，有的是骡子或者是马拉的大胶皮轱辘车，不过，这紧张的活道，牛是很少派上用场的。有一年，一家人，就是因为用了行动迟缓的牛，差一点就被上潮的海水给卷到大海里。赶潮，不能太贪，海底深处有一双眼睛虎视眈眈，在盯着岸上，一有不测，是有风险的。大人把牲口放置在离海很远的岸上卸了套，缰绳拴在车挡板上，槽头和上草料把牲口喂上，然后，每人都扛一块木板，腋下夹着麻袋，择一块领地，开始作业。

我当时不明白，这木板是干什么用的，猜测是防范海水漫过来，当作救生用的漂浮物。舅舅一听，笑得都岔了气。拍着我的脑袋说，你看看就知道了，别妄猜测。我也学着舅舅的样子穿了水鞋，因为这个时候还冷，否则，连裤子都可以不穿。本来很硬实的泥块，在脚板不停地踩动后，变得像一盆冒泡的软糯子。这个时候，木板真正有了用场，铺上木板，人就站在上面，不紧不慢地颤。像海面的泥就开始有了"酒窝"，一会吐个泡，一会涌出少许的浑水……第一拨蛤蜊从泥沙深处出来了，平平的泥地上，凸出一片的泥疙瘩，捡一个用手一擦，蛤蜊那淡紫色的顶部叫人怀疑是捡到地下矿石！一个上午，满载而归，接下来就是怎样处理这些新鲜的还吐水的蛤蜊的问题了。

现在，海边的滩涂都被地方承包给了养殖海产品开发商，再也没有那

岸边

些赶海的热闹场面了，水质的问题，过分的攫取，那片海河交汇的滩涂，已经沉寂了下去，她仿佛太累太累，疲倦地睡了过去。

这些都是以前的事情了，现在条件连农村养猪养鸡的，喂的都是面粉和饲料。人们消除了贫穷饥饿，过上了曾经向往的"楼上楼下，电灯电话"的小康生活。然而，随着经济的迅速发展，一些问题也频频亮起了红灯。毒奶粉，苏丹红，为了高产不择手段，为了利益出卖良知，坑害国人的恶性事件层出不穷。那些黄瓜、西瓜、西红柿从开花就涂抹药物，姜、蒜从点种就浇上高效农药……现在市场上，只要有钱，无论何时何地，随时都可以买得到表面鲜亮奇好的蔬菜和水果。但是，却买不来自然和健康。

这个问题，人人心里揣着明白装糊涂。

凡是经过真正农村生活的人们，对于遥远的那些甜美新鲜，来自于大地深处的自然的味道，早已经不再奢望。那些每日乘着机动船穿梭在大海黄河之间，撒网捕鱼的渔民心里也清楚，迟早一天他们会失去祖祖辈辈的本行，爬上岸去另谋生路的。

那些久远的美好和味道，已经离我们这个优越的时代越来越远了！

图书在版编目（CIP）数据

岸边 / 巴兰华著. -- 北京：作家出版社，2016.6
（中国多民族文学丛书）
ISBN 978-7-5063-8996-9

Ⅰ. ①岸… Ⅱ. ①巴… Ⅲ.①散文集 – 中国 – 当代
Ⅳ. ①I267

中国版本图书馆CIP数据核字（2016）第147900号

岸　边

作　　者：巴兰华
责任编辑：田小爽　李亚梓
特约编辑：王　冰
装帧设计：曹全弘
出版发行：作家出版社
社　　址：北京农展馆南里10号　　　　邮　　编：100125
电话传真：86-10-65930756（出版发行部）
　　　　　86-10-65004079（总编室）
　　　　　86-10-65015116（邮购部）
E–mail:zuojia@zuojia.net.cn
http://www.haozuojia.com（作家在线）
印　　刷：三河市北燕印装有限公司
成品尺寸：170×240
字　　数：182千
印　　张：12.25
版　　次：2016年9月第1版
印　　次：2016年9月第1次印刷
ISBN 978-7-5063-8996-9
定　　价：25.00元